青少年插图版

水浒传

（明）施耐庵 著
高建瓴 改编

北京理工大学出版社
BEIJING INSTITUTE OF TECHNOLOGY PRESS

版权专有　侵权必究

图书在版编目（CIP）数据

水浒传：青少年插图版／（明）施耐庵著；高建瓴改编. —北京：北京理工大学出版社，2022.1

（写给孩子的四大名著）

ISBN 978 - 7 - 5682 - 9566 - 6

Ⅰ.①水… Ⅱ.①施… ②高… Ⅲ.①章回小说 - 中国 - 明代　Ⅳ.① I242.4

中国版本图书馆 CIP 数据核字（2021）第 027158 号

出版发行／	北京理工大学出版社有限责任公司
社　　址／	北京市海淀区中关村南大街5号
邮　　编／	100081
电　　话／	（010）68914775（总编室）
	（010）82562903（教材售后服务热线）
	（010）68944723（其他图书服务热线）
网　　址／	http://www.bitpress.com.cn
经　　销／	全国各地新华书店
印　　刷／	三河市华骏印务包装有限公司
开　　本／	880毫米 × 1230毫米　1 / 32
印　　张／	9.5
插　　页／	1
字　　数／	261千字
版　　次／	2022年1月第1版　2022年1月第1次印刷
定　　价／	36.00元

责任编辑／李慧智
文案编辑／李慧智
责任校对／刘亚男
责任印制／施胜娟

图书出现印装质量问题，请拨打售后服务热线，本社负责调换

序

《水浒传》是我国第一部长篇章回体小说，它主要讲述了北宋末年，以宋江为首的108位好汉梁山起义、接受招安、代表朝廷征讨其余起义团体，最后凄凉结局的故事，生动形象地演绎了农民起义发生、发展以及最后失败的过程，批判了封建时代对底层民众的剥削和压迫，赞扬了农民起义者的反抗和勇气，但也深刻地揭示了农民起义失败的必然性。

在这本书中，作者塑造了一系列的人物，既有高俅、蔡京等权倾朝野的高层官员，也有宋江、卢俊义、林冲等中层人士，亦有阮氏三兄弟、时迁、武大郎等底层人民，作者将那个时代上至朝堂下至贩夫走卒的所有人物全部纳入笔下，组成了一幅完整的人间百态图。

《水浒传》可以大致分为三个部分：前面部分讲述了晁盖、宋江、林冲、武松、鲁智深、李逵等人进入梁山的故事，这也是故事的主体部分，通过对每一位好汉的刻画，充分地诠释了封建时代上层阶级是如何无视底层人民生命，使用种种手段"官逼民反"的；中间部分是梁山好汉聚集在一起，培养起足够势力后，与当地的士绅以及官方派来的军队战斗，最终由官方出面招安的故事；最后一部分是梁山好汉接受招安后，被朝廷暗中打压，代表朝廷出征方腊、王庆、田虎三个与梁山齐名的农民起义势力，并在出征过程中损兵折将，最终悲惨收场的故事。这三个部加分起来，正好对应着农民起义的发展、巅峰、衰落的三个阶段，充满着对当时统治者的不满和对各位勇于反抗强权的英雄的歌颂赞美，同时，也表达了作者对农民起义所持有的悲观思想。

《水浒传》作为我国历史上第一部白话长篇小说，对后世的文学有着巨大的影响。它抛弃了晦涩难懂的文言文，转而使用当时更浅显易懂的白话文写作，大大降低了阅读难度，使小说变得老少咸宜。作者在书中更是应用了大量的口头禅、俚语等具有当时社会特色的词语，充满了市井烟火气，使读者能更好地了解当时的风俗文化。

我们这次改写出版的这部《水浒传》，在尽可能保存原著思想性的前提下，以现代白话进行改写，既降低了阅读难度，也尽最大能力保留了故事的原汁原味。为方便读者更好地阅读，我们立足于一般读者的实际需要，给生僻的字、词以及难懂的词语配以注释，特别是方言、术语、名物等专有名词我们更是重点解释，希望能使读者更好地领略原著的精彩之处，轻松阅读，无障碍亲近经典。

目 录

第一章　洪信误开伏魔殿 …………………………………… 1
第二章　王进授艺史家村 …………………………………… 6
第三章　鲁达拳打镇关西 …………………………………… 11
第四章　鲁达大闹五台山 …………………………………… 15
第五章　鲁达倒拔垂杨柳 …………………………………… 20

第六章　林冲刺配沧州道 …………………………………… 26
第七章　林冲风雪山神庙 …………………………………… 31
第八章　杨志汴梁城卖刀 …………………………………… 36
第九章　七星聚义东溪村 …………………………………… 41
第十章　吴用智取生辰纲 …………………………………… 46

第十一章　宋江私放晁天王 ………………………………… 52
第十二章　晁盖梁山小夺泊 ………………………………… 56
第十三章　宋江怒杀阎婆惜 ………………………………… 61
第十四章　武松景阳冈打虎 ………………………………… 67
第十五章　武松怒杀西门庆 ………………………………… 73

第十六章	武松威镇安平寨	79
第十七章	武松醉打蒋门神	82
第十八章	武松血溅鸳鸯楼	88
第十九章	花荣大闹清风寨	93
第二十章	宋江智收霹雳火	99

第二十一章	李逵浪里斗白条	104
第二十二章	宋江题诗遭陷害	110
第二十三章	梁山英雄劫法场	114
第二十四章	张顺活捉黄文炳	120
第二十五章	李逵沂岭杀四虎	125

第二十六章	石秀结义病关索	131
第二十七章	时迁偷鸡招祸患	137
第二十八章	宋江一打祝家庄	141
第二十九章	众好汉登州劫牢	147
第三十章	宋江大破祝家庄	152

第三十一章	美髯公误失小衙内	158
第三十二章	柴进失陷高唐州	162
第三十三章	李逵斧劈罗真人	166
第三十四章	呼延灼摆布连环马	172
第三十五章	时迁盗甲诱徐宁	177

第三十六章	三山聚义打青州	182
第三十七章	晁盖曾头市中箭	188
第三十八章	吴用智赚玉麒麟	192
第三十九章	燕青救主放冷箭	198
第四十章	呼延灼夜擒关胜	202

第四十一章	吴用智取大名府	208
第四十二章	宋江夜打曾头市	214
第四十三章	宋江收服双枪将	219
第四十四章	梁山英雄排座次	226
第四十五章	李逵元夜闹东京	231

第四十六章	宋江三败高太尉	236
第四十七章	梁山全伙受招安	243
第四十八章	宋江奉诏破大辽	248
第四十九章	平田虎兵渡黄河	251
第五十章	王庆因奸吃官司	257

第五十一章	宋江平乱庆成功	263
第五十二章	燕青秋林渡射雁	268
第五十三章	混江龙太湖结义	274
第五十四章	张顺魂捉方天定	279
第五十五章	宋江智取清溪洞	285

第五十六章 徽宗梦游梁山泊 291

第一章
洪信误开伏魔殿

五代残唐,天下干戈不息,纷纷扰扰,战乱长达五十余年。直到一代雄主赵匡胤横空出世,一条杆棒等身齐,打得天下四百座军州都姓了赵。待他扫清寰宇,荡静中原,建都在汴梁,定国号为大宋,做了四百年开基之帝主,这天下才总算太平。自此,河清海晏①,人民安居乐业。

赵匡胤

赵匡胤(zhào kuāng yìn),宋朝开国皇帝,出身于军人家庭,在五代末期天下大乱的时候趁机推翻周恭帝,统一中原,建立宋朝。在执政期间,赵匡胤加强中央集权,进行政治、经济、军事改革,革除了五代弊政,使国家呈现和平、安定的局面。

太祖赵匡胤在位一十七年,传位于御弟太宗;太宗在位二十二年,传位于真宗;真宗又传位于仁宗。仁宗即位之后,一连二十七年,五谷丰登、万民乐业。谁想到了嘉祐三年春上,忽然间,天下瘟疫盛行,自江南直至东西二京,无一处人民不染此症,天下各州各府的告急文书雪片也似,频频奏至朝廷。东京城里里外外,半数以上的军民都未能幸免。坐镇南衙的开封府尹包拯,拿出自己的俸银施舍汤药、救治万民,却哪里治得过来,病人越来越多。

仁宗天子闻之,坐立不安,急命下诏:大赦天下,税赋皆免;在京宫观寺院,一律设坛祈福。却不料,完全没有任何作用。无奈之下,仁

---

① 河清海晏:意为天下太平,比喻老百姓向往的太平盛世。

宗皇帝只能听取一些大臣的建议，用朱笔亲写一道圣旨，并降御香一炷，派遣殿前太尉洪信为使臣，前往江西信州龙虎山，宣请张天师星夜来朝，祈禳①瘟疫。

洪太尉领了丹诏，即率数十名随从，一路直奔江西，不敢片刻耽搁。这一日，众人赶到信州，大小官员们皆出城迎接，次日，便陪同洪太尉一行来到龙虎山下。上清宫的住持真人率领众弟子，鸣钟击鼓、香花灯烛、一派仙乐，下山来迎接丹诏。一行人前接后引，来至三清殿，请出了诏书，居中供好。洪太尉这才向监宫真人问道："天师现在何处？"

住持真人上前回道："本代天师号曰'虚靖天师'，性情清高，倦于迎送，一向都是住在山顶的茅庵里修真养性，因此不在本宫。"太尉道："既然天师在山顶庵中，何不派人请他下来相见，开宣丹诏？"住持真人道："太尉有所不知，祖师虽在山顶，却是道行非常，能驾雾兴云，踪迹不定。贫道等平常亦难得见，如何叫人去请？为今之计，天子要救万民，只有劳请太尉斋戒沐浴，更换布衣，自背诏书，焚烧御香，独自步行上山礼拜，叩请天师，方可得见。倘若心不志诚，那便很难见到。"洪太尉道："我自京城一路吃素到此，如何心不诚？但你既然这么说了，我就依你所言，明日一早步行上山。"

第二天天不亮，众道士便伺候洪太尉香汤沐浴、更换布衣麻鞋，待他吃过素斋，又用黄布将圣旨包了，背在他背上，接着给他手提的银香炉里燃了御香，这才送他到后山，给他指明了路径。

洪太尉别过众人，口诵天尊宝号，独自一人上了山。约莫走了数个山头，二三里路光景，他已是脚酸腿软，心中很有些不痛快，又行不到三五十步，便累得站在那里直喘粗气。正此时，忽见山坳里起了一阵风，风过处，伴着雷鸣般一声大吼，从松树后跳出一只吊睛白额锦毛大

---

① 祈禳（qí ráng）：道教的一种法术，以祈祷神明的方式来达到自己的目的。

虎来。洪太尉吃了一惊,"啊呀"一声跌倒在地。那只猛虎看他半响,却并未伤他,咆哮一阵,突地往后山跳了下去。洪太尉吓得要命,哆嗦个不停,待猛虎去了好一阵子,他才爬起来,收拾了地上的香炉,重燃上龙香。看看四周没什么妨害,他才鼓起勇气继续往山上走。

走不多远,他正在心中暗自抱怨,平白接这么个苦差,害得自己受了场惊吓。谁料又是一阵风吹来,山边竹藤里簌簌地响,跟着就蹿出一条吊桶大小、白花花的蛇来。太尉定睛一看,吓得扔了香炉,下意识地往后躲,慌乱中直跌在一块大石头边上。那蛇两眼冒着金光,张开巨口吐出舌头,朝洪太尉脸上喷了口毒气,太尉瞬间三魂七魄离了位,吓得大气都不敢出。但那蛇却也未伤他,往山下一溜,转眼不见了。洪太尉这次吓得更厉害,过了很久才从地上爬起来,仍是后怕不已,忍不住直骂道士无礼,居然这么害他!

待他重新又收拾了银炉,正踌躇着是否要继续上山,忽听得松树背后隐隐有笛声吹响,渐渐近来。他抬头看时,却是一个道童,倒骑一头黄牛,横吹一管铁笛,转出山坳来。那道童呵呵一笑,用铁笛指着洪信说道:"你来此,可是想见天师吗?天师早已乘鹤驾云赶往京师,去做罗天大醮,祈禳瘟疫去了。你休再上山,山内毒虫猛兽极多,恐伤了你。"说完,也不管洪太尉听清楚没有,吹着铁笛转过山坡去了。

> **罗天大醮**
>
> 罗天大醮(luó tiān dà jiào),"醮"指的是道教的一种隆重的祭天神的仪式,通过设法坛、祈祷、供奉等等方式达到消灾祈福的目的。依据规格和供奉的神位数量,又分为普天大醮、周天大醮、罗天大醮,罗天大醮属于道教斋醮科仪中最隆重的活动之一。

洪太尉寻思片刻,想想这一路上所受的惊吓,忙转身下了山。回到上清宫,他将自己一路所遇险情都跟真人说了,埋怨真人不该骗他上山,让他差点葬身虎口蛇腹。住持真人连忙告知,说那虎和蛇并不会伤人,那都是天师试探太尉的心诚不诚的,而太尉路遇的那位小道童正是天师本人。既然天师已知圣上宣召,此时应该已赶去京师了。

洪太尉这才安了心，踏实住下来，接受住持真人的筵席款待，一众人等饮酒至晚。次日早膳后，真人道众连同当地官员陪同太尉游山，太尉游遍各处宫殿，最后来到右廊后一所殿宇前，只见殿门上用胳膊粗的大锁锁着，门上贴着十数道封皮，封皮上还重重叠叠盖着朱印。檐前一面朱红漆金字牌，上书四个大字："伏魔之殿"。太尉问："这是什么殿？"住持真人回道："这是前代老祖天师大唐洞玄国师封锁魔王在此，子子孙孙不得妄开，走了魔君，非常厉害。"太尉一听此言，心中惊怪，就对真人说道："你打开这门，我倒要看看魔王是什么模样。"

　　住持真人慌忙说道："此殿绝不敢开。"太尉并不信这些魔怪之事，假意动怒道："胡说！哪来什么锁魔之法，定是你等为显耀道术，故意妄生怪事，煽动良民百姓。快快给我打开！不然，等我回到朝廷，就向皇上说你们违背圣旨，不让我见天师，还假称镇锁魔王，妖言惑众，把你们都刺配充军到边远的军州去受苦！"众人惧怕太尉权势，被逼不过只好叫来几个火工道人，揭了封皮，砸开铁锁，打开殿门。太尉领着一干人等进了大殿，里面黑沉沉不见一物，他命人点起十多个火把，只见大殿中央一个巨大的石龟驮着一块石碑，碑上凿着四个大字："遇洪而开。"太尉一看，大喜道："你们阻挡我进来，却不知几百年前就已注定让我来开。快，多叫几个人，用锄头铁锹把它挖开！"

　　住持真人慌忙相劝，却怎能劝得住。天意如此，此时洪太尉谁的话也听不进去，他一心就在此事上，急命众人放倒石碑，掘起石龟，接着，又掘了有三四尺深，见一片大青石板。众人撬开石板，洪太尉探头一看，下面是个看不到底的地穴。只听得穴内一阵雷鸣似的响声，响声过处，一道黑气从穴内冲出来，掀塌了半个殿角，接着，直冲上半天云霄，散作百十道金光，往四面八方去了。众人惊喊不止，抱头鼠窜。洪太尉目瞪口呆，这才知道害怕，忙向真人询问："这是什么妖魔？"真人说道："此殿内镇锁着三十六员天罡星，七十二座地煞星，共是一百单八个魔君在里面,上立石碑,凿着龙章凤篆①天符,镇住在此。若放他出世,必恼下方生灵。如今太尉放他走了,怎生是好?他日必为后患。"太尉一听,顿时吓出通身冷汗,再不敢待下去,慌忙收拾行装,带着从人下山回京去了,一路上叮嘱从人,万不能将此事告诉旁人,恐天子知道绝饶不了他。待他一路赶回京师,进了汴梁城就听说,天师早已来做过法,已经还太平于百姓。

次日早朝,洪太尉向仁宗皇帝复命。仁宗皇帝不知其中许多缘由,自然给了他许多赏赐。

后来,仁宗皇帝晏驾②,传位给了英宗,英宗又传位于太子神宗,神宗传位于哲宗皇帝,那时,天下太平,并无事端。

---

① 篆(zhuàn):汉字形体的一种。
② 晏驾(yàn jià):古代帝王的死亡。

第二章
王进授艺史家村

话说东京开封府有个破落户子弟，名叫高二，自小不务正业，只会弄枪使棒，从来没个正事做，终日于妓馆茶楼厮混。但是，这泼皮却踢得一脚好球，吹弹歌舞、相扑玩耍、诗词歌赋，亦很在行。

就凭着这些本事，这家伙时来运转，机缘巧合之下竟投在端王府里，给端王做了个亲随。

端王是什么人？哲宗皇帝的御弟。也是个风流俊俏的人物，虽无经邦济世的才干，却是品竹调丝、琴棋书画的高手，尤爱踢球打弹这些闲事。得了高二，那真是趣味相投，自是宠信有加。

高二从此发迹，给自己改了个名字，叫作高俅。

不久，哲宗皇帝晏驾，因没有太子，文武百官商议之下拥立端王赵佶做了皇上，他就是中国历史上著名的风流天子宋徽宗。

徽宗登基，高俅自然跟着平步青云，不到半年，便做到殿帅府太尉之职，掌管兵马大权。

他喜不自胜，选了吉日上任，一应下属，俱来参拜，各呈手本。高殿帅一一点过，其中唯缺一名八十万禁军教头王进。军政司回禀，说王进因患病，半月前已请病假，所以没来。高太尉大怒，命人立即捉拿王进。

王进只能拖着病体跟随差役来到殿帅府，向太尉参拜告罪。太尉却不由分说，大骂一顿之后，便命人将王进拖下去重打。众将官有跟王进交情好的，都为王进求情。高太尉喝道："贱种，你爹不过是街市上使枪棒卖药的，你能学出什么本事来？还能当上教头！今天且看众将之面，免你这一顿打，明天再跟你好好算账。"王进慌忙叩头谢恩，这才敢抬起头来，想看看这新任太尉是个什么来头，怎的如此蛮横？一看，什么高太尉，这分明就是帮闲的高二！王进不禁心中暗暗叫苦。

原来，当年高俅初学枪棒时，曾找王进的父亲王升比武，被王升一棒打翻，三四个月下不了床。如今他当了太尉，能不趁机报复吗？

王进没有妻子，只有一个六十余岁的老母。他闷闷不乐回到家中，向母亲说了此事，道："延安府老种经略相公镇守边庭，他手下军官多有到京师来的，夸赞儿子武艺好，现今，不如逃去投奔他们。那里是用人去处，足可安身立命。"王母正是此意，当下母子二人商议定了。到得晚间，王进使计支开了两个前来监管他的差役，便同母亲收拾些行李，趁着天色蒙昧，离开东京，向延安府逃了。

两个差役事后明白过来，知道大事不好，忙去报告高太尉。太尉大怒，立即传令诸州各府，通缉捉拿王进。

且说王进母子逃出东京，一日不敢停歇，足足赶了月余的路，来到华阴县界，眼看要到延安府。这日天色将晚，他们就先寻了一处庄院借宿。王进的母亲年岁已高，这一路上又鞍马劳累，担惊受怕，到了此间，听儿子说延安府近在眼前，一直高高悬着的心放下来，当晚犯了旧疾。王进只得厚起颜面，求告主人容留数日。庄院主人史太公是个良善之辈，不仅留他们在庄上住，还帮着他们寻医问药。这么着，他们就留在庄上多住了五六天。

史太公膝下只有一子，唤作史进，自幼爱使枪棒。因他母亲早亡，太公诸事由着他，不仅使了钱财请师父来教他，还随他心意请高手匠人为他在身上纹了九条青龙，当地人都称他"九纹龙"。王进住这几日，可巧就碰见了这位"九纹龙"，看他棒法只是花哨，根本不实用，忍不住就开口提点了他两句。

史进年少气盛，当下站在空地当中，把一条棒使得风车儿似转，就偏要同王进比试。王进知晓这后生是太公之子，有心想点拨他，便不多推辞，去枪架上拿了一条棒在手里，真个同他比试。结果只一招，史进就败下阵来，他这才知道人外有人天外有天，旋即扔了棒，跪下就磕头，要拜王进为师。

太公从旁看到，也求王进指教。王进感念太公收留照顾之恩，自觉无以为报，只能点头应允。太公大喜，当即摆下拜师宴，请王进母子上首落座，命儿子行了拜师大礼。起初王进到庄院来借宿的时候，没敢说出真实身份，只谎说姓张，是去延安府投奔亲戚的。现在他不好再瞒，便说出真实身份。太公一听大喜，道："怪不得师父武艺如此高强，小儿真是有眼不识泰山。教头今日既到了这里，就请安心住下。这里远离京师，教头可以宽心。"自此，王进母子便在庄上住下。一转眼，时间过去大半年。

这半年的时间里，史进每日虚心求教，将十八般武艺学得样样精通。王进见他学得熟了，便向太公告辞，要到延安府去。

太公同史进苦留不住，只得摆酒为王进母子饯行。史进依依不舍地送出十里开外，看王进母子走远了，才和庄客自回。

这史进没有娶妻，家里生计又有太公照料，他每日吃饱饭只是苦练武功、走马射箭。又过半年，老太公忽患重病，卧床不起。史进遍请名医，也无回春之力，老太公撒手人寰①。从此，史家产业再无人管顾，史进每日里只知寻人比武、较量枪棒，三四个月转眼过去，到了六月中旬。

这一天，暑气正热，史进坐在柳树荫下乘凉，听猎户李吉说起，如今有一伙强人占了庄前不远处的少华山，大王叫"神机军师"朱武，二

---

① 撒手人寰（huán）：指死亡。

大王叫"跳涧虎"陈达,三大王叫"白花蛇"杨春,聚有六七百人,打家劫舍,为害地方百姓,猎户们都不敢进山打猎了。

史进一听,这还了得。他立即回庄叫庄客杀了两头最肥的水牛,又搬出庄内自造的好酒,将村里三四百庄户请来,吃了一巡酒,对众人说道:"我听说少华山上聚了一伙强人,打家劫舍,早晚必会来我们村上搅扰。我今天请你们来商量,若是他们来时,我庄上敲起梆子,你们都要拿了枪棒前来救应。你们各家有事,亦是如此。大家同心协力,共保地方安宁。"众人齐声道:"全凭大郎做主。"宴罢,众人回家收拾兵器衣甲。自此,史进修整门户墙垣,安排庄院,拴束衣甲,整顿刀马,提防贼寇,不在话下。

且说少华山寨中,三个头领议事,想下山去打劫点粮食回来。陈达建议去华阴县,杨春说,那须从史家庄路过,惹到"九纹龙"史进不好,还是去蒲城借粮更稳妥。陈达认为蒲城县钱粮不多,去了也没有用,说杨春那是长别人志气灭自己威风,坚持要去华阴县。朱武、杨春苦劝不下,陈达点了百十名喽啰,冲下山去,杀奔史家庄。

庄客报进庄来,史进命敲起梆子,三四百史家庄户拖枪拽棒一齐赶来。史进提上三尖两刃刀,跨上火炭赤马,率领庄户出庄迎战。陈达手提丈八点钢矛,骑着高头白马,冲上前来。二人各催坐下马,杀成一团。斗了多时,史进技高一筹,将陈达给绑了,百十名喽啰一哄而散。

史进将陈达押进庄,绑在大厅中央的柱子上,只待抓住另两个贼首,押解去县里请赏。

众喽啰逃回山寨,向二位头领说了陈达被擒经过。杨春立即就要倾巢而出,去跟史进拼命。朱武沉吟良久,道:"你我都去,也只是白白送死。我有一条苦肉计,若成了,史进自会放过陈达,若不成,咱们一起完蛋。"

再说史进,正在庄上怒气未消,只听庄客报说:"朱武、杨春来了。"史进速速提刀上马,才待出庄,只见朱武、杨春赤手空拳,步行已到庄前。两人双双跪下，哭道："小人三个，被官司所逼，不得已上山落草。当初结拜时曾说，'虽不同日生，只愿同日死'。虽不及刘、关、张的义气，但其心相同。今日小弟陈达惹了好汉，冒犯虎威，被英雄擒拿，请英雄把我们二人一起绑了，解官请赏。"

史进一听兄弟们如此义气，大为感动，忙扶起二人，请进庄来，又放了陈达，摆下酒席，请三人饮宴。三人千恩万谢，饮了数杯，这才告辞。自此，两边因为意气相投，竟亲近起来，常有走动。

却不知，世上没有不透风的墙。前文所说的那个猎户李吉，因贪官府的赏银，偷偷将史进跟少华山贼首结交的事报了官。

中秋月明之时，官府趁史进同朱武等人一起吃酒，发出三四百士兵来围剿史家庄。史进一刀把带路的李吉斩作了两段，随后放火烧了庄院，跟朱武、陈达、杨春一起，杀出重围，上了少华山。

在山寨一连住了几日，史进始终觉得在山寨落草为寇不是个办法。他左思右想，打算去延安府投奔王进。朱武等苦留不住，只得送史进下山。史进将带来的庄客都留在山寨，只自带了些银两，收拾了个包裹，挎上一口雁翎刀，就去了延安府。

第三章
鲁达拳打镇关西

一路饥餐渴饮，夜住晓行，史进足足走了大半个月，这天来到渭州。巧了，渭州也有一个经略府。

史进走进一间茶坊，要了壶茶，顺便向茶博士打听，此处经略府内可否有个东京来的教头王进，茶博士答说，这府里教头极多，姓王的有三四个呢。不等他说完，只见一个军官模样的大汉阔步走进来，寻了个位置坐下。史进看那人满脸络腮胡子，生得高壮魁梧，结实得犹如铁打一般，像传说中的钟馗一样，不禁多看了两眼。

茶博士从旁说道："客官要寻王教头，问此人便知，他是本府的提辖。"史进忙起身，向那大汉施礼道："官人可否赏脸，一起过来吃杯茶？"那军官见史进生得魁伟俊朗，像条好汉，便还了礼，过来坐下。史进道："小人斗胆，敢问官人高姓大名？"那军官道："洒家是经略府的提辖，姓鲁，单名一个达字。敢问阿哥叫什么？"史进道："小人是华州华阴县人氏，姓史，名进。请问官人，小人有个师父，是东京八十万禁军教头王进，可在经略府中吗？"鲁达道："兄弟莫不是史家村'九纹龙'史大郎？你要寻的王教头，莫不是在东京得罪了高太尉的王进？"史进道："正是。"鲁达道："俺也久闻其名，但他不在这里。俺这渭州，是小种经略相公镇守。听说王教头是在延安府老种经略相公那里。你既是史大郎，且和俺上街去吃杯酒，俺早闻你的侠义之名了。"说完，拉着史进便出了茶坊。

两人来到街上，行有三五十步，见一块空场上围着许多人，便也挤进去看,却是个使枪棒卖膏药的正在演练武艺。史进仔细一看,正是他的师父,江湖人称"打虎将"的李忠。他便在人群中高喊一声:"师父,多时不见。"李忠惊喜道:"大郎你如何来了这里?"鲁达道:"既是史大郎的师父,同和俺去吃三杯。"说完,不管李忠应否,转身把那看热闹的人群都给吆喝走了。李忠见鲁达蛮横,心下颇为不满,却敢怒不敢言,只能收了行头药囊,赔笑道:"好急性的人。"当下寄存了枪棒,跟上二人,来到州桥之下一个有名的潘家酒店。

　　三人上了酒楼,拣个雅间坐下。酒保认得是鲁提辖,知他性子急躁,赶忙烫壶好酒上来,又迅速端上一桌子好菜。三人酒至数杯,正说些闲话,谈论枪棒武艺,却听得隔壁有人一直哭哭啼啼。鲁达听得一时焦躁起来,把杯盘酒盏摔了一地,酒保慌忙赶来询问。鲁达气愤道:"我是少给了你们酒钱还是怎地?你叫什么人在隔壁哭个没完,打扰俺弟兄们吃酒?"酒保赔着小心,道:"提辖息怒。小人怎敢叫人啼哭打搅官人们吃酒。这隔壁是卖唱的父女俩,他们不知官人们在此吃酒,想是没卖到钱忍不住才哭。"鲁达听那哭声还在,不耐烦地摆摆手,怒道:"你把他们给俺叫过来。"

　　不多时,两个卖唱的走进来。一个是十八九岁的年轻妇人,容貌颇有几分动人;再一个是五六十岁的老头。二人走上前来,深深施了礼,那妇人还在拭着泪眼。鲁达粗声问道:"你们哭什么?"妇人道:"奴家本是东京人氏,同父母到渭州投亲不遇,母亲病死客店,我们父女二人无计流落在此。此地有位'镇关西'郑大官人,强要买奴作妾。谁想他虽写下了三千贯的文书,最后却一钱没给。不到三个月,他家大娘子又将奴赶打出来,郑大官人却还要追还三千贯钱。他有钱有势,父亲争不过他,没计奈何,只好带奴家抛头露面,来这里酒楼上卖唱挣钱还他。这两日酒客稀少,没挣什么钱,怕他来讨钱时受他羞辱。我们父女今时想起这些苦楚来,无处可诉,因此啼哭。不想冒犯了官人们吃酒,望乞恕罪,还请官人们高抬贵手。"鲁达又问:"你姓什么?住在哪家客店?那个什么'镇关西'又住在哪里?"老头回答道:"老汉姓金,女儿小字翠莲,郑大官人就是此地状元桥下卖肉的郑屠,绰号'镇关西'。老汉父女就住在前面东门里鲁家客店。"鲁达一听大骂："呸！俺只说是哪个郑大官人，却是杀猪的郑屠，竟敢如此欺负人！"他回头看着李忠、史进说道："你两个先等着，待俺去打死那个混账就来。"史进、李忠连忙拉住他，好说歹说才劝下了。

鲁达看看那父女俩，说道："老头你过来。"然后，他从怀里摸出五两银子放在桌上，看着史进、李忠道："俺今天出门就带了这么多，你们有银子先借给俺，明天还你们。"史进取出十两银子，说道："这值得什么，还要哥哥还。"李忠摸了好一阵，摸出二两多碎银子来。鲁达一看，说了句："真不是个爽快人。"把碎银子丢还给他，只把那十五两银子给了金老，说道："拿这些银子做盘缠，你父女明日就回东京去。"金老道："店主看着我父女，如何能走得了？"鲁达道："明天清早俺来送你们，看谁敢拦！"金老接了银子，同女儿千恩万谢，自去了。三人又吃了一会儿酒，史进、李忠自去投客店，鲁达自回住处。当晚，气得他饭都没吃就睡了。

次日一早，鲁达依约前来，正待引金老父女出门，却被店小二拦下，说什么都不肯放行。鲁达大怒，一巴掌就打得那店小二满嘴是血，骂道："又不欠你房钱，你拦什么！郑屠的钱，洒家自会还他，要你在此多事！"店小二爬起来，吓得一溜烟跑了。店主人一看，哪还敢出来，忙躲了。

金老父女慌忙谢过恩人，离了客店。鲁达搬条长凳，往店门口一坐，坐了两个时辰，估莫金老父女走远了，才起身，直奔状元桥。

郑屠的肉店有两间门面，雇了十多个刀手帮他卖肉。鲁达到时，叫一声："郑屠！"郑屠看是鲁提辖，忙起身殷勤招呼，又叫伙计搬条板凳来，请他坐。鲁达坐下道："洒家是奉小种经略相公的命令，要十斤精肉，细细切碎了，不许带一丁点肥的。"郑屠忙吩咐伙计快去选好的切，鲁达道："不许他们动手，你自己来切！"郑屠诺诺应了，忙去肉案上拣了十斤精肉，细细切碎。才用荷叶包好，鲁达又道："再切十斤肥的，不要一丁点精肉，也要都切碎。"郑屠不敢多话，又去切肥肉。

整弄一早上，总算精、肥二十斤肉都细细地切了，都拿荷叶包好。

鲁达却又说道:"再要十斤脆骨,不许带一丁点肉,还是要切碎的。"郑屠一听,笑了,冲着鲁达说道:"提辖不是来买肉的,倒是故意来寻我开心的!"鲁达一听,腾地跳起来,顺势就将两包肉馅劈面打向了郑屠,骂道:"没错,就是来寻你开心的!"

两包肉馅打在郑屠脸上,恰似下了一场肉雨,弄得他满头满脸都是肉末。郑屠忍无可忍,抓过一把剔骨尖刀,就跳出来要跟鲁达拼命。鲁达三拳两脚将他打倒在地,一步上前,踏住他胸脯,晃着醋钵般大的拳头,骂道:"洒家当年投在老种经略相公门下,做到关西五路廉访使,都不敢叫'镇关西',你个卖肉的狗杂碎也配!说,你如何强骗了金翠莲?"话音未落,扑的一拳打在郑屠鼻子上,直打得鲜血迸流。

郑屠挣扎不起来,却不肯服软,嘴里叫道:"打得好!"鲁达看他嘴硬,提起拳头来,照着那眼眉处又是一拳,打得他眼角开裂,眼珠都快迸出来了。郑屠这才怕了,开始哀哀地求饶。鲁达痛骂道:"闭嘴!你个混账东西,若是跟洒家一硬到底,倒还能饶了你。现在敢来求饶,打死你!"跟着又是一拳,正打到太阳穴上。这一下,郑屠直挺挺躺在了地上,口里只有出的气,没有进的气,一动不动,面皮也渐渐变了色,鲁达心说不好:本只想痛打这厮一顿,教训教训,没想到他这么不禁打,居然给打死了。这要吃官司的,又没人送饭,不如及早撒开。思及此,他回头就走,还不忘假意诈道:"敢装死!你等洒家回头再来跟你慢慢算账!"说完,他甩开大步,一路直奔回住处,急急卷了些衣物盘缠,提一条齐眉短棒,一溜烟地跑了。

郑屠一死,他的家人便到州衙告下了鲁达。府尹派人捉拿,却发现鲁达早跑没影了,只得出个缉捕文书,画上鲁达的相貌,出赏钱一千贯,各处追捉。

第四章
鲁达大闹五台山

这鲁达逃出渭州,东跑西奔,胡走乱撞,这一天来到代州雁门县。入得城来,行不多时,走到一个十字街口,见一群人围在那里看什么,便也挤进去观看。他因不识字,看了半天不得要领,直到有人念出来,他才知道那是缉捕他的告示。正待躲开,不料身后一个人突然抱住他,叫道:"张大哥,让我好找,原来你在这里。"

鲁达扭头看时,不是别人,却是渭州酒楼上救过的金老。那老儿直将鲁达拉到僻静处,才悄声说道:"恩人,你好大胆。那上面贴的是缉捕你的公文,你怎么还敢近前观看?若不是老汉看见,你岂不被官差们拿了?"鲁达道:"不瞒你说,你们走后,我本想找郑屠那厮给他吃些教训,不料只三拳便打死了他,所以才逃出来。你为何没回东京,也在这里?"金老回道:"老汉父女逃出渭州,本想回东京的,又怕郑屠派人追赶,就没敢回去。一路往北走,恰在此地碰到一个老邻居。他帮老汉父女安顿下来,又给翠莲做了个媒,嫁给此地的赵员外做小妾,养在外宅,衣食丰足。赵员外也爱使枪弄棒,他常说,如果有机会能跟恩公见上一面就好了。今日可赶巧,恩人请先随老儿回家,别的事咱们再慢慢商议。"

一直四处逃亡的鲁达,风餐露宿日久,这回总算有人家肯收容他,岂有推让之理,道过一声谢,即随金老回到赵员外的宅院住下。但住不几日,就有官差模样的人,似在邻近探听。赵员外一想,这么下去终究不是办法,万一恩人在他这里被抓,他还有何颜面见人?于是,就跟鲁达商议，说有个去处可保万无一失，只怕恩人不肯。鲁达说道："我如今处境，但得一安身之处就行了，还有什么不肯。"赵员外这才说道："离这里三十余里有座五台山，山上有座文殊院，寺里有六七百僧人。我祖上曾舍钱修过寺院，是本寺的施主檀越。我曾许下剃度一僧的心愿，度牒①都已买下了，只不曾有个可信托之人了却这条愿心。恩公若肯去，一切费用都是赵某备办。只是恩公您肯落发为僧吗？"鲁达寻思，现在也没别处去了，不如就做个和尚。便道："一切全凭员外做主。"

鲁达跟着赵员外上了五台山。本来，寺内众僧都说鲁达目露凶光，不似出家人模样，不欲留他。但住持智真长老却道："只管剃度他。此人上应天星，心地刚直，虽然眼下凶顽，日后却得清净，必成正果，你们都不及他。你等勿要再推阻。"众僧无奈，只得听从。

长老选了个吉日良时，鸣钟击鼓，齐集众僧，为鲁达剃尽须发，摩顶受戒，赐法号智深。鲁达稀里糊涂做了和尚，从此就在五台山落脚。但他是随性惯了的，哪肯受些约束。每日里就是吃了睡，睡了吃，别说听经参禅了，连拉屎撒尿都不找地方，就在大殿后面随意方便。侍者禀报长老，长老却呵斥侍者一通，叫他少生事端。从此，再也无人敢管鲁智深的事。

智深在寺里不知不觉住过了四五个月，转眼到了初冬。久静思动。这一日天气晴好，智深来到寺外半山亭上，不由得想起原来酒肉不离口的痛快日子来，心中好不烦闷。正此时，远远地只见一个汉子挑着一副桶上山来，也到亭子里歇脚。鲁智深搭话道："喂，你那桶里装的什么？"汉子回道："好酒。"智深问："多少钱一桶？"汉子答："这酒是卖给寺内的火工道人、直厅轿夫、粗杂工们吃的，哪敢卖给和尚？长老知道了，要被责罚的。"智深本在馋酒，听他不肯卖，有些动怒："真个不卖？"汉子见情势不对，挑了桶想走。智深赶上，冲那汉子裤裆里就是一脚，那汉子登时疼得双手捂裆半日起不来。智深把酒提到亭子里，

---

① 度牒（dù dié）：官府发给和尚、道士等出家人的一种凭证。

打开桶盖，舀出一瓢就吃，不多时，就吃下一大桶。他这才想起跟人家卖酒的说道："明日到寺里来拿酒钱。"那汉子生怕长老得知，坏了衣食，哪敢讨钱？把酒匀作两半桶挑上，飞也似逃下山去了。

在亭子上坐了半日，智深酒劲涌上来，他脱了僧衣，缠在腰间，露出脊背上的刺青来，晃着两个膀子就上了山。两个守门的小和尚远远望见，便拿着竹篦到山门下拦挡他，斥他破了酒戒，要将他打四十竹篦，赶下山去。鲁智深本来旧习未改，现又正涌着酒劲，两眼一瞪，骂道："他娘的，你两个想打酒家？俺就跟你们打！"小和尚见势不好，一个飞也似奔进寺里报信，一个用竹篦拦他。鲁智深一步上前，只一拳就把个小和尚打得踉踉跄跄，再一拳，将人直接打倒在山门下，然后抛下一句"今天先饶了你"，就晃晃悠悠进了寺。

监寺听了报信，领着二三十人各持木棒，赶到西廊下，正迎面撞见鲁智深。鲁智深大吼一声，就似响个霹雳，把众人吓得慌忙退入殿中，关上朱红大门，再不敢与他冲突。谁想这厮蛮心上来，抢上台阶，一拳一脚就打开了大门，夺过一条棒，把众人打得无路可逃。

监寺急忙报知长老，长老听得，忙带了几个僧人匆匆赶到廊下，喝声："智深不得无礼！"鲁智深虽然酒醉，却认得是长老，撇了手里的棍棒，上前来施个礼，委屈道："智深吃了两碗酒，又没惹他们，他们一帮人却要来打俺。"长老道："你醉了，睡觉去。"智深嘟囔两句，依长老所言，收敛了凶性自睡觉去了。众僧围定长老，齐声抱怨，都说不该收留这等野猫，乱了清规。长老却说，一来要看赵员外的面子，二来鲁智深必能修成正果，执意劝下众僧。

次日，待智深酒醒，长老叫他前来，好一顿训斥。智深诺诺连声，直言不敢再犯。

一连三四个月，智深果然有所收敛，没出过寺门一步。但是，这也就算极限了。一天，只因在山门外听得有叮叮当当的响声随风传上山来，他的心思就又活泛了，揣些银两，又下了山。

这一次，他出了"五台福地"的牌楼，到了山下的市镇上。看集市上那般热闹，应有尽有，智深不禁暗暗埋怨自己，早知有这个好去处，也不在半山亭里抢酒喝了。他循着叮当声寻去，见是一个铁匠铺，三个人正在打铁。智深上前问："有好铁吗？"那铁匠看鲁智深模样粗犷，先有五分怕他，忙请他坐下，问："师父要打什么？"智深道："给洒家打一条一百斤的禅杖，再打一口戒刀。"铁匠道："一百斤太重了，师父。就是关帝爷的青龙偃月刀也只八十一斤。我看不如给师父打一条六十二斤重的水磨禅杖，再用好铁打一口戒刀。"智深问："多少银子？"铁匠道："五两。"智深掏出银子给他，又摸出些碎银，说道："咱们喝几杯去。"铁匠回道："我得赶活儿，师父自便。"

> **关帝爷**
> 即三国时期的名将关羽。关羽武艺高超，相传其兵器为青龙偃月刀，在军事上有着极高的造诣，又因其尽忠职守，重仁义，讲义气，被各朝皇帝都奉为忠义的化身，成为教育忠君爱国信念的榜样。后世尊其为"武圣"，道教也将其奉为"关圣帝君"，民间称呼其为"关帝"或"关帝爷"。

智深连走几家酒馆，店家都因受了长老法旨，绝不肯卖酒给五台山的和尚吃。无奈，他只能一家一家地问，直问到了市镇尽头。只见杏花深处，挑出一面酒旗来。这回，他学乖了，骗店家说，自己是个过路的僧人，想买杯酒吃。不管店家怎么问，他坚决不承认自己是五台山的和尚。店家只好给他打了酒，他又要吃肉。店家说："肉卖完了。"智深明明闻到肉香，就寻到后面，掀锅一看，炖着一条狗，他取出银子，买来半只狗，让店家捣了些蒜泥，就这么蘸着吃。一边撕吃着狗肉，一边大碗喝酒，连喝了十来碗还不够，他又要了一大桶。最后，只剩下一条狗腿，他揣在怀里，打着酒嗝跟店家说道："剩的银子不用找了，明天洒家还来吃。"店家看他那做派，早已吓得目瞪口呆，茫然不知所措，待回过神来，却只见他径直往五台山上去了……

走到半山亭，鲁智深酒劲冲上来，忽然就想要耍耍拳脚。他把僧衣一脱，扎在腰里，虎虎生风耍将起来。到兴头处，控制不住力道，一膀子撞到亭柱上，只听哗啦啦一声响，亭柱折了，亭子塌了半边。守门的小和尚听到响声，向下一看，见又是鲁智深，喝醉了正往山上来。暗叫声"不好"，两人连忙关上山门，又上了栓，顶得结结实实。殊不知，他们这一闩门,却惹得醉汉鲁智深闯出天大祸来。

鲁智深酒气正盛,又是怒急之下,他砸不开门,蛮心上来,挥着拳头就将镇守山门的两尊金刚给打烂了。然后,他威胁不开门就放火,逼着小和尚开门放他进寺,进了寺却见人就打,直将整个文殊院搅了个鸡犬不宁。

鲁智深这一通闹下来,智真长老也护不得他了,只能在智深酒醒之后,让他离开。长老道:"你两次吃醉酒,大闹五台山,虽看在赵员外面子上,这文殊胜地也容不得你了。我有一个师弟,现在东京大相国寺当住持,法号智清禅师。你可拿我这封书信,前去投奔他,讨个执事僧做。我夜来入定,得四句偈言①,你可记住,供你终生受用。"智深跪下道:"请师父赐教。"长老道:"遇林而起,遇山而富,遇水而兴,遇江而止。"

智深记下四句偈言,拜过长老,背上包裹,藏好书信,辞别长老及众僧,离开了五台山。他先到镇上铁匠铺隔壁的客店歇了几天,等到禅杖、戒刀打好,便带上这两件兵器,直奔东京去了。

---

① 偈言(jì yán):佛教中僧人说出来的具有道理或者带有预言性质的诗句。

第五章
鲁达倒拔垂杨柳

且说鲁智深这一路上,还遇着两个故人。

先说途经桃花山,他救下个被土匪欺凌的女子,追打那厮时,遇着他的同伙,却是李忠。后来到了赤松林,他遭人打劫,竟是史进。

原来,这两个人自渭州一别,虽是各有际遇,却别无他途,都干起了打家劫舍的营生。

李忠不必说,来说史进,他寻不到师父王进,银两又用尽,原是打算凑够了盘缠就回少华山去投奔朱武入伙的,所以跟智深并不同路。两人略叙别情,就地分开,鲁智深这才继续往东京去了。

又行过八九日,他总算到了大相国寺,寻见知客僧,呈上了书信。

知客僧一见鲁智深生得那般凶猛,全不似良善之辈,心中胆怯,本不欲理会他,但听他是打五台山来,有智真长老书札,只能引他来见智清长老。

智清看过书信,先安排人带智深去稍作休息,用些斋饭。然后,他唤来职事僧人,面色颇有些不快,说道:"我这个师兄怎么想的,推这么个惹是生非的酒鬼给我。"知客僧道:"弟子们看他也全不似出家人模样,本寺如何安顿得他?"都寺道:"弟子想起来,酸枣门外那片菜园,时常被一伙泼皮侵害,只一个老和尚看管,奈何不得他们。不如让智深去管那菜园,没准倒管得了。"智清长老一想,还真是合适,便请鲁智深过来相见,告知他,可先去看管菜园。

鲁智深一听,不高兴了,说道:"我师父只是叫我来讨个职事僧做,又不是要来当你们的都寺、监寺,你们怎么好让洒家去看菜园?"首座忙解释道:"师兄有所不知,僧门中职事人员,历来都是各司其职,做得好的,自会升一级。师兄要做都寺,总得一步步来。"智深道:"既然如此,洒家明日便去。"看智深应允,一众僧人当即议定职事,随即写了榜文,派人去菜园张挂。

菜园附近住着二三十个泼皮混混,惯常在园内偷盗菜蔬,卖钱糊口。他们见菜园门前张挂起的榜文上说,相国寺要派一个叫鲁智深的和尚来看管菜园,任何人不得再来骚扰,就商量一定要给鲁智深来个下马威。

泼皮们想着,等鲁智深来上任,他们就假借请安之名将他诱到菜园的粪池近旁,再由他们的两个头头,一个叫作"过街老鼠"张三,一个叫作"青草蛇"李四,一人抱住鲁智深一条腿,合力将他扔进去,定教他识得厉害,以后万不敢同他们作对。

这班泼皮的下场可以想见,真到了鲁智深来上任,这俩泼皮不但没能整倒鲁智深,倒被鲁智深咣咣两脚,一前一后将他们都踹进了粪池,满身臭屎,只能立在粪池里连声求饶。

鲁智深见他两人狼狈,也懒得同他们计较,叫那些泼皮捞了两人上来洗洗干净,又叫众人脱几件衣服匀给他两个穿了,才细问他们来历。那张三、李四并众人一齐跪下,将他们此来缘由一一交代清楚,又道:"小人等有眼不识泰山,今后情愿服侍师父。"智深道:"就凭你们几个鸟人也敢来戏弄洒家?洒家原是关西延安府小种经略相公帐前提辖官,什么阵仗没见过!千军万马都不曾放在眼里。"

次日,众泼皮凑些钱物,买了酒肉、果品,来到菜园摆了一桌酒席,向智深请罪。智深见众人敬他,倒也欢喜,不计前嫌,同他们吃酒。吃到半酣,众人正开怀,在那里叫嚷,只听得有老鸦哇哇地叫。一些小混混就说道:"老鸦叫,怕有口舌。"智深道:"哪来的这玩意?"一旁的种地道人笑道:"墙角边绿杨柳上,新添了一个老鸦巢,每日只叫到晚。"众人道:"搬梯子上去拆了那巢就行了。"

泼皮们正闹哄着要爬上树去拆了那巢,智深乘着酒兴,也到树下观望,望见果真有个鸦巢,他便脱了僧衣,接着用两只手扶住树干晃了两晃,跟着,他俯身弯腰,一手在下,一手在上,抱住树身,运足力气,猛使劲向上提,片刻之后,居然生生地把那半抱粗细一棵大树连根拔了出来,树上聒噪的老鸦自然惊得飞起。众泼皮见状,惊得齐齐拜倒,连声叫道:"师父真是罗汉之躯!无千斤气力,如何拔得起!"智深道:"这有什么稀罕,明日你们再来看洒家耍兵器。"

自此,这群泼皮完全被智深震慑住,每日里买酒肉来请他吃喝,看他演武使拳。时间久了,智深寻思着,也该回请回请人家。所以,他就叫种地道人去城中买了些蔬果,沽了两三担酒,又买回猪羊等肉食,就在树荫下铺了芦席,请那些泼皮团团坐定,大家大碗斟酒,大块吃肉。

酒吃得兴浓,众泼皮央智深要一趟兵器来看。智深便去房内取出那浑铁禅杖,立在场中,耍得是飕飕生风,精湛绝伦。看他通身上下,竟无半点瑕疵,众人看得兴高采烈齐齐叫好。正使得顺手,只听一声喝彩:"好杖法!"智深听见,收住了手,看时,只见墙角处立着一个官人,三十四五岁年纪,长得豹头环眼,威风凛凛。

众泼皮道:"此人说好,必然是好。"智深问道:"那官人是谁?"众人道:"这是八十万禁军枪棒教头林武师,名唤林冲。"智深道:"何不就请过来一见?"那林教头便跳入墙来。两个人就在槐树下见个礼,一同坐地。

林教头便问道:"师兄何处人氏?法讳唤作什么?"智深道:"洒家关西鲁达,只为杀的人多,情愿为僧。年幼时也曾到东京,认得令尊林提辖。"林冲大喜,当下就跟鲁智深结义为兄弟。智深道:"教头今日缘何到此?"林冲答道:"本是与拙荆一同来还香愿,路过这里听得有人

使棒，看得入眼，便着使女锦儿自和荆妇去庙里烧香。我就在此间相看，不想得遇师兄。"智深道："酒家初到这里，正没相识，得这几个大哥每日相伴，如今又得教头不弃，结为弟兄，十分好了。"便叫那种地道人再添酒来相待。

恰才饮得三杯，只听丫鬟锦儿在墙那边高叫："官人不好了！娘子在五岳楼碰见个无赖，被拦住了去路。"林冲一听，急站起身，匆匆别了智深，跳出墙去，跟锦儿一路赶到五岳楼。

只见一伙人拿着弹弓、吹筒、粘竿站在栏杆边，扶梯上一个后生正拦着娘子。林冲怒气冲天，一个箭步上前就扳过那人肩头。挥拳正要打，却认出这厮竟是顶头上司高太尉的义子高衙内。

这高衙内是出了名的花花太岁，仗着高太尉的势力，在东京城向来横行霸道惯了，见有人管到他头上，喝道："关你屁事，你敢来管？"跟随高衙内的人中有认识林冲的，忙上前说道："教头休怪，衙内不认得，多有冲撞。"劝了林冲，又忙去哄高衙内，总算把他哄走。

林冲也只得忍了这口气，带着妻小和使女锦儿回去了。

却说这高衙内打从见了美如天仙的林娘子，心内就百般惦念，回府之后一连几天都是闷闷不乐。他手下有个帮闲的叫富安，绰号"干鸟头"，为人最是奸猾，猜知高衙内的心事，便为他设下一条毒计来赚林娘子。

高太尉这殿帅府内有一个虞候，叫作陆谦，跟林冲自幼同窗，是林冲多年的朋友。富安献计，正是要此人前往林家，假说请林冲到他家里吃酒。然后半路上，却引林冲去别处酒楼。等些时，再派人到林府，跟林娘子说她家官人突然犯病，晕倒在陆虞候家中，诱她来陆家，就此相会，成就美事。高衙内一听，顿时大喜，当时就叫陆谦来，吩咐他去办。

这陆谦是个利欲熏心的货色，为讨好高衙内，哪还顾得多年友情？次日，他便依计行事，去骗得林冲离了家。林冲夫妻良善，哪曾想到人心如此险恶。若不是锦儿机警，及时寻到了林冲报信，赶去相救，吓得那高衙内跳窗逃走，几乎被他得手，害了林娘子。

林冲猜知是陆谦和高衙内定下圈套，不由得怒火中烧，把陆家打了个稀烂，誓要千刀万剐了陆谦。还有那高衙内，这次亦饶他不得！

陆谦知道事发，吓得躲在殿帅府内不敢回家。林冲连等三天，也没等到这个混账东西。到第四天，鲁智深上门来寻他。说是那日匆匆一别，多时未见，很是挂心。林冲感他情义，又不好与他说知此事，索性拉他上街去吃了一天酒。此后，这两人每天不是你请我，就是我请你，总在一处吃酒，林冲就把陆谦的事慢慢放了下来。倒是高衙内，自打那天受了惊吓，又兼思念林娘子，回府后竟一病不起，日渐憔悴了。

高俅派老管家来探病，陆谦、富安就对老管家说，要使衙内病愈，必得设法害了林冲性命，夺来他的娘子才行。听过老管家回禀，高俅迟疑片刻便唤来陆谦、富安二人，同他们商议除去林冲的计策。为了这个宝贝义子，他也顾不得林冲是个得力的军官了。

第六章
林冲刺配沧州道

再说林冲跟鲁智深,这天又约着一起吃酒,同行到阅武坊巷口时,见一条大汉,拿口刀在卖。擦肩走过他时,隐约听到他自言自语地说:"一口宝刀,可惜没个识货的。"两人起初并未理会,只顾说着话往前走。但是那大汉却在背后高声又说了句:"偌大一个东京,没一个识得军器的。"

林冲回过头来,那大汉唰地把刀抽出,明晃晃的夺人眼目。林冲一看,失口道:"好刀!你这刀多少钱?"那大汉道:"本来是要三千贯,若有人肯买的,二千贯就卖。"林冲道:"倒是值二千贯,可惜根本没有识货的。你若一千贯肯卖,我买你的。"那大汉叹口气,道:"真是金子当作生铁卖。算了,就依你!"林冲道:"跟我来家中,取钱给你。"智深一看林冲要买刀,就先告辞了,约定明日再见。林冲别了智深,自引那卖刀大汉到家去。

那大汉拿上钱走了,林冲拿着刀翻来覆去地看,越看越喜欢,简直爱不释手,不禁心内暗道:"真是把好刀!高太尉府中那口宝刀,总不肯教人看。今日我也买了这口好刀,正可以跟他比一比。"

第二天半响午,忽然来了两个殿帅府的差役来找林冲,道:"林教头,高太尉听说你买了一口好刀,要你拿去比看。"林冲暗想:这又是哪个多嘴的传到太尉耳朵里了？赶忙换了衣服，拿了宝刀，跟着两个差役走。

　　一路上，林冲看这两人总觉有些古怪，殿帅府何时来的这两个新面孔？问他们，说是新来的。等到了殿帅府，这两个人带着林冲直接去到后堂，说是太尉吩咐的。接着，又带他过了两三重门，到一个堂前，他们说声："教头，你请在此稍等。我等进去禀报。"便转进内堂去了。

　　一盏茶过去，不见人出来。林冲心疑，探头入帘看时，只见檐前匾额上写着四个青字"白虎节堂"。林冲猛省道："这是商议军机大事处，如何敢无故擅入？"急待回身，却听脚步声响，见是高太尉来了。林冲拿着刀，慌忙上前施礼。太尉喝道："林冲，你怎么敢擅入白虎节堂？"看看林冲手中宝刀，太尉怒气愈盛，道："你莫非来刺杀本官？"

　　林冲躬身禀道："恩相，是您派衙差传令，命林冲前来比刀的。"太尉喝道："胡说！本官何时派人去传你了？来人，与我拿下这厮！"

　　旁边耳房里即走出二十余人，上来把林冲按倒绑了。林冲忙喊冤枉，太尉却看都不看他，令人收了宝刀，喝道："解去开封府，吩咐滕府尹好生讯问，审明白了就开刀问斩，不得延误。"左右领了钧旨，监押林冲，往开封府来。

　　滕府尹不敢怠慢，立即升堂问案，问林冲为何要刺杀高太尉。林冲跪在阶下，心内已知必是因高衙内之事，又被那帮歹人陷害，他便将妻子是如何被高衙内调戏，他又是因何误入白虎堂的事一一向滕府尹说了，求他为自己做主，洗刷冤屈。滕府尹听了林冲口词，什么都没说，只是先将他收了监。

　　这滕府尹手下有个孔目名叫孙定，耿直好善，人都唤他作"孙佛儿"。他相信林冲是遭人陷害，便去向府尹极力陈情，言不可枉杀林冲性命。滕府尹其实也拿不定主意，便问孙定该怎么处置才能既保林冲，又不开罪高太尉。孙定道："绝不能判林冲擅入白虎堂刺杀的罪名，为今之计，只有让他招认是不小心误入，才能免了他的死罪。然后，判他脊杖二十，刺配远恶军州，让高太尉亦无话说。"滕府尹依言行事，到高太尉面前，再三禀说。高太尉情知理短，只能准他所请。滕知府升堂，打了林冲二十脊杖，又命文笔匠刺了他面颊，判他发配沧州牢城。派两个衙差——董超、薛霸，押送前往。

  二人领了公文，押解林冲出开封府来。只见众邻居并林冲的丈人张教头，都来给林冲送行。林冲执着丈人的手，说道："泰山在上，小婿此一去沧州，也不知道是生是死。唯一放心不下的就是娘子，不知那高衙内会不会趁此又来威逼于她。我情愿就此立下一封休书，教娘子改嫁他人，免得被那高衙内侮辱。如此，我也就没什么好牵挂的了。"张教头道："胡说什么！你早晚要回来的，到时自可夫妻团聚。"林冲却坚持要写休书。张教头无奈，只得由他，当时找人寻个写文书的来，代他写好一封。

  林娘子恰在此时赶来，她心内本已凄惶，再一见那封休书，登时支撑不住，伤心得晕了过去。众人忙救，折腾半晌，才救得醒转。林冲便请邻舍妇人帮忙，搀扶着娘子先回去。然后，他把休书交给丈人张教头。

  张教头接了，嘱咐林冲道："你此去，只管照顾好自己，别挂念家里。明天我就去接她们回我那里住，不管三年还是五年，等你回来团聚。"林冲起身谢了，拜辞丈人及众邻居，背了包裹，随那两个衙差前往沧州。

  且说这董超跟薛霸，事先早见过陆虞候，收了高太尉十两金子的好处，答应在路上就结果林冲性命。因此这一路上，他们对林冲是百般凌辱折磨。

  时值六月炎暑，林冲又才挨了棒，身上被汗水一泡，多有溃烂，路上一步挨一步，疼得根本走不动。这两人装作看不见，不住催林冲快行，稍慢就打骂不止。晚间投店时，这两个歹人更是变本加厉，拿酒将林冲灌醉了之后，烧一锅沸水强来给他洗脚，直烫得林冲双脚又红又肿。次日，董超又拿一双新草鞋，叫林冲穿。走不到二里地，林冲那双脚便被磨得鲜血淋漓。薛霸还要过来打骂，嫌他走得慢。董超假意心软，道："我扶着你走便了。"

他搀着林冲，又挨了四五里路。只见前面烟笼雾锁，到得一座猛恶林子，即是有名的野猪林，据传是东京去沧州路上第一个险峻去处，不知有多少好汉，在这里冤死了性命。

董、薛二人带林冲来，亦是这般心思。他两个假说要在此小憩，不放心林冲，骗得林冲自愿被缚在树上，便即动手。董超告诉林冲，是陆虞候奉了高太尉旨意差遣他们取他性命的，他们也是没办法。薛霸便提起水火棍，望林冲脑袋上劈过来。说时迟，那时快，只听松树背后雷鸣也似一声，一条铁禅杖飞出来，把薛霸的水火棍一隔，飞出去老远。跟着，跳出一个胖大和尚来，喝道："洒家在林子里等你们多时了！"

林冲睁眼一看，却是鲁智深，正举着禅杖要取那二人性命，连忙叫道："师兄，不可下手。"智深听得，收住禅杖，董、薛二人吓得一动不敢动。林冲道："师兄，算了，都是高太尉跟那陆谦要害我性命，他们也只是听差的。"鲁智深扯出戒刀来把那捆着林冲的绳子都割断了，扶起他来，道："自从兄弟你吃了官司，俺天天都在打听消息。听说你发配沧州，俺放心不下，特地跟来。昨夜间听得他们拿滚水烫你时，俺就想杀他们。只是客店里人多，不好下手。今天，他们又在这里害你，俺看他们不像什么好鸟，杀了算了。"林冲劝道："既然师兄已经救了我，就饶他两个算了。"鲁智深喝道："洒家不看兄弟面时，把你这两个都剁作肉酱！还不快搀我兄弟起来！"说完，他收了戒刀，提禅杖先走。董、薛二人回过神来，忙去背了包裹，扶着林冲，紧跟上他。

一行人出了野猪林，鲁智深去雇了辆车，让林冲上车将息。他打定主意，要亲自护送林冲到沧州。董、薛二人暗自叫苦，却什么都不敢说，只能一路老老实实跟着。

行了十七八日的路，离沧州只有七十来里了。鲁智深确定前面再无僻静处，一路都有人家，踏实了，想着就送到这里。

他们来在一处松林里话别，智深取出二十两银子给林冲收好，又拿二三两给了董、薛二人，指着近旁一棵松树，道："你两个听好，再敢有歹心，俺教你们的头跟这树一般！"说着，他抡起禅杖，只一下，就打得那树有二寸深痕，齐齐折了。董超、薛霸看着那松树，惊得吐出舌头来，半晌缩不回去。

鲁智深拖了禅杖，跟林冲道一声："兄弟保重！"便自去了。董、薛二人还在震惊中："好个莽和尚，一下打折了一株树。"林冲道："这有什么！相国寺里一株柳树，他能连根拔出来。"

三人当下也离了松林，往沧州去。

第七章
林冲风雪山神庙

　　行到晌午,林冲见官道上有一座酒店,便跟董、薛二人进去歇脚。听店主人说起,这里有一个柴进大官人,江湖人称"小旋风",是大周柴世宗嫡派子孙,家中收有太祖武德皇帝敕赐的誓书铁券,当地人人景仰。他专一招接天下往来的好汉,三五十个养在家中。

　　林冲当时就想去投奔,便向店家打听了柴大官人住处,一路来到柴大官人庄前,正遇大官人狩猎归来,两下里在门前就见了。这柴进看起来有三十四五岁年纪,生得是龙眉凤目、皓齿朱唇。林冲看他气宇不凡,忙先上前施礼道:"小人是东京禁军教头,姓林名冲,因得罪了高太尉,才刺配来沧州。闻得前面酒店里说,这里有个招贤纳士的好汉柴大官人,因此特来相投。"柴进一听是大名鼎鼎的八十万禁军教头林冲,忙回礼道:"小可久闻教头大名,不期今日来踏贱地,足称平生渴仰之愿。"林冲又道:"微贱林冲,得识尊颜,宿生万幸。"两人叙礼已罢,柴进携着林冲的手,将他一行三人迎进庄来,便唤庄客杀羊备酒,为林教头接风洗尘。

　　四人吃了一阵酒,不觉明月初升。只见庄客来报道:"教师来了。"柴进听说,便叫请进来一起吃酒。

　　林冲听庄客叫那人作"教师",初时还以为是柴大官人的师父,待他进来,便忙起身施礼,态度极尽谦恭。谁想这人倨傲无礼,全不把人看在眼里。就算听到柴大官人说出林冲"八十万禁军教头"的身份,仍是一副高高在上的姿态,不只不还礼,还径自去到上首,坐了林冲的座位。

柴大官人见他如此无礼，心内颇不痛快，便有心要教林冲跟他比试比试武艺。一来，要林冲赢他，杀杀他的威风；二来，也让众人见识一下林冲的本事。大官人便对林冲说道："这位洪教头也到此不多时，此间尚无对手，难得林教头今日光临寒舍，二位教头不如较量一棒，也让小可看看二位教头的本事。"

林冲一听，原来这厮跟他一样，也是来投奔柴大官人的，却摆这许多姿态给谁看！又听那洪教头先起身在叫嚣："来，来，来！和你使一棒看。"便不推辞，向柴大官人告一声："叫大官人见笑。"随即就地拿起一根棒来，对那洪教头道："师父请教。"

两个教头就在明月地上交起手来，那洪教头虽说有些武艺，妄自托大，其实跟林冲比真差得远呢。几个回合下来，他就只有招架之功，没有还击之力了。林冲看他脚步已乱，就把棒从下往上一挑，趁他躲闪不及，将身一转拿棒直扫到他小腿骨上。就见那洪教头扑通一声摔倒，挣扎半天爬不起来。众人看得不禁大笑，几个庄客过去，将其搀扶起来，他却哪里还有颜面在此吃酒，羞愧难当，灰溜溜地走了。

林冲就此留在柴进庄上，一连住了好几天，柴进每天好酒好食管待，亲热非常，不肯让他离开，直到两个衙差再三催促，言说不可过了期限，大官人才肯让他们辞行，又亲笔写了两封书信，交代道："州官是我的朋友，牢城管营、差拨亦跟我交厚，可将这两封书信代转，他们必然善待教头。"然后，再将二十五两一锭的大银送给林冲几锭。林冲重新带上枷，辞别柴进，跟着两个衙差往沧州府衙来。

到得沧州，林冲被收押在沧州牢城营内，发在单身房里听候点视。不久有差拨过来问："哪个是新来配军？"林冲见问，向前应了，取出五两银子给那差拨。差拨看了道："我跟管营的都在这儿了？"林冲道："只是送与差拨哥哥的。另有十两银子，就烦差拨哥哥送与管营。"说完，林冲取出柴大官人的书札说道："相烦老哥将这两封信代转。"差拨道："既有柴大官人的信，你大可放心。一会儿管营来点你，要打杀威棒时，你便只说一路患病，未曾痊愈即可。我自来与你解围，要瞒生人的眼目。"林冲道："多谢指教。"

差拨走后不久，就有狱卒来叫林冲，到厅前问话。林冲跟着他来到点视厅，听管营说是"犯人新入配军，须吃一百杀威棒"，他按差拨所教的，说他在路上感冒风寒，未曾痊愈，求免打这一顿。就看差拨站出来，替他说情。管营道："既是如此，待病痊愈再打。"差拨便道："看守天王堂的配军期限已满，可否叫林冲去替换他？"管营准许。差拨便领林冲到单身房去取了行李，来天王堂交替。林冲又取出几两银子拿给差拨，求他开了项上枷锁。自此，他就在天王堂内住下来，每日只烧香扫地。

不觉过了四五十日，冬深将近。这一天，林冲偶出营前闲走，却偶遇到一个旧识李小二，原来是东京一个酒店的小伙计，当初曾多得林冲看顾。

李小二现今跟妻子在这牢城营前开个茶酒店讨生活，一见恩人，好不欢喜，当时就拉着林冲回去好菜好酒招待，至晚才送回天王堂。次日，又来相请。自此，林冲与李小二家时有来往。

这一天，林冲又来小店吃酒，却只见李小二慌忙来告，说是店里才走了两个奇怪的客人。一个军官模样，一个走卒模样，是来请此地的差拨跟管营吃酒的。他上菜时，无意中竟听到他们在说高太尉，又听差拨口里说什么"都在我身上，好歹要结果了他性命"的话。林冲道："他们生得什么模样？"李小二道："军官模样的五短身材，白净面皮，约有三十余岁。走卒模样的亦不高，紫棠色面皮。"林冲听了，大惊道："这三十多岁的正是陆虞候。那泼贼还追来这里害我！休要撞着我，只教他骨肉为泥！"

过不几天，管营唤林冲到点视厅上，说道："林教头，看柴大官人面子，我派你一个美差。此间东门外十五里，有座大军草料场，原是一个老军看管。现在，我将你们调换一下，你到那里去，每个月送草料的来，能让你得些常例钱。如何？"林冲应道："小人便去。"当时离了营中，林冲就到李小二家来辞行，对他夫妻两人说道："却不害我，倒与我这好差使，奇怪。"李小二道："恩人休要疑心，只要没事就好了。"

33

次日，大雪下得紧，林冲和差拨两个人，来到草料场。老军跟林冲交接清楚一应事务，又将火盆、锅子、碗碟、酒葫芦等物，都留给了林冲，告诉他："若要买酒吃时，只要往东走个两三里，就有市镇了。"

林冲就在草料场住下，到晚，天气越发冷，他烤了一回火，仍觉得通身寒意，就寻思：何不去沽些酒来吃？便去包里取些碎银子，用花枪挑了酒葫芦，信步往东行来。行不上半里多路，看见一所古庙。林冲顶礼道："神明庇佑，改日来烧钱纸。"

他这么一拜，却想不到，真个有神明庇佑。怎么说？却原来，那陆虞候到此，真是来戕害林冲性命的。他们又设一条毒计，先骗得林冲去守那草料场，到半夜，等他睡熟时，他们再去放把火将那草料场点了，烧得林冲灰飞烟灭，神不知鬼不觉。却不料天佑林冲：是夜大雪，草厅破败寒冷住不得人。林冲当晚打酒回来，根本没住在草料场，却是拿了被褥在古庙借宿。火起时，他正在供桌上喝酒吃肉。那三个人放了火，正好来在古庙前，被林冲撞破了他们害人的勾当，当场捉住。差拨、富安、陆谦，一个不剩，尽被林冲用枪挑死。林冲将三人的头提到庙里，都摆在山神面前供桌上，再穿了白布衫，系了胳膊，带上毡笠子，将葫芦里冷酒都吃尽了，丢了被与葫芦，提了枪，便出庙门向东逃去。

一路饥寒交迫，他在路边的一处村屋，看到几个村夫吃酒，就想买些来吃，但人家不愿意。他实在忍不住，干脆把人都打跑了，抢了那些酒。结果，那些村夫趁他晚间睡熟，回来捉了他。他误打误撞，又到了柴大官人的别院。

柴进看他狼狈，忙迎他进内堂叙话。林冲便把火烧草料场一事，详详细细告诉了柴进。大官人听罢，不由得感慨："兄长真是命苦！"自此，林冲便住在柴进东庄上。

第八章
杨志汴梁城卖刀

且说沧州府尹,闻听了草料场命案,大惊,随即押了公文帖,派人沿乡历邑,道店村坊,画影图形,出三千贯赏钱,捉拿正犯林冲。各处村坊都轰动了,自然传到林冲耳朵里。林冲如坐针毡,生怕连累了柴大官人,一心要离开。柴进看他坚持,便说道:"山东济州管下,有个梁山泊,如今有三个好汉在那里扎寨,都是我的朋友。我今修一封书与兄长,去投奔入伙如何?"林冲一听,甚好,便催起程。柴进当日备了二三十匹马,以打猎做掩护,将林冲杂在庄客之中,顺利送出了关。

林冲一路不歇,赶了十数日,总算到了梁山脚下,寻到梁山泊开设在山下的酒店,那店主人朱贵,正是梁山眼线。林冲出示了柴大官人书信,朱贵盛情款待,次日一早便寻船只,将林冲送往山上。

朱贵引着林冲,来到聚义厅上。中间交椅上,坐着一个好汉,正是大寨主"白衣秀士"王伦,左边交椅上是二寨主"摸着天"杜迁,右边交椅上是"云里金刚"宋万。朱贵、林冲向前见了礼。朱贵说明林冲来历,取出柴进的书信递上。王伦看过书信,请林冲来坐第四位交椅。心里却蓦然寻思道:"我一个不及第的秀才,又没十分本事。杜迁、宋万,武艺也只平常。如今来的这个禁军教头,必是好武艺。倘若被他识破我们手段平平,要强占我们山寨,岂非后患?"

揣着这个心思,王伦一面叫小喽啰安排酒食,为林冲接风,一面却叫人备下金银财物，赠与林冲，道："柴大官人举荐教头来敝寨入伙，本是我等幸事。奈何山寨狭小，恐不堪林教头安身歇马。此处略有些薄礼，望乞笑纳，早日再寻个大寨去投，才不致误了前程。"

朱贵一听，心下顿时不快，道："哥哥在上，莫怪小弟多言，这位是柴大官人举荐来的人，如何教他去投别处？柴大官人自来与山上有恩，我们此举岂非忘恩背义！以后还有何颜面相见？"杜迁、宋万听朱贵所言，亦从旁相劝。王伦只好道："既然如此，你若有心入伙时，拿一个投名状来。"林冲道："小人颇识几字，乞纸笔来便写。"朱贵道："教头不知，他是教你下山去杀得一个人，将头献纳，这个谓之投名状。"林冲道："这事也不难。"王伦道："与你三日限，到时有投名状来，便容你入伙；拿不来，只得休怪。"林冲应承了，当晚席散，朱贵相别下山，自去守店。

林冲次日早早起来，吃些茶饭，带了腰刀，提了朴刀，叫一个小喽啰领路下山，到僻静小路上等候客人过往。可惜，头两天一无所获。第三天，总算等来一个孤身行路的。但那汉子见了林冲，却吓得丢了担子，转身便走。林冲忙去追赶，哪里赶得上，那汉子闪过山坡去了。林冲正愁闷，只见山坡下转出一个大汉来。头戴一顶毡笠，提条朴刀，生得七尺五六身材，面皮上老大一片青记。林冲一见，心道："天赐其便！"却听那人大叫如雷，喝道："泼贼，还我的行李！"喝叫间，飞也似冲过来。林冲正没好气，挺起朴刀，迎上前去便斗那个大汉。

二人斗了数十回合，不分胜败。正斗得激烈，忽听山上有人叫道："两个好汉不要斗了。"林冲听见，蓦地跳出圈外。两人都收住手中朴刀，看那山上时，却是王伦等三个头领走下山来，劝道："两位好汉，端的都是好武艺。这个是俺的兄弟豹子头林冲。青面汉，请问高姓大名？"那汉道："洒家是五侯杨令公之孙，姓杨名志。可叹时运不济，前次押送花石纲来到黄河里，遭风打翻了船，失陷了花石纲，不能回京赴任，逃去他处避难。如今听说朝廷大赦天下，洒家今来收得一担钱物,正待回京打点,想要官复原职。没想到,却被你们夺了行李。现在,把行李来还洒家如何?"

王伦一听,原来他是江湖上人称"青面兽"的杨志,便相请他到寨中吃杯水酒。杨志却不理,只要行李。王伦不以为意,仍是盛情相邀。杨志拗不过,只得跟他上了山寨。

你道这胸襟狭隘的王伦,为何此番待杨志如此殷勤?只因他早闻杨志大名,知他武艺高强,适才又见他与林冲相斗,似在伯仲之间,便想借机拉他来山上入伙,对林冲好有个制约。可惜,杨志这个三代将门之后,根本不肯理会他这贼匪,直推说要进京去看亲戚。凭他再是舌灿莲花,坚决不肯落草。

> **花石纲**
>
> "纲"意指一个运输团队,往往是十艘船称一"纲",花石纲即为运送花草石头的队伍;生辰纲即为运送生日礼物的队伍,有事也指代运送的物品。相传宋徽宗赵佶骄奢淫逸,挥霍无度,酷爱花石,臣子为讨他欢心,从江南搜罗各种奇花异石,从江南运到汴京。南方的百姓,家中但凡有一草一木、一块石头,这些臣子都会打折供奉皇帝的名头强行闯进去拿出来,还会花费大量人力物力去训中奇异的花草石头,百姓苦不堪言。

王伦这才死了心,将行李取出来还了,送杨志下山。自此,让林冲坐了第四把交椅,朱贵坐第五位。

且说杨志下了梁山,一路饥食渴饮,来到东京。将一整担金银财物都使尽了,买上告下,才得见了高太尉一面。谁料想,那高俅却只是将他臭骂一顿,就给赶了出来。

杨志无奈,回到客店中,看盘缠将尽,好不愁苦。寻思道:"现如今,只有将祖上留下的这口宝刀,拿去街上卖个千百贯钱,凑些盘缠,再投他处去安身了。"当日,杨志拿了宝刀上街去卖。等了两个时辰,直到响午时分,无一个人来问。没办法,他只好换到天汉州桥热闹处去卖。才到那儿,就见很多人口里喊着"快躲快躲,大虫来了",满街乱窜。杨志奇怪道:"哪来什么大虫?"当下立住脚看时,只见远远地,黑凛凛一个大汉,形貌生得粗丑,吃得半醉,正东倒西歪地向这边走来。

原来这人是京师有名的泼皮无赖,叫作"没毛大虫"牛二,专在街上撒泼逞凶的。

牛二来到杨志面前,一把扯出那口宝刀,问道:"汉子,你这刀要卖几钱?"杨志道:"祖上留下宝刀,要卖三千贯。"牛二喝道:"甚么破刀这么贵?"杨志道:"洒家这宝刀,第一件,砍铜剁铁刀口不卷;第二件,毛发沾上,一吹即断;第三件,杀人刀上没血。"牛二道:"你剁铜铁来看。"说完便去州桥下香椒铺里,讨了二十文铜钱来摞作一堆,叫杨志道:"汉子,你若剁得开时,我给你三千贯。"

杨志把衣袖卷起,拿刀在手,看准了,只一刀便把铜钱剁做两半,远远观望的众人不禁都喝彩。牛二转身喝道:"你们这些鸟人都闭嘴。"说话间他又把头上拔下一把头发,递与杨志:"你且吹我看。"杨志左手接过头发,照着刀口上,尽气力一吹,那头发都做两段,纷纷飘下地来,众人又喝彩。

牛二道:"好,到第三件,你剁个人来我看。"杨志道:"怎能随便杀人?你要不信,找条狗来,杀给你看。"牛二道:"杀狗有鸟用,偏要你杀人。"说完他就来抢杨志手中宝刀,道:"我要买你这口刀。"杨志道:"你要买,拿钱来。"牛二道:"我没钱。"杨志道:"没钱不卖。"牛二道:"我偏要你这口刀。"杨志看他无赖,不欲跟他多缠,转身想走。牛二道:"你要是个好汉,就剁我一刀。"杨志大怒,把牛二推了一跤。牛二爬起来,扑住杨志撕扯。杨志忍无可忍,叫道:"街坊邻舍都是见证,这泼皮是自己找死。"说时,冲牛二脑门上就是一拳,将他打倒。接着举刀往他胸脯上连捅两刀,将他杀了。

杨志道:"泼皮既已死了,洒家去官府里自首,求众位邻舍同往作证。"众人慌忙拢来,随同杨志,径投开封府。杨志拿着刀,上得厅来,跪在阶下,将如何杀了牛二一一说来。众人都替杨志求情。府尹听说被杀的是牛二那个泼皮,又听众人口词,便将杨志从轻发落,只断了二十脊杖，唤个匠人给他刺了面，发配北京大名府留守司充军。那口宝刀，没官入库。

大名府留守司，上马管军，下马管民，最有权势。那留守梁中书，是当朝太师蔡京的女婿。他原在东京时就曾认得杨志，当下一见，备问情由，杨志便把高太尉不容复职，使尽钱财，上街卖刀，因而杀死牛二的实情，都一一禀告。梁中书听完，当厅就给杨志开了枷，留他在厅前唤用。

杨志自到梁中书府中，早晚殷勤听候使唤。梁中书见他勤谨，有心要升他做个军中副牌，又恐众人不服，因此传下号令，教军政司告示大小诸将，来日都要出东郭门教场中去演试武艺。

时当二月中旬，正值风和日暖。次日天晓，梁中书早饭已罢，带领杨志上马，前呼后拥，往东郭门来。到得教场，进了演武厅，两边齐刷刷排着两行官员，指挥使、团练使、正制使、统领使、牙将、校尉、副牌军，前后周围，列着几百员将校。

梁中书传下令来，叫唤副牌军周谨向前听令。梁中书道："杨志，我知你原是东京殿司府制使军官，犯了罪刺配到此。即日盗贼猖狂，国家用人之际。你敢与周谨比试武艺高低否？如若赢时，便迁你充其职役。"杨志道："恩相差遣，岂敢不从。"

第九章
七星聚义东溪村

话说当时周谨、杨志两个，勒马于旗下，正欲出战交锋，只见兵马都监闻达喝道："且住。"自上厅来，禀复梁中书道："恩相，枪刀本是无情之物，只宜杀贼剿寇。今日军中自家比试，恐有伤损。此乃于军不利。可将两根枪去了枪头，各用毡片包裹，地下蘸了石灰，再各上马，两人都穿皂衫，但使枪尖厮刺，如白点多者当输。此理如何？"梁中书道："言之极当。"随即传令下去，令他们照此办理。两个人于是依命行事，再各上马，出到阵前。

那周谨跃马挺枪，直取杨志。这杨志也拍战马，握住手中枪来战周谨。两个人在阵前来来往往，斗了四五十个回合。看周谨时，一身斑斑点点，有三五十处。看杨志时，只有左肩胛上一点白。梁中书看杨志取胜，大喜，传唤周谨上厅，道："似这般武艺，如何南征北讨？叫杨志替此人职役。"

杨志面带喜色，下了马，便向厅前来拜谢恩相。只见阶下左边，转上一个人来，叫道："休要谢职！我和你两个比试。"杨志看那人时，威风凛凛，相貌堂堂，正向梁中书禀道："周谨患病未痊，精神不在，因此误输于杨志。小将不才，愿与杨志比试武艺。如若小将折半点便宜与杨志，情愿教杨志替了小将职役，虽死而不怨。"梁中书看时，却是大名府留守司正牌军索超。因为他性急如火，每每杀敌冲锋在前，人都叫他"急先锋"。

二人纵马出阵，都到教场中心。两马相交，二般兵器并举。索超忿怒，抡手中大斧，拍马来战杨志。杨志逞威，拈手中神枪，来迎索超。两个斗到五十回合，不分胜败。月台上梁中书看得呆了，两边众军官看了，喝彩不迭。闻达心里只恐两人中间伤了一个，慌忙招呼旗牌官拿着令字旗，先将他们分开。然后，忙到月台下禀梁中书道："中书相公，这两个人都是武艺高强，皆可重用。"梁中书大喜，传下将令，叫军政司将两个人都升作管军提辖使。

不觉光阴荏苒，端午节至。梁中书与蔡夫人在后堂家宴，庆贺端阳。酒至数杯，蔡夫人道："相公自从踏入仕途，今日做到一军统帅，掌握国家重任，这功名富贵从何而来？"梁中书道："世杰岂不知泰山之恩？提携之力，感激不尽。"蔡夫人道："相公既知我父亲之恩德，如何忘了他生辰？"梁中书道："下官如何不记得泰山是六月十五日生辰，已派人将十万贯去买了金珠宝贝，欲送往京师庆寿。只是，去年寿礼尽被贼人劫了，枉费了一遭财物。今年叫谁人去好？"蔡夫人道："帐前见有许多军校，你选择知心腹的人去便了。"梁中书道："夫人不必挂心，世杰自有理会。"

话分两头，梁中书这里暂且不提，来说说山东济州郓城县新到任一个知县，姓时名文彬，才一到任，听说在他的管下，所属水乡梁山泊，贼盗聚众打劫，很是猖狂，便传尉司捕盗官员，并两个巡捕都头，到各个村庄去捉捕盗贼。

本县尉司管下，有两个都头，一个唤作步兵都头，一个唤作马兵都头。这马兵都头姓朱名仝（tóng），高大威猛，有一部虎须髯①，满县人都称他作"美髯公"；那步兵都头姓雷名横，膂力过人，能跳过二三丈阔涧，满县人都称他作"插翅虎"。

雷横当晚引了二十个土兵，出东门，到东溪村巡察。遍地里走了一遭，也不见异常，就打算回去。行不到二三里，到灵官庙前，见殿门不关。雷横道："这殿里又没有庙祝，殿门不关，莫不是有歹人在里面吗？我们进去看看。"众人拿着火，一齐进来。只见供桌上赤条条地睡

---

① 髯（rán）：两腮的胡子，也可泛指胡子。

着一个大汉。雷横看了，道："原来真个有贼。"那汉听得响动，才想要起身，被二十个土兵一齐向前，把他一绳子绑了，押出庙门。

雷横看离天亮还早，道："我们且押这厮去晁（cháo）保正庄上，讨些点心吃了，再押解回县里。"一行人便奔晁保正庄上来。

那东溪村保正，姓晁名盖，平生仗义疏财，专爱结识天下好汉。双手能托起村前河边青石铸的镇河宝塔，因此人皆称他"托塔天王"。

雷横带兵士押着那汉，来到庄前敲门。晁盖听是雷都头来了，慌忙起来迎接，命庄客安排酒食管待。酒席上闲谈间，雷横说到今夜出来抓贼，碰巧在前面灵官殿上抓着个醉汉的事。晁盖不禁寻思："村里会有贼？我且去看是谁。"听说那汉就吊在自家庄院的门房里，晁盖借口要去净手，便去里面拿了个灯笼，径直来到门房。看时，却是个赤脚的黑大汉，紫黑阔脸，鬓边一片朱砂记。并不是本村人氏。

晁盖便问："汉子，你是哪里人？"那汉道："小人是外乡人，来这里投奔一个好汉晁保正，正在村头庙里歇宿，不知怎地就被官兵拿了。"晁盖道："你找他什么事？"那汉道："听说他是闻名天下的义士好汉，我特来告诉他一个发财的好事。"晁盖道："我便是晁保正，等会我送雷都头出来时，你叫我阿舅，我自会救你。"那汉道："若得相救，深感厚恩。"

晁盖回到后厅，陪雷横两个又吃了数杯酒，只见窗外渐渐亮了。雷横起身告辞，晁盖将他送到庄门口。

有土兵便去门房里解了那汉，带出门外。那汉出来一见晁盖，高呼一声："阿舅，救我！"晁盖假意看他一看，故作惊诧道："这厮不是王小三吗？你这不成器的东西，何时竟做了贼？"说完，夺过土兵手里棍棒，劈头盖脸便打。雷横一时懵了，连忙来劝。晁盖才对众人说，这是他外甥，有些年不见了，想不到如今却做了贼。说完举棒又要打，雷横忙又劝住，说道："误会误会，想来令甥那时定是在灵官殿歇宿，是被我等误抓了。多有得罪，请勿见怪。"晁盖听他这么说，忙取出十两纹银相赠，以作酬谢，又取些银两赏了众土兵，才将他们送出庄去。

待雷横走远，晁盖取几件衣裳与那汉换穿了，细问他来历，才知，此人叫刘唐，因鬓边一片朱砂记，江湖上都叫他"赤发鬼"。他打听到大名府的梁中书买下十万贯珠宝，要赶在六月十五日之前送上东京，庆贺他丈人蔡太师的生辰，很想半路去取。反正那都是些不义之财，取了也不是啥罪过。但他自己一个人，又做不了这件事。所以，他今次来投晁盖，就是想约他同往。晁盖觉得这事需从长计议，急不得，便叫刘唐先休息。

且说刘唐独自一个在房里，怎么想都不对味，平白地被雷横那厮吊了一夜，又害晁保正送了十两银子，这口气怎么忍得下！于是，他到枪架上去拿了一把朴刀，便出庄追雷横去了。

这刘唐拿着朴刀，赶了五六里路，总算将雷横赶上，二话不说，上来刀一横，就要那十两银子。雷横哪肯给他，两人一言不合，就在大路上厮拼起来。斗了五十多回合，不分胜败。这时，只见侧首篱门开处，一个人拿着两条铜链，叫道："两个好汉不要斗了，且容我说句话。"便把铜链就中一隔，将两人分开。

看那人时，似秀才打扮，生得眉清目秀，面白须长。刘唐斜睨一眼道："秀才你少管闲事。"雷横却认识这秀才正是本地人称"智多星"的吴学究，教书先生吴用，便将事情前后说与他听。吴用因与晁盖相熟，一听他说辞，不由得暗忖：此事必有蹊跷，晁盖何曾有过外甥？且将他们先劝开再说。

吴用便好言相劝那刘唐，叫他放雷横过去，刘唐却是不依，偏要雷横还钱，两人说不两句，又要厮打。正此时，晁盖闻讯赶来，总算劝得这场打闹。

晁盖再三向雷横赔罪，雷横才肯罢休离去，此项不必细说。且说吴用同晁盖、刘唐回到晁家庄，问明了刘唐的身份，总算清楚这件事情的来龙去脉。晁盖道："我昨夜梦见北斗七星落在我屋脊上，斗柄上另有一颗小星，化道白光去了。我想星照本家，是大吉大利之兆。今早正要去请教授来商议。不想刘唐兄弟来此，岂不正应此梦？"吴用笑道："此事虽好，却有一件，人多做不得，人少做不得。宅上空有许多庄客，一个都用不得。只我等三人，却担不下这件事。须得七八个好汉才行。"

晁盖道："莫非要应梦中星辰之数？"吴用寻思半晌，眉头一纵，想起三个人来。

次日一大早，他便去梁山泊边的石碣村，去请来了阮氏三雄。一个唤作"立地太岁"阮小二，一个唤作"短命二郎"阮小五，一个唤作"活阎罗"阮小七。这亲兄弟三个，日常只打鱼为生，为人侠肝义胆。吴用旧时在石碣村住过数年，曾与他们来往，交情甚好。

这兄弟三人久慕晁保正大名，一接吴用邀请，当天就跟着他赶往东溪村来，见了晁盖及刘唐大喜，六个人说了半夜的话。次日，六个好汉盟誓烧纸，结拜为兄弟，共同商议劫取生辰纲之事。

六人正说着，有庄客来报，说门前有个道人要见保正化斋粮。晁盖道："你没见我正在待客吗？你自取三五升米给他便了，这种小事不必来问。"庄客道："小人把米给他了，他不要，只要面见保正。"晁盖道："定是嫌少，你再多给一些。"庄客去了没多久，只听得庄门外喧闹不已。另一个庄客飞也似来报道："那道人发怒，把十来个庄客都打倒了。"晁盖一听，慌忙起身道："众位弟兄少坐，晁盖自去看一看。"便从后堂出来，到庄门前去看时，只见那个道人，威风凛凛，相貌堂堂，正一面打一面说道："贫道看十万贯如同等闲，岂是为酒食钱米而来？我是特地来寻保正有句话说。"

晁盖听他话中之意，心间一动，忙道："我就是晁盖，道长请到庄里喝茶如何？"那道人便随他入庄里来。吴用等人看有生客，起身忙躲在暗处。到后来，听他说出来历，竟是江湖上人称"入云龙"的公孙胜道长，此次亦是为生辰纲之事，慕名前来寻晁保正共商大计的，便都现身出来，同公孙胜相见。

第十章
吴用智取生辰纲

众人重整杯盘,再备酒肴。吴用道:"保正梦见北斗七星落在屋脊,今日我等七人聚义举事,岂不正应天象?"公孙胜告知众人,他已探听清楚,护送生辰纲的队伍要从黄泥冈大路上来。晁盖道:"黄泥冈东十里的安乐村,有一个闲汉,叫作'白日鼠'白胜,也曾来投奔我,我曾资助过他。"吴用道:"北斗上白光,莫不是应在这人?自有用他处。"众人一听,果然,不禁都觉高兴。

回过来说大名府梁中书,十万贯贺礼已备,最后选定杨志押送,又令姓谢的老管家,同两个虞候一起监押。共十五人,一起离了梁府,往东京进发。

此时正是五月半天气,虽是晴明,却酷热难当。杨志带着这一行人,自离了北京,每天五更起来,趁早凉赶路,到日中热时就歇。走了六七天之后,人烟渐渐稀少,几乎都是山路,杨志却要他们天大亮才起身,直走到傍晚歇脚。那十一个军汉,担子很重,整天这么又热又累地赶,还不许停,如若停住,轻则被骂,重则遭打,真是没有一个不恨杨志的。

这一天,看看日色当午,实在热得受不住,正来到一个土冈子。众人奔上冈子来,歇下担仗,都去松荫下睡倒了。杨志气得骂道:"这是歇凉的地方吗?起来,快走!"众军汉没一个理会。杨志拿着藤条喝道："一个不走的，吃俺二十棍。"老管家看杨志如此不通情理，忍不住说道："提辖，真的太热了，就让他们歇一歇吧。"杨志道："管家，你不知，这里正是贼寇出没之所，地名叫作黄泥冈。时常都有出来劫道的，怎敢在这里停脚！"说完，他拿起藤条驱打一众军汉，却是打起这个，睡倒了那个。杨志白白折腾一阵，倒热得自己气喘。无奈，只能允许他们在这里歇了。

他自己也寻了个阴凉处，才要坐下，猛地见对面松林里似有人在。他立即拿了朴刀，赶入松林里来，喝一声道："什么人！"只见松林里一字儿摆着七辆小车，有七个汉子在那里乘凉。见杨志动问，那七人中为首的说道："我等弟兄七人，是濠州人，贩枣子上东京去，打这里经过，热得受不住，因此上来歇凉。"杨志点点头，却还是难免疑虑。那人又道："客官请拿几个枣子去吃。"说着，很是殷勤地到车边，从个麻袋里捧出一大捧红枣来，要给杨志，杨志道："不必。"提了朴刀，回自己这边来。

不大会儿，远远地只见一个汉子挑着一副担桶，走上冈子来，到松林里头歇下担桶，坐地乘凉。

众军汉看见了，便问那汉子道："你桶里是什么东西？"那汉子应道："是酒。"一听是酒，众军汉便商量道："这又热又渴的，我们何不买些吃，解解暑气。"问得卖五贯钱一桶，众人正在那里凑钱。杨志见了，喝道："你们做什么！在这里敢买什么酒吃！"众军道："我们自己凑钱买酒吃，干你什么事？"杨志道："你们懂得什么？多少好汉就是被蒙汗药麻翻了。"那挑酒的汉子听杨志如此说，不禁冷笑道："我还不卖给你们吃呢。"

这时，对面松林里那伙贩枣子的客商热得受不住，过来跟担酒的汉子商量道："既是他们疑心，且卖一桶与我们吃。"那挑酒的道："不卖，不卖。"那七人道："你这人真是，我们又不曾说你，有钱你不赚吗？"那挑酒的汉子便道："卖是可以卖，但先说好，我这没碗瓢来舀酒。"那七人道："不打紧，我们自有椰瓢在这里。"只见两个客商去车上取出两个椰瓢来。七个人买了酒，就立在桶边轮替着舀那酒吃。不大会儿，一桶酒就吃完了。有个人显然是没吃够，揭了另一桶盖，进去舀一瓢又吃。卖酒的不干了，上来抢他的瓢。那人拿着半瓢酒就往松林里跑，卖酒的去追，只见又有一个人，拿个瓢出来到桶里去舀酒。卖酒的赶忙过来，劈手夺来，把酒倒回桶里，盖了桶盖，将瓢往地下一丢，口里说道："你们这些人好不懂事！"

众军汉见了，心内痒起来，都想吃酒，便去央求老管家跟杨志说情，叫他们买酒来吃。老管家就来对杨志说："那贩枣子客人已买了他一桶酒吃，就让这些军汉买了剩下那一桶来吃罢。"杨志暗忖："那些人吃了一桶都没事，剩下的那桶里，被吃了半瓢也没事，应该是正经卖酒的。算了，打了这些军汉半日，就准他们买来吃些。"

杨志本是好意，却不知他此番心一软，正中别人计策。原来这伙客商正是晁盖、吴用、公孙胜、刘唐、三阮七人，那挑酒的汉子，便是白胜。他们确实用了麻药，却不是下在酒里，酒都是好酒。七个人先吃一桶，叫刘唐揭起另一桶的桶盖，又兜了半瓢吃，是故意做给杨志他们看，叫他们放心的。然后，吴用去松林里取出药放进另一只瓢里，假装又来抢酒吃，舀起半瓢时那药已搅在酒里，白胜劈手夺来，倒在桶里，整桶酒自然就被下了麻药，这个便是吴用一早定好的计策。那杨志最后忍不住渴，亦吃了半瓢酒，就是这半瓢酒，害得他只能眼睁睁看那七个人将十万珠宝尽数劫走。待他恢复体力起来时，一切悔之晚矣。

话说杨志当时在黄泥冈上，悔得恨不能就往黄泥冈下纵身一跳，了此残生。但是，想想他堂堂七尺男儿，自小学成十八般武艺在身，这么死了岂不憋屈？所以，他回身指着那群军汉骂道："都是你们这班蠢货连累了洒家！"就拿了朴刀，挂了腰刀，自己逃下冈子去了。

那十四个人直到二更才得全醒，老管家道："都是你们不听杨提辖的好言语，这可怎么向中书相公交代？"众人道："事已至此，我们回

去见梁中书相公,何不都推在杨提辖身上。如今他逃得不知去向,我们就说他和强人做一路,把蒙汗药将俺们麻翻,将金宝都劫去了。"老管家一听,也只有这个主意,就留下两个虞候到当地府衙协同捉拿贼人,他连夜带众人赶回大名府去报信。

且说杨志离了黄泥冈,一直往南,不知行了多久,才来在一处酒店。他又饿又累,一时也顾不得囊中羞涩,要酒要肉,饱吃了一顿,才觍着脸跟人家说:"赊账,待俺回来还你。"说完便走。店主人一看来了个吃白食的,岂肯让他走,抄起家伙就来拦他。

结果两下里交上手,把姓名一说,这家店主人竟是林冲的徒弟,姓曹名正,祖代屠户出身,被人唤作"操刀鬼"。因出来做生意折了本钱,回不了东京,才在此地落户,开起来个小客店。

杨志看不是外人,便将自己种种遭遇都说了,又说了之前偶遇林冲的事。曹正见他无处落脚,便留他在家里暂住,每日好菜好酒地招待。杨志却总觉不妥,怕官府追兵寻来,连累了曹正。所以同曹正商议说,想去梁山泊找林冲入伙,但是又怕王伦那厮笑话他。曹正道:"听说那王伦气量狭小,容不得有本事的人。杨制使若真有心落草,前面不远青州地面上有座二龙山,山上为头的是'金眼虎'邓龙,你不如去那儿安身。"

杨志道:"这还真是个去处。"当下就跟曹正借了些盘缠,拿上朴刀,相别过,投奔二龙山去了。行了一日,天渐晚时,望见一座高山。杨志进了山脚树林,想着就此将歇一夜,明日好上山。

巧的是,鲁智深竟在这林子里歇脚。原来,智深自那日别过林冲之后,一回东京便被告发,差点让高衙内那厮捉了去。他一路逃亡,到了此地,觉得二龙山足可隐藏行迹,便想强攻了那山寨来安身,却不想,那寨主邓龙虽不济事,他这座山寨却是易守难攻。智深在此跟他们周旋了数天,依然只能望寨兴叹。

杨志跟鲁智深互通了姓名,知是自己兄弟,顿时一见如故。他们商议着，既然打不下二龙山，不如先回曹正家再做打算。

两人奔下山来，杨志引鲁智深与曹正见了。曹正摆下酒席，为智深接风。

三人在席间商量攻打二龙山的事，曹正道："看这情形，只可智取，不可力求。小人倒有条计策，说出来看可不可行。"杨志道："愿闻其详。"曹正道："须得制使先换身打扮，依照此地村夫那般穿着。然后我们拿一条绳子把这位师父绑了，绳上系个活扣。再拿了师父的禅杖、戒刀，叫小人的妻弟带几个伙计，直送到那二龙山下。跟他们说：'我们是邻近村落小酒店的店家，恼这和尚吃酒不给钱还打人，因听他醉话说要找人来打你山寨。所以乘他烂醉，把他绑来献给大王。'那厮必然放我们上山去。等到了他山寨里面，见到邓龙之后，把绳子拽脱了活结头，小人便递过禅杖给师父。你两个好汉一齐上，准结果那厮性命，以下的人不敢不服。此计如何？"鲁智深、杨志齐道："妙哉！妙哉！"

次日，众人都吃得饱了，便往二龙山来。一切果依曹正所言，邓龙上当，打开山门让他们进了山寨。鲁智深、杨志联手，轻易就结果了邓龙的性命。几个小头目哪还敢反抗，吓都吓呆了，慌忙带着山上五六百小喽啰，一齐归顺。

鲁智深和杨志做了山寨之主，从此在二龙山落草。

第十一章
宋江私放晁天王

再来说老管家那头,一行人赶回北京,向梁中书告发了杨志,将全部罪责都推在了杨志的身上。梁中书一听,惊怒不已,立即便唤书吏写了文书,差人星夜送到济州。又写一封家书,着人连夜上东京报与蔡太师知道。太师一看,女婿送来的贵重寿礼又被贼人给截了,登时怒火中烧,当即押了一纸公文,着一个府干亲自送往济州来,令府尹即刻侦办,限期十日捉拿这伙贼人,到时若擒不住,便要摘他的乌纱。济州府尹自接了这翁婿两人的缉捕公文,惶惶不可终日,勒令三都缉捕使臣何涛,必须十日内破案,捕获各贼。否则,就将他刺配到远恶军州去。为怕何涛不尽心,他命文笔匠来,提前给何涛脸上刺下"迭配……州"的字样,空着那处州名。

何涛接了这种差事,简直郁闷至极,本想着十天之内是绝无可能破案的。但这世上有些事情还真就说不定!何涛有个兄弟叫何清,每日只好赌钱,偏巧那日晁盖等七人扮作贩枣的,投在安乐村时,正被他看见,那天他就在那村里赌钱。他认得那个为头的人,是郓城县东溪村晁保正。所以一听哥哥要找七个贩枣的,还在黄泥冈附近,他就将自己知道的都跟哥哥说了,另外还说出白胜这个线索来。何涛听了大喜,连夜来到安乐村,径直奔到白胜家里,将他拿了。初时,白胜还抵赖,死不肯招出晁保正等七人。连打了三四顿,皮开肉绽,鲜血迸流,他就熬不住了,最后将晁盖给招了出来。

知府随即押一纸公文,差何涛亲自带领二十个眼明手快的公人,到郓城县去,着落那知县立即捉拿晁保正,以及另外那六个不知姓名的贼人。何涛带上人,星夜赶往郓城县,等他到郓城县衙门时,已经半晌午,知县才退了早衙,县前静悄悄的。正主没见着,倒遇见了当天值日的押司宋江,正从衙门出来。

这宋江天性仁义,为人仗义疏财,但有人投奔他,他没有不尽力相帮的。历来都是济人贫苦,周人之急,扶人之困,因此在整个山东、河北,他的大名几乎无人不知。人

> **押 司**
> 在宋朝,官职分为官和吏两大类,官员因为数量有限,在办公过程中就需要招募人手,这些招募的人手便是吏。押司便是吏的其中一种,负责案卷整理或书写文书。

都叫他"及时雨",又因他面黑身矮,是个大孝子,又叫他孝义黑三郎。

何涛便请宋江来在县衙前面一座茶坊内吃茶,先说了些久仰大名之类的客气话,才说明来意,取出公文递给宋江,请他转呈知县。宋江听闻晁盖犯案,吃了一惊。要知道,这晁盖是宋江结拜的兄长,感情素来深厚。

宋江心内暗忖:"哥哥今日怎会犯下如此弥天大罪?亏得今日是我当值,又撞上了这何观察,真是老天保佑。"他急着去给晁盖送信,便对何涛说道:"这件公事非同小可,此封公文还是观察自己当厅递上的好,小吏不好转呈。知县相公今早事务颇多,理得倦了,此时正在歇息。还请观察略等一等,待会儿升堂时,小吏便来相请。"何涛道:"有劳押司。"宋江道:"应该的。请观察在此稍坐,小吏想回去处理些私事,就来。"何涛道:"押司请便,小弟就在此等。"

宋江忙起身,先来吩咐了茶博士:"那官人要再用茶,拣好的上,我自会给你茶钱。"然后他离了茶坊,又吩咐仆从去叫直司到茶坊门前伺候,若知县坐衙时,便可去茶坊里安抚那观察,只说"押司便来"即可,叫他略待一待。交代已毕,宋江这才快马加鞭,赶到晁盖庄上,告

知了这件事。晁盖大吃一惊,道:"阮氏兄弟已得了财,自回石碣村去了。还有三个在这里,贤弟且见上一面。"宋江来到后园,见过吴用、刘唐、公孙胜,略做些交谈,便匆匆辞别,飞也似赶回县里去了。

且说晁盖与吴用、公孙胜、刘唐三人大致说了白胜招供的事,便同他们商议着一齐先逃到石碣村三阮家里去,然后再一齐上梁山去入伙。吴用、刘唐便把打劫来的金珠宝贝分五六担装了,先往石碣村去。晁盖和公孙胜留在庄上收拾,那些不肯跟去的庄客,发些钱物,任他们去投别庄;愿意去的,就一起收拾行装。

经宋江通风报信,何涛想再抓住晁盖等人,可就难过登天。

当时,宋江赶回来,引着何涛见了知县,递上文书。知县随即传唤尉司并两个都头朱仝还有雷横,点起马步弓手,并土兵一百余人,就同何观察去拿人。但等他们到时,只见晁盖庄里一缕火起,从中堂烧将起来,涌得黑烟遍地,红焰飞空。众人皆吃一大惊,忙奔进庄去,只见到处燃着,火光照得如同白日一般明亮,却不曾见有一个人。

县尉闻听,道:"这可怎么办才好?"何观察无奈,只得捉了几家邻舍,押回来询问。众邻舍熬不住打,供出晁盖庄上还有庄客不曾逃。衙差各处去寻,最后拿住两个,一打,就招出了阮氏三兄弟。

何涛禀了府尹,点起五百兵勇,又去石碣村抓捕那伙贼人。

且说晁盖、公孙胜放把火烧了庄院,带着十数个庄客来到石碣村。七人就商议要去投梁山泊一事,还未来得及起身,几个打鱼的来报,说:"官军人马进村里来了。"晁盖起身叫道:"来得这么快?这还怎么走得了!"阮小二道:"没事,我有办法。"他先选两只棹船,把一家老小及家中财物都装在船里,然后请吴用、刘唐各押一只,叫几个仆从摇了船,先去李家道口等。然后,吩咐阮小五、阮小七撑驾小船,按他计策前往迎敌。

等何涛带领官兵,来到石碣村阮家,扑将进去,又是空屋一座,何涛猜想,这伙贼人应是离开不久。一时捉贼心切,什么都顾不得了,他命人就地征船，要进湖里去追。他也不想想，那湖泊里港汊众多，他们不知深浅，进去岂非诸多危险？但是，他仗着官兵众多，征用了百来艘船，亲自带人去追。

却不料，正撞在五位好汉手里，引着十数个渔家，最后将这伙官兵五百多人都戳死在芦苇荡里，单单只剩何涛一个人，要他回去传话给济州府尹："别说你一个小小州尹，就算蔡京老贼亲自来，我们也能刺他二三十个透明的窟窿。你个鸟官，休要再来讨死。"

阮小七把何涛放在一只小快船里，将他送出芦苇荡，喝道："这里一直去，便是出路。但是，不能就这么放你回去，且割下你两个耳朵来做表证。"阮小七从身边拔起尖刀，把何观察两个耳朵割了，顿时鲜血淋漓。然后，才解开他身上的绳子，放他走了。

何涛得了性命，自寻路回济州去了。

第十二章
晁盖梁山小夺泊

且说晁盖、公孙胜和阮家三兄弟,并十数个渔家,驾着六七只船,离了石碣村湖泊,径投李家道口来。到那寻着吴用、刘唐的船只,合作一处,一同来到旱地忽律朱贵酒店里来相投。

朱贵见这许多好汉来投托入伙,慌忙迎接。吴用将来历实说给朱贵听了,朱贵一听大喜,忙叫酒保安排酒食来管待众人。随即又写封书信,细说众豪杰入伙来历缘由,令一小喽啰速速去寨里报知。

次日早起,朱贵唤一只大船,载了众多好汉,一齐往山寨里来。王伦领着一班头领,早在寨外迎接。

晁盖等慌忙施礼,王伦答礼道:"小可王伦,久闻晁天王大名,如雷贯耳。不料今日光临草寨,真是倍感荣幸。"晁盖道:"晁某是个不读书史的人,今日事在藏拙,甘心在头领帐下做一小卒,望头领容纳!"王伦道:"休如此说,且请到小寨,再有计议。"一行人都跟着两个头领上山来。到得大寨聚义厅下,晁盖等七人在右边一字儿立下,王伦与众头领在左边一字儿立下。一个个都讲礼罢,分宾主对席坐下。

众头领饮酒中间,晁盖把胸中之事,从头至尾,都告诉了王伦等众位。王伦听罢,骇然半晌,心内踌躇①,作声不得。

---

① 踌躇(chóu chú):指犹豫不决,拿不定主意,也有思量、考虑的意思。

至晚，席散。众头领送晁盖等人到客馆内安歇。晁盖心中欢喜，对吴用等六人说道："我们造下这等弥天大罪，哪里去安身？多亏这王头领收留，此恩不可忘报。"吴用只是冷笑。晁盖道："先生何故只是冷笑？"吴用道："兄长忒的耿直，你以为王伦真肯收留我们？他要真有心留咱们，早前吃酒时就该议定座次了。我看林冲这人，倒有赏识咱们之心，只是他位低言轻，做不得主。明日，待小生略放片言，教他本寨自相火并。"

次早天明，林冲果然到访。晁盖七人将他迎进来，众人落了座。吴用故意拿话相激，引林冲自己说出对王伦的诸多不满来。晁盖道："头领如此错爱，俺弟兄皆感厚恩。"吴用便道："头领千万别为我等伤了山寨和气，大头领若愿意收留我等，我们就留下；若不愿意，我们走就是了。"林冲道："先生差矣！古人有言：'惺惺惜惺惺，好汉惜好汉。'有俺林冲在，众豪杰且请宽心。"林冲说完，起身告辞。众人相送出来。不多时，只见小喽啰来请，说道："今日山寨里头领，相请众好汉去山南水寨亭上筵会。"

晁盖问吴用道："先生，怎么办？"吴用笑道："兄长放心。今日一会，林教头必然有火并王伦之意。咱们兄弟各藏兵器，到时看小生眼色行事。"

到了用饭时间，王伦又派人来催请，七人各带器械，暗藏在身上，前来赴席。酒至数巡，晁盖和王伦说话，一提入伙的事，王伦便拿闲话支吾过去。吴用偷眼来看林冲，只见林冲侧坐交椅上，一双眼睛直直盯着王伦。

不知不觉，时间已至午后，王伦命人捧来几个大盘子，每个里面都放着五锭大银。王伦端起酒杯来，拿当初拒绝林冲的那一套说辞又跟晁盖说了一遍，意思很明显，就是不肯收留。无论晁盖怎么好言相告，他就是不同意。

林冲双眉挑起，两眼圆睁，坐在交椅上大喝道："王伦，你两次三番说出这种屁话来,是什么意思?"吴用一看,立即起身劝道:"头领息怒,都是我等不是,倒坏了你们山寨的情分。既然王头领有难处,我等自去就是了。"林冲道:"这个笑里藏刀的鼠辈,我今日绝不饶他!"王伦喝道:"林冲你胡说什么,想造反啊!"

林冲大怒道:"你个落第腐儒,又没胸襟,怎做得山寨之主!"说着,一脚踢开桌子,站起身来,从衣襟底下抽出一把明晃晃的刀来,吴用忙使眼色,晁盖、刘唐便上亭子来,虚拦住王伦,劝林冲道:"众头领有话好说,千万别冲动。"阮小二趁机就去拉住杜迁,阮小五拉住宋万,阮小七拉住朱贵。

林冲拿刀指住王伦,骂道:"这梁山泊又不是你一个人的!你也无大量之才,本就不该做这山寨之主。"杜迁、宋万、朱贵本待要上前来劝,却被这几个紧紧拉着,哪里能动。王伦那时本要寻路逃开,却又被晁盖、刘唐两个拦住。见势头不好,王伦口里忙喊:"来人呐!"但这种时候,谁还敢上前。林冲骂完,一刀捅进王伦心窝,就将他性命结果了。

杀了王伦之后,林冲推举晁盖为梁山之主,又推吴用为军师,公孙胜为法师。兄弟三人推让不过,只得依次坐定一二三位。其下是林冲、刘唐、三阮、杜迁、宋万、朱贵。梁山泊自此是十一位好汉聚义。

晁盖与吴用等众头领计议,整点仓库,修理寨栅,打造军器、枪刀弓箭、衣甲头盔,又安排大小船只,教水手每日操练,随时准备迎敌官军。

这一天,众头领正在聚义厅商议事务,只见小喽啰报上山来,说道:"济州府差拨军官,带领约有一千人马,乘驾大小船四五百只,现在石碣村湖荡里屯驻。"晁盖问军师吴用:"先生,你看此番要如何迎敌?"吴用笑道:"不须兄长挂心,水来土掩,兵到将迎。"随即唤阮氏三雄并林冲、刘唐、杜迁、宋万,来厅前吩咐。

且说带领这一千人马前来的团练使黄安,本不是什么有本事的人物，漫说是碰上吴用这样的对手，即便没有吴用妙计，梁山泊好汉随便拿出几个，都够他受的。所以，官府派黄安来这一趟，又是白白搭上一千官兵，除少数几个命大的逃脱外，全军覆没，黄安亦被捉住，被锁进后寨监房内。

　　初来山寨，即打如此胜仗，众头领大喜，当日杀牛宰马，饮宴庆祝。 正饮酒间，晁盖忽然想起他的好兄弟宋江来，便对众人道："我等如今还能留得性命在此，都是多亏了宋押司。古人道：'知恩不报，非为人也。'该派人回郓城县去给宋押司报个平安了，顺便拿些金银财物去谢谢他搭救之恩。再有，白胜还陷在济州大牢里，我们也须去救他出来。"吴用道："兄长不必忧心，宋押司那里，早晚派个兄弟去。至于白胜，只要多使钱，买通上下，就好办。"说完，当下调拨众头领，分派去办。

　　且不说梁山泊自从晁盖上山，好生兴旺，却说济州府尹两番剿匪不利，终惹恼蔡太师，被罢了职。新任的宗府尹一到任，即下令招募悍勇民夫、智谋贤士，集草屯粮，誓要剿灭梁山泊。一面下发文书，严令所属各州县防备梁山泊贼人。郓城县亦接到公文，宋江一看，吃惊不小，想不到晁盖他们竟又做这许多大事，件件都够得上灭九族的。若是被人知道当初是他通风报信，他还能有命吗？细想想，简直吓出通身冷汗来。

　　这一日，宋江正郁闷不乐，在县衙前的茶坊内吃茶，只见外面街上一个大汉，头戴毡笠，腰里挎口腰刀，像是走了很远的路来的，大汗淋漓，正扭着脸一直朝县衙里看。宋江心间一动，慌忙起身出了茶房跟着他走。走了二三十步，那汉回过头来，不是那日在晁保正庄上见过的刘唐又是谁！宋江忙上前跟他搭个话，急领着他进了一间酒楼，来在个僻静的雅间。

　　刘唐倒身便拜，口里说着"多谢押司相救"的话，宋江慌忙答礼，搀他起来，说道："贤弟，你好大胆！这要让衙门里的人看见，可怎么得了？"刘唐拿出晁盖书信及黄金一百两递给宋江，说是晁盖哥哥再三叮嘱，特来相谢押司。宋江接过书信看了，又取一根金条，将两个放作一堆，搁到自己随身带着的招文袋里收好。刘唐看还剩那许多金条，便苦苦央求宋江一起收了，宋江哪里肯。他知道刘唐是怕回寨去交不了差，便借酒家笔砚来，写了一封回书给晁盖，叫刘唐收在包裹内。刘唐见宋江是真心推却，确实不肯要，便将所剩金条依旧包好，看看天色渐晚，便别过宋江，连夜回梁山泊去了。

第十三章
宋江怒杀阎婆惜

再说宋江,才从酒楼出来,转不过两个弯,只听得背后有人喊他:"押司叫老身好找啊!"宋江回头一看,见是阎婆,心中顿时不快,颇觉烦躁。

原来,数月之前,有姓阎的一家三口带着女儿来山东投亲不遇,流落在了郓城县,寻不到活计,很快就花光了盘缠,那阎公却又染病死了,阎婆没办法,就请此间一个说媒的王婆帮着给她女儿婆惜说亲事,好得些钱财,先发送了阎公。王婆一时找不到合适的人,就想到"及时雨"宋江,偏要帮他说合。宋江自来不好女色,并无娶妻之意,只是看那母女可怜,便发善心,拿了锭银子给那阎婆。阎婆一看宋江这等好人品,出手又阔绰,就跟个蚂蟥似的叮了过来,死说活说,就要将婆惜嫁给宋江,不然,当小妾、当外室,都行。宋江搅缠不过,只好娶了阎婆惜,花钱买一座小楼给她母女两人住。初时,宋江还天天回来,后来基本就不露面了。一是忙于公务,再一个,宋江自小只好使枪弄棒,并不十分在意女色。阎婆惜年纪轻轻,为人又是个禁不得寂寞的,有一回看见宋江的手下张文远,生得风流俊俏,眉清目秀很是勾人,就存了心思,渐渐跟他打得火热。时间久了,宋江自然也听到风声,但他一想,那阎婆惜又不是父母高堂所聘,既然对她无心,不去寻她便了,有什么好生气的。

打那以后,他再没去过那小楼。没想到,今天这阎婆倒找上门来了。

阎婆厚着一张老脸,上来扯住宋江,好话说了一筐,左右就是要宋江跟她回家。宋江拗不过,只得跟她回去。一进门,阎婆直接将宋江推上楼,进了她女儿婆惜的房间,又备下酒菜,让婆惜过来相陪饮酒。婆惜此时心都在张文远身上,哪肯理会,那阎婆气得不住拿眼剜她,跑了宋江这靠山,将来吃什么喝什么!婆惜没奈何,勉强来劝着宋江吃了几杯酒。宋江看她百般不愿,心中颇觉无趣,恨不得站起身来就走。可恨那老虔婆,借口去烫酒,却把个房门锁了。

出是出不去的,他一个大男人闹又不能闹,只能忍口气,独自吃了几盏闷酒,就跟那婆娘各睡一头。好容易挨到五更,宋江赶忙穿衣起床,看看门外那锁已撤了,心下松口气,匆匆地出了门就往县衙去。

来在县衙前,到那卖汤药的王公小摊上,吃了碗醒酒汤,宋江觉得舒服多了,伸手往身上摸那随身的招文袋,欲拿钱会账,却发现,招文袋不在身上,竟是丢在那楼上了!宋江登时吓出汗来,别的都不要紧,只是晁盖那封书信,万万不能落在别人手上。宋江连忙起身回去,想着一定要趁那婆娘没起来之前,快将招文袋找回来。

其实阎婆惜也是一夜睡得不踏实,宋江才走,她便醒了,恹恹地爬起身来,就着屋里灯光,四处张望一回,可巧,就看到了搭在床头的宋江那条紫萝腰带。她想着正好拿了去给张文远用,就起身够着那腰带往跟前拽。没曾想,腰带里还另藏着两样东西,一是招文袋,一是匕首。

话说那阎婆惜正打开招文袋,拿了金子跟那封信在看,宋江恰赶回来了。阎婆惜撞破宋江这一桩天大秘密,简直乐上天:有了这个把柄在手,不管她是要和张文远做快活夫妻,还是要金山银山,只向那黑厮张口就行了。所以,看宋江急慌慌闯进门来,她简直得意忘形,张嘴就要宋江答应她三件事。第一,要宋江写下一纸文书,任她改嫁张文远;第二,宋江给她置办的一切,包括这个小楼,日后不许来讨,需得立个字据；第三，将晁盖所送的一百两金子，都给她。

前两件宋江都依了，只是这第三件，他当日根本没收那一百两金子，哪里拿得出来？阎婆惜却不信，咬定口就要一百两黄金，说是宋江不给她，她就要去县衙告发。宋江对那婆娘本是一忍再忍，现在又听到县衙两个字，真是怒从心头起，大喝一声道："你到底还不还？"阎婆惜道："不还，你再问一百遍还是不还！若要还时，定是在那郓城县的县衙。"宋江跟她说不通，干脆直接来抢那紫萝腰带。

那婆娘哪里肯放，任宋江怎么夺，她就是拼命抓着。宋江急红了眼，用尽全力一拽，却把那匕首拽过来了。那婆娘见宋江抢了匕首，就大喊大叫道："黑三郎杀人啦！"只这一声，竟真的激起宋江这个念头来。忍她一肚皮气正没出处，不等阎婆惜叫第二声，宋江左手将她一按，右手早往她脖子上一划，鲜血飞出。宋江还怕不死，又补一刀。

看那婆娘咽了气，宋江把那封书信取来，忙在灯上点了。然后转身下了楼。阎婆便问："你们吵什么？"宋江道："你女儿太可恨，已被我杀了。"阎婆不信，忙跑上楼去一瞧，居然是真的。宋江道："人我已经杀了，你想怎么办？"阎婆道："活该小女有这个下场，老身还敢怎的？只求押司先葬了她，日后能给我养老送终就行了。"宋江答应了，两人一起出门，去给婆惜买棺材。

走到县衙门前，那阎婆忽然拽住宋江，向门外站着的差役大声喊道："来人呐，宋江杀人啦！"宋江完全没有防备，被她这么一闹，登时呆住了。差役们都是跟宋江要好的，只当她是个疯婆子，根本没人理会。宋江回过神来，连忙挣开阎婆，趁机一溜烟逃了。阎婆就到县衙，将宋江一状告下。知县问明缘由，派人去验了尸，证据确凿，就算他想为宋江开脱也没办法。只好差朱仝、雷横两位都头，前去搜捉犯人宋江归案。

朱仝、雷横都是与宋江要好的，尤其是朱仝，他两人岂能真心去捉拿宋江？所以，虽然两人领了公文，来到宋江最有可能的藏匿处宋家庄

却根本没有真去搜捕。不只不搜,朱仝明明知道宋江就藏在宋家庄自己家的地窖里,却故意支开所有人,去给他通风报信,叫他赶快寻个安全的去处,远走高飞。要不迟早被张文远那厮报复,他现在没了姘头,正恨宋江。

宋江听了朱仝这一番话,也觉这地窖并不十分稳妥,当夜便拜别父亲,跟弟弟"铁扇子"宋清一道,离了宋家庄,往沧州去投靠柴进柴大官人。

柴进跟宋江虽未见过,但早有书信往来。所以两下里一见面,都是相见恨晚。宋江将自己杀阎婆惜一事跟柴进说了,柴进全不当回事,叫他只管放心地住,住多久都没问题。随即,他命仆从领着兄弟俩先去沐浴稍歇,里外衣衫都给备了簇新的。到晚,柴进大摆筵席为宋江兄弟两个接风洗尘,直吃到初更,还不肯散。

宋江起身去净手,只觉得吃酒吃得头发昏,便在府里绕个大圈,且躲一杯酒。绕着绕着,就绕到了东廊前面。人已喝得八分醉,脚步不稳,只顾往前走,根本看不清脚下是什么。那廊下有个大汉,因犯了疟疾,挡不住冷,便用铁锹铲了些炭火,正在烤。宋江一脚却踩到锹把上,把锹里的炭火直掀了大汉一脸。那汉大怒,一把揪住宋江,就要打他。给宋江提灯笼照路的庄客,赶忙上前来劝。宋江惊得酒醒了三分,正待分辩,远远地只见几个庄客簇拥着柴进赶过来。给宋江提灯笼的庄客忙迎上前去将事说了,柴进笑道:"大汉,你不是一直想见闻名天下的郓城县宋押司么?如今人就在眼前,你要打谁?"那汉看着宋江道:"你真是宋押司?"宋江道:"小可便是宋江。"那汉跪下就拜,道:"小人有眼不识泰山,冒犯了,万望兄长恕罪。"宋江慌忙扶起他来,道:"承蒙错爱,足下高姓大名?"柴进道:"这人是清河县人氏,姓武名松,排行第二,来此一年了。"

宋江道:"江湖上谁不知武二郎的大名,今日竟在这里相见,幸会,幸会。"柴进道:"既是有缘,不如一同入席说话。"宋江大喜,携住武松的手,一同到后堂席上,便唤宋清来与武松相见。

　　主宾四人重整杯盘,开怀痛饮。席间,宋江便问武松:"二郎因何在此?"武松答道:"小弟在清河县,因喝醉了酒,跟衙门里一个小吏争吵,怒气难忍,一拳打得那厮昏了。小弟只道他死了,因此便逃来,投奔柴大官人这里躲灾避难。今日一年有余。后来,听说那厮根本没死,救得活了。正想回乡去寻我哥哥,不想染患疟疾,又在此延迟。刚才被兄长吓那一跳,惊出一身冷汗,觉得这病像是好了。"宋江听了大喜,当夜饮至三更。酒罢,宋江就留武松同在西轩下安歇。

　　又住了十数日,武松思乡,要回清河县看望哥哥。柴进、宋江两人留他不住,只得送些盘缠给他,为他饯行。

第十四章
武松景阳冈打虎

话说武松谢了宋江、柴进,提了哨棒,往清河县赶路。这一天,就来到阳谷地界,这里紧邻清河县。

日近晌午,武松走得肚中饥渴,见前头有一个酒店,挑面招旗在门前,上写五个字:三碗不过冈。

武松进去倚了哨棒,叫店家拿酒肉来吃。店家便去里面切二斤熟牛肉来,随即打一碗酒给他。武松吃了道:"好酒!"又连要两碗来吃。吃满这三碗,店家却不肯再添了。武松敲着桌子叫道:"拿酒来!"酒家道:"客官要肉便添来,酒却不能添了。客官须见我门前招旗上面,明明写着'三碗不过冈'。"武松道:"什么叫三碗不过冈?"酒家道:"俺家这虽是村酒,却比老酒滋味更足,唤作'透瓶香',又叫'出门倒',客人吃三碗必醉,过不得前面的山冈。因此叫作'三碗不过冈'。"武松笑道:"那我怎么不醉?你少胡说,又不会少了你的钱,快拿酒来!"主人拗不过他,只得拿酒来添。武松吃了一碗又一碗,直到十五碗上,才觉得满足了。付了账,提起哨棒要走。出了门,却还不忘回身取笑道:"还说什么三碗不过冈!"

酒家生怕这客人醉了酒,再出什么意外,忙问他:"客官往哪里去?"武松道:"要你管!"酒家叹口气,道:"客官只要不是过前面那景阳冈就好。如今那冈上,有只老虎伤人,已经连伤了二三十条大汉性命。官府如今贴了告示,叫往来客人只许在巳、午、未三个时辰,结伙成队过冈,其余时辰不许,更不许单身客人白日过冈。客官千万记得,莫去枉送了自家性命。"武松听了,笑道:"这条景阳冈上,我少说走过一二十趟了。哪来什么老虎!你少说些没用的闲话。"说完,也不管酒家还有什么话说,提着哨棒,迈开大步,就奔景阳冈来。

行了四五里路,来到山冈下,见一大树,刮去了皮,一片白,上写两行字:"近因景阳冈大虫伤人,但有过往客商,可于巳、午、未三个时辰结伙成队过冈。勿请自误。"武松看了,笑道:"雕虫小技,必是那酒家使坏,惊吓胆小的客人去他那里歇宿。"他横拖着哨棒,健步如飞,不多时便上了冈。那时差不多已近申时,眼见得红日西沉。

武松乘着酒兴,只管往前走。走不到半里多路,见一个败落的山神庙。行到庙前,见这庙门上贴着一张官府的榜文。武松住了脚读时,跟山脚树上那字大意相同,冈上真有老虎。武松才知道,那酒家真是好心,并未诓他。武松想:"转身回酒店吧,一定会叫店家耻笑,算不得好汉,不能回去。"武松此时酒涌上来,豪气冲天,一只老虎有什么好怕!

他提着哨棒,直奔进乱树林来,见一块光溜溜的大青石,正可躺下睡上一觉,便倚了哨棒在一边,躺到那石头上去。却待要睡,只见刮起一阵狂风来。那一阵风过处,只听得乱树背后"扑"的一声响,跳出一只吊睛白额老虎来。

武松见那老虎猛然出现,"呵呀"一声从青石上翻下身来,慌忙把那条哨棒拿在手里,躲到青石边上。那虎好似又饥又渴,把两只爪子往地下一按,唰地窜上半空,往武松这边扑来。武松惊得通身冷汗,说时迟,那时快,只一闪,闪到老虎背后。

那老虎扑个空,便把前爪伏在地下,把腰胯一掀,用后爪猛地来掀武松,武松又纵身躲开。老虎霹雳似的吼了一声,震得那山冈颤抖,把铁棒似的虎尾扫过来,武松却又躲开了。原来老虎吃人,历来只是用这

"一扑,一掀,一扫"。三招用完,气性先自没了一半。老虎又吼一声,转回身来。武松趁此时机双手抡起哨棒,用尽平生气力,从半空猛劈下来。只听得一声响,将那树上连枝带叶,打得落了满地。定睛看时,却是空打了一棒。因为太慌张,武松这一棒打在了枯树上,用力太大,那条哨棒折成两截,只剩了一半在手里。

　　老虎咆哮一声,再扑过来,武松忙向后用力一纵,退出十多步,老虎没扑着,两个前爪却恰巧落在武松面前。武松忙把半截棒丢在一边,两只手就势把老虎的顶花皮一把揪住,使劲一按,按到地上。老虎还想挣扎,却早没了气力,哪里挣得脱?武松抬起一只脚向老虎面门上、眼睛里只顾乱踢,老虎咆哮起来,疼得直用双爪刨地,把地上刨出个坑来。武松趁势把老虎嘴按到那坑里,老虎这下被折腾得完全没力气了。武松左手紧紧揪住顶花皮,空出右手来,提起铁锤般大小的拳头,尽平生之力,只管打,足打了六七十拳,那老虎七窍都流出血来,只剩一口气喘。武松放了手,到松树边找到那半截棒子,拿在手里,对准虎头用力一击,那老虎彻底没气了。

　　这一下,武松可就成了名人,轰动了整个阳谷县。老虎被抬下山来,送到县衙,武松得了一千贯赏钱。他向来为人豪爽,当时拿了赏钱就分给在场各位抬虎下山的猎户。知县见他英武勇猛,又如此忠厚仁德,很是欣赏,便留他在县衙做了个步兵都头。

　　武松本想安定个两日,就跟知县告假回去看望哥哥。没料想,隔天他在街上闲逛,竟偶遇了哥哥武大郎,挑个担在阳谷县内卖炊饼。

　　原来,那清河县里一个大户人家,有个使女唤作潘金莲,年方二十,人生得颇艳丽。因此,常常被那大户纠缠,潘金莲被他缠得实在没办法,就去告诉了大户的老婆,言下之意,不肯跟他。那大户怀恨在心,找到武大郎,说是不要他一文钱,还愿意倒贴嫁妆,要他娶潘金莲。说起这武大,虽是跟武松一母所生的,却生得丑陋无比,身不满五尺,面目又狰狞,人都叫他"三寸丁谷树皮"。潘金莲一个小小的使女,

水浒传

胳膊拧不过大腿，纵是万般不愿，也只能嫁给他。过了门之后，因武大是个懦弱的老实人，人又矮小粗丑，便常有一班浮浪子弟来门前扰闹轻侮潘金莲。武大反抗不得他们，没奈何便搬来这阳谷县紫石街租了间屋住。兄弟两人久不相见，自是亲热非常。武松替武大挑了炊饼担，两人一同还家，去见嫂嫂潘金莲。

潘金莲一看武松这等好相貌好武艺，心内顿起波澜，生出爱慕之情，便极力相劝武松搬来家里同住，也好帮衬兄长一二。武松拗不过兄嫂一片热心，只道是兄弟友爱，便回去取了行李来与他们同住。

自此，潘金莲每日收拾得齐齐整整，欢天喜地，尽心尽力地服侍照顾武松。不管武松迟归还是早归，永远有热饭吃、有热水喝。倒弄得武松很是过意不去，为感谢嫂嫂，他就去买了匹彩缎给嫂子做衣裳。潘金莲高兴得像得个金元宝一般，以为武松也对她有意，此后就常拿些话来撩拨武松。武松是个耿直的人，并未太在意。

不觉过了月余，已是十一月，连日大风，四下里彤云密布。这一天，大雪纷飞，武松从衙门回来得早，武大出门卖炊饼，却还未回。潘金莲一早备着酒肉，生起火盆，待武松进门，忙上前搭话，看武松不欲她帮忙掸雪，便站在他身侧，只是陪他说话。

等武松脱了油靴，换上暖鞋，进了里屋，潘金莲便把门一闩，又去将后门也关了，跟着端些酒食果蔬，进了武松房里，将杯盘摆一桌子，说要同武松饮酒。武松道："等哥哥回来一起吃。"金莲道："等他回来，酒菜都凉了。"话没落音，已斟了一盏酒来，递给武松，道："请叔叔满饮此杯。"武松不好驳她，接到手里一口喝了。

金莲又斟一杯，说道："不如饮个双杯。"武松接过，又一口喝了。基于礼节，武松也回敬嫂嫂一杯。金莲接过酒来，笑得很是妩媚，忍不住就把心里爱慕武松的话都说了出来，说话间，还抬起一只手来摸一下武松的肩膀。武松见她这般放肆，不禁大怒，道："我武二是个顶天立地的男子汉，不是那等没人伦的猪狗！嫂嫂休要这般不识羞耻，否则，武二眼里认得是嫂嫂,我这拳头却不认得。"金莲通红了脸,即刻收拾了杯盘盏碟,口里说道:"跟你玩笑,你当什么真!"匆忙就往后面厨房去了。

潘金莲这么一闹,武松住不下去了,他等哥哥回来打个招呼,连夜收拾行李就要走。武大忙留他:"好端端的,为什么搬走?"武松道:"哥哥不要问,我自有道理。"武大只得由他搬了。

过了十数日。知县差武松往东京去办差,武松来同兄嫂辞行。他拉着武大到一旁,道:"哥哥,我明日便要起程,多则两个月,少则四五十天准回来。特来跟你嘱咐几句话:哥哥你老实惯了,我不在家时,就怕你被外人欺负。所以,从明天开始,你每天只做原来一半数量的炊饼去卖即可,一定要迟出早归,莫要跟人吃酒。回了家,就早早闩门关窗,省听些是非口舌。若有人欺负你时,千万莫和他争执,待我回来,自和他理论。"武大知道,这是他兄弟疼他,便道:"我都听你的。"说话间,竟忍不住落泪。武松看哥哥落泪,心中也是难过,便再三叮嘱,要他千万记得自己所说的话。

第十五章
武松怒杀西门庆

武松领了公差去往东京,这个不需细说。潘金莲自从那日受了武松训斥,心灰意冷,终日怏怏的,越看武大越觉得讨嫌。

这天傍晚,武大卖炊饼早早就回来,闩了门,叫金莲去关窗。金莲心不在焉地想事,手里拿叉竿不牢,一不小心从窗口掉出去,正打在了一个过路人头上。

要说也是合该有此一桩孽缘。那人立住脚,抬头正要发作,看到窗边的金莲,是鲜妍明媚一个美妇人,登时消了火。

说起此人,叫作西门庆,原只是个破落户财主,开着一间生药铺,后来不知怎么发迹有了钱,就到衙门里买通上下,从此在这阳谷县任意胡为,干的都是些刁难敲诈、诬陷害人的勾当,满县人谁敢招惹他。

偏偏此人生得还算好看,英俊魁梧,又会使些枪棒,很招女人喜欢。自见了潘金莲,他便天天来在门前踅摸,百般惦念。武大对门茶馆的王婆子,一双老眼最会看人,看出这件事有门,便找那西门庆说,愿意替他撮合,但要十两银子的好处。西门庆立即奉上,王婆子次日便找了个借口,去约潘金莲来家,让两人见了面。

潘金莲原看武大不顺眼,整日就想找个体己的人,这厢见了西门庆,风流潇洒一个人物,又被王婆一撺掇,毫不抗拒,就跟了西门庆。两人好得是如胶似漆,每日必得见上一回。

不到半个月时间,街坊邻舍们都知道了,只瞒着武大一个人。赶巧,本县有个少年,姓乔,叫作郓哥,同是在街上做小买卖的,有一天无意间在王婆的茶馆亲眼撞见了这桩丑事，他可怜武大是个老实人，便一来都说给他听了，还给武大出主意，帮他去捉奸。结果，奸是捉到了，却没换得潘金莲的悔悟，倒被西门庆一脚踢中武大的心窝，当场吐出一口血来。

武大一病五日，起不来床。那潘金莲却无丝毫愧疚之心，一不服侍饮食，二不寻医问药，每日里只管花枝招展地去见那西门庆。武大实在气不过，就吓唬潘金莲道："贱人，我兄弟武二早晚归来，跟你们算账！你要是现在肯回头，早早服侍我好了，他回来时，我便不提。你若还要如此，待他回来，我让他好好收拾你们。"潘金莲一听这话，猛地慌了，那武二虎都打得，何况是她！忙到对门茶馆，将武大的话跟王婆和西门庆都说了。那两人一听武松，也是畏惧，便商量，干脆一不做二不休，用砒霜结果了那武大，再一把火烧得干干净净。神不知鬼不觉，便是武二回来，又能如何！

可怜武大，就在病中被这三人毒死了。众邻舍明知道此人死得不明，却不敢管闲事。王婆取了棺材，去请团头何九叔殓葬。西门庆便又拿十两银子，来封何九叔的口，何九叔惧怕西门庆是个刁徒，只能收下。但是他验过武大尸身，明知他是中了毒，想想武松早晚回来，知道此事，亦是了不得，真是愁得没个想处，整日长吁短叹。九叔的妻子却是个聪明人，她知道了，就宽慰他道："这有什么难办的，既是下了毒，他们肯定是要将他烧了的，你到时趁人不备拿两块骨头回来，和这十两银子一起收着。等武二回来，不问最好，你也省了开罪那西门庆。若问了，藏不住时，你就拿这些给他，便是最好的证据。"何九叔道："家有贤妻，见得极明。"后何九叔就依妻子所言，拣两块骨头，收藏了，拿张纸，写明年月日期，和这银子一处包了，用一个布袋盛着，放在房里。

那西门庆跟潘金莲，此后终朝取乐，任意歌饮。光阴荏苒，不觉又过了四十多天。武松办差回来，先往紫石街来看兄长。两边众邻舍看见武松回了，都吃一惊。

武松来到门前,探身进来,就看见个牌位,上写着"亡夫武大郎之位"七个字,他呆了一呆,道:"莫不是我眼花了?"叫声:"嫂嫂,武二回来了!"

那西门庆正和潘金莲在楼上取乐,听这一声叫,吓得屁滚尿流,直奔后门,慌忙从王婆家走了。潘金莲应道:"叔叔少坐,奴便来了。"慌忙去面盆里洗落了脂粉,拔去了首饰钗环,松松地挽个发髻,脱去红裙绣袄,穿上孝裙孝衫,才从楼上哽哽咽咽假哭下来。

武松道:"嫂嫂,先别哭!我哥哥几时死了?得什么病?吃谁的药?"潘金莲将早就编好的一套说辞拿来说了,说武大是心病。武松又道:"如今埋在那里?"潘金莲道:"我一个人,哪里去寻地埋他?停了三日,苦等你不回,只能让人帮着烧了。"武松道:"哥哥死了几日了?"潘金莲道:"再两日便是断七。"武松沉吟了半响,又道:"谁来扛抬出去的?"潘金莲道:"是本处团头何九叔,这种事都是找他的。"武松不再问,朝着牌位拜过,转身出去了。

他直接来找何九叔,说是请他到巷口酒店吃酒。待两人坐下,武松挽起衣袖,握紧尖刀,对何九叔道:"别怕,只要你实话对我说出武大死的缘故,我绝不为难你。但是,倘若你有半句假话,我这口刀却不饶你。"原来,武松根本不信那潘金莲的说辞,他从来就没听哥哥说有心疾,怎么可能忽然得了这个病就死了呢?何九叔看武二郎如此问,知是藏不得了,便去袖子里取出那个布袋,放在桌子上,将自己看到的、知道的,统统都说了。

武松看过那布袋中装的两块骨头,并那十两纹银,道:"你刚才说到的郓哥在哪儿?带我去找。"何九叔便起身,带着武松来街上寻那郓哥。很快寻到,问明了前因后果。武松把这两人一起带到了县衙,状告西门庆与嫂通奸,下毒杀害其兄长武大。谁想,这知县历来收过西门庆许多好处,又被提前知会过,是以并不受理此案。武松看穿,倒不非要告状,离了县衙,转来邀请四邻,并王婆和嫂嫂,共是六人。他拿条凳子坐了,便叫土兵把前后门都关上,问道:"请问众高邻哪位会写字?"

一个叫姚二郎的回道:"胡正卿写得好。"武松便冲那叫作胡正卿的施个礼,道:"烦劳您都写下来。"说完,他卷起衣袖,唰地抽出口尖刀来,说了声:"诸位高邻,今日做个见证。"然后,他左手抓住嫂嫂,右手指定王婆,道:"怎么害的我哥哥,从实招来。"

起初,两人还想狡赖,武松抓住潘金莲一顿好打,便打得她什么都说了。王婆一看潘金莲都招了,只得也招认。胡正卿记载已毕,武松叫她两人都按了手印,又叫四家邻舍都签上字,按了手印。接着,便拖过潘金莲,到武大灵前跪下,道:"哥哥魂灵不远,兄弟武二与你报仇雪恨!"说完,一刀杀了潘金莲,割下她的头来。然后,他让众邻舍楼上稍坐,顺便看押住那王婆。他自己则出了门,直奔西门庆的生药铺,找个主管问出西门庆的去向,正在狮子桥下的大酒楼上吃酒,便直寻到那酒楼上,又杀死西门庆,一刀割了头。

武松将两颗人头都放在武大的灵前,说道:"哥哥早生天界!兄弟已经给你报仇,杀了奸夫淫妇!"说完,他祭拜过哥哥,便到楼上请诸位邻舍下来,说道:"诸位受惊了。如今,我已经替兄长报仇,杀了这一对狗男女,要去县里投案自首,劳请众高邻去到堂上,替小人做个证,实话实说即可。"说完,他提着两颗人头,押了那王婆往县衙去了。

一干人等到了县衙,知县升堂问案,审得清楚明白。他顾念武松是个义气烈汉,又想若不是自己要他上京去这一遭,或许也惹不出武大这桩祸事,便法外开恩,在公文上将武松罪名改写得极轻。之后,令衙差将这一干人犯压送东平府,申请发落。东平府尹陈文昭哀怜武松,便又从轻发落,只判他脊杖四十,刺配孟州牢城。一干邻舍,各放还家。王婆则判死刑,杀了。

武松刺了面,带上枷,跟着两个衙差,离了东平府,往孟州去。那两个衙差,知道武松是个好汉,一路多加照顾,不曾有半点轻慢。

这天午后,他们到了一个叫十字坡的地方,见坡下有个酒店。门前窗槛边,坐着一个妇人,露出内里绿纱衫来,浓妆艳抹的,颇有几分妖艳。

武松等三人进了店，向那妇人点些饭食来吃，那妇人便拿来一笼包子。武松取一个拍开看了，心下顿生疑虑，叫道："酒家，你这包子是人肉的是狗肉的？"那妇人嘻嘻笑道："客官说什么笑话！清平世界，朗朗乾坤，哪里有人肉的包子狗肉的滋味？我家包子自来是牛肉馅的。"武松道："江湖上可有人说：'大树十字坡，客人谁敢那里过？肥的切做包子馅，瘦的却把去填河。'"那妇人道："客官哪里听来的？莫不是自己编来说笑的？"武松看她两眼，越看越不似良家女子，便拿话试她，道："大娘子，这酒根本没味道啊，你这里再没有好点的吗？"那妇人道："倒是有些香醇好酒，只是有点浑。"武松道："最好！越浑越好吃！"那妇人心里暗喜，便去里面托出一坛浑色酒来。

武松看了道："这个才是好酒。"两个衙差正渴，听说好，便只顾拿起来吃了。武松便道："大娘子，你可否再给我们切些肉来？"看那妇人转身进厨房去，武松忙把自己杯里的酒泼在僻暗处，嘴里却假意咂道："好酒！还是这酒有劲！"那妇人哪里真去切肉，只是假装进去一下，很快便出来，拍手叫道："倒也！倒也！"

两个衙差只觉天旋地转，一头栽倒地上。武松一看，假装也倒在凳边。那妇人哈哈笑两声，便叫："小二、小三，快出来。"只见里面跳出两个大汉来，先扛了两个衙差进去，再来扛抬武松时，却怎么都扛不动，像有千百斤那么重。那妇人看了，将两人喝在一边，说道："蠢材！看老娘自己来！"那妇人一边说，一边挽起衣袖来提武松。武松就势抱住那妇人，一翻身使个千斤坠，压在那妇人身上，那妇人登时疼得杀猪似的喊起来。两个大汉待在原地，并不敢上前。

只见门前一人挑一担柴，远远望见武松按着那妇人在地上，扔了柴担大踏步跑来，叫道："好汉息怒，好汉饶命，小人自有话说。"武松站起身来，左脚踏住那妇人，提着双拳，回头看那人时，是个瘦小汉子，有三十五六岁年纪，看着武松，躬身问道："愿闻好汉大名。"武松道："行不更名，坐不改姓，阳谷县都头武松。"那人道："莫不是景阳冈打虎的武都头？"武松道："正是。"那人纳头便拜，道："久闻大名！"

武松道:"你莫非是这妇人的丈夫?"那人道:"正是。小人张青,因好结识江湖上好汉,人都叫小人作'菜园子'张青。这是俺的浑家,叫孙二娘。今日,俺的浑家有眼不识泰山,冒犯了都头,还请都头看小人薄面,千万恕罪。"

武松一听,原来这二人就是江湖上有名的"菜园子"张青跟"母夜叉"孙二娘,据闻他们专门在这十字坡打劫来往的不法商客,兜售人肉包子已久了。他忙放孙二娘起来,告声"冒犯",两人叙了礼。张青忙请武松到后堂安坐。

武松向张青说了自己来历,犯的什么罪,因何刺配,一一都说了。张青便劝说武松,干脆到二龙山去找鲁智深落草。这鲁智深是他们夫妻二人的朋友,前次他打这十字坡过,也是差点被孙二娘麻翻给剁了,幸得张青回来及时,才得救下,两人因此结为兄弟。所以,由他们夫妻举荐,鲁智深必会收留。至于这两个衙差,已经麻翻,就剁了算了,反正那公门中也没什么好人。武松一听却不愿意,言说那两个衙差一路上对他从不轻慢,照顾颇多,若害他们,他良心不得安。所以,他恳请张青,放了他们两人。张青见武松如此义气,忙让孙二娘拿解药,救醒了两个衙差。

次日,武松三人要走,张青怎么肯放?一再盛情相留,又住了三天。武松才跟他们作别,跟着两个衙差往孟州来。

第十六章
武松威镇安平寨

且说武松三人不到晌午便赶到孟州城里，来到衙门，投了公文。州尹写了回文，就把武松发放在本处牢城营。

武松来到牢城营前，见一块匾上写着"安平寨"三个大字。差役带他到单身房内。因在旁边的一些犯人便来好心提点武松："好汉，你才来，应该还不知道这里的规矩。你若带了人情书信或者银两，就早点拿在手边备着，待会儿差拨来了，便可送给他。否则，吃起杀威棒来，真会受不住。"正说着，差拨来了，众犯人便散了。

差拨见了武松，看他没什么表示，张口骂道："没长眼呐？还当你是景阳冈打虎的好汉，又在阳谷县做过都头，会是个懂事的，怎的这么不识时务？到了我这里，别说虎，猫你都别想打！"武松道："你说这么多，不就是想要银子吗？没有！倒是有双拳头，你要不要？告诉你，老子的银子是留着给自己买酒吃的。你能怎么着？难道还能把老子再发送回去？"差拨看他这么不识相，气得扭头走了。

不一会儿，就有几个军汉过来，把武松带到了点视厅。管营喝令除了枷，命打一百杀威棒。武松道："快打快打，啰啰嗦嗦的。"那军汉拿起棍来，正要打，只见管营身边一个二十多岁的年轻人，额头上、胳膊上，都缠着白绢，像是受了什么伤，侧身到管营耳朵边悄声了几句话。那管营忽然说道："算了，这厮路上染了病，还不曾痊愈。这顿杀威棒且先免了，等他病好再说。"武松道："谁病了？你要打现在就打，打了倒痛快点！"管营道："看看，这就是害了热病，还说胡话呢。来人，先押他回去，还禁在单身房里。"三四个军汉便过来押了武松，回那间牢房。

众囚犯一看武松没挨打，全都围过来问，以为武松有什么大靠山，一听他说没有，便都在那揣测，说官差们肯定是准备了更狠的招数要对付他，没准晚上就会来了，还给武松列举了种种酷刑。

结果，当天晚上真来了两个军汉，却是送饭的，好酒好菜伺候武松吃了，又拿个澡桶来请他洗浴，说怕夜间蚊虫叮咬，还给他支了蚊帐。这简直莫名其妙！但是，管他的呢，有酒就吃，有床就睡，想其他做什么！武松吃饱喝好，洗漱干净，倒头就睡。一觉睡到大天亮，那两个军汉又来了，侍候武松洗漱，兼送早饭，还管奉茶。武松如坠五里雾中，吃了茶，才要问他们是谁派来的，其中一个军汉说："这里不好安歇，请都头另换一处，侍奉茶饭也方便。"武松想，看来是要动手了，且跟他们去，看他们能有什么招数。

二人把武松领到一处干干净净的房间，屋里都是新布置的家具，比那单人牢房不知道强多少。武松纳闷地放下行李，就在这住了下来。连着三天，顿顿好酒好肉，专人服侍，无一处不细致周到，武松也不用像其他囚徒那般，在大太阳底下做苦工，每天自由自在，可以在这大寨内到处闲逛。这个中缘由，简直令人百思不得其解。

到第三日晌午，那军汉又送酒食来，武松实在忍不住了，按定那食盒，问道："你是谁家仆从？怎么天天好酒好肉地送来给我吃？"那人答道："小人说过了，是管营相公的手下人。"武松又道："这每日所送酒食，到底是谁安排的？"那人看武松逼问得紧，只能老实答道："是我们小管营，叫送来给都头的。"武松道："他为什么要送给我吃？"那人道："小人真的不知道，小管营只吩咐小人，送上半年三个月再说。"

武松道："难道这厮是想把我养肥了，再来结果我？这没头没脑的，叫我怎么吃得下？你跟我说，你那小管营到底是谁？他认得我吗？"那人道："就是都头第一天来，在厅上站着那个包着头、吊着胳膊的人。"武松道："莫不是替我说情的那个年轻人？"那人道："正是，他就是我们老管营相公的儿子。"武松道："我们又不相识，他怎么对我这么好？

奇怪。我来问你，那小管营姓甚名谁？"那人道："姓施名恩，使得好拳棒，人都叫他作'金眼彪'施恩。"武松道："我要见见他，劳烦你请他过来。否则，这酒食我是半点不会沾的了。"那人看武松眼色，心中有些怕他，无奈何，只能去跟小管营说了。

不多时，只见施恩赶来，看着武松便拜。武松慌忙答礼，说道："小人一介囚徒，前日蒙你搭救，现在又如此款待，正是无功受禄，寝食不安。"施恩答道："小弟久闻兄长大名，只恨无缘得见，今番有幸相识，如有什么不周之处，还望兄长见谅。"武松问道："听你的随从说，'且过上半年三个月再说'，敢问是有什么话要说？"施恩一听武松这话，却支吾开了，想引开话题。武松却是个最爽直的个性，一定要他说出来到底怎么回事，施恩没奈何，只得把心里话都跟武松说了。

原来，那孟州东门外，有一个镇子，名叫快活林，山东、河北一带的客商们，都在那里做买卖，很是热闹。施恩因自幼学得一身好武艺，又借着小管营身份，便找了几十个囚徒，在那开了个酒店，占住快活林，让各个店铺、赌场、钱庄，每天都来给他送常例钱，到月终，少说都能收个二三百两银子。近来，这牢城营内一个张团练不知从哪带来个大汉，叫蒋忠，身高九尺，人送绰号"蒋门神"，武艺很是高强。他跑来夺快活林，施恩不肯，结果被打得两个月下不来床，至今都没痊愈。施恩本想带着人去将快活林夺回来，但是那蒋忠却有张团练撑腰，再者，他也打不过蒋忠。所以那天在厅上，他一看是武松来到，连忙求情免了武松的杀威棒，又处处照护，就是想让武松养息上几个月，补足气力，他才好出面求武松为他报仇，去将那快活林抢回来。

武松听完，哈哈大笑，道："那蒋门神是有三头六臂还是怎的？他要真有哪吒的本事，我便怕他。既然没有，我怕他个鸟！走，我们现在就去找他，若是打死，我自偿命。"施恩看武松如此性急，忙劝，生怕这么莽撞地去了，抢不回快活林，倒要打草惊蛇。却哪里劝得住，武松拉他就往外走，施恩看拗不过他，忙安排个仆从去告知父亲，挑选些得力的人来暗地接应他们。

第十七章 武松醉打蒋门神

武松由施恩引着，一路往快活林来，路上见个酒店，他要进去吃酒，施恩怎肯让他？今日将有一场恶战，万一吃多，岂不误事！便不停地苦劝，却听武松道："小管营你若真要我去打蒋门神，必须依我一件事，'无三不过望'。"施恩被他说懵了，道："兄长，什么是'无三不过望'？"武松道："这一路上，每遇着一个酒店，便请我吃三碗酒。吃不够三碗，便不过那望子。"施恩道："这一路上，也有十二三家酒店，连吃三十多碗，还不吃醉了？"武松大笑，道："你怕我醉了没本事？错了，我是吃一分酒，就有一分本事；吃五分酒，就有五分本事。若不是吃醉了胆大，景阳冈上怎么能打死老虎？"施恩一时听得呆了，连说"想不到哥哥有这等本事"，只得依他。

武松每遇着一个酒店，果真都要进去吃三碗酒，还不要小盏，必须用大碗来吃。约莫吃过十来处好酒肆，武松问施恩道："此去快活林还有多少路？"施恩道："不远了，就在前面。"武松道："既是到了，你先到别处等我，我自己去找他。"施恩道："如此最好，小弟正有个去处。兄长一切小心，切不可轻敌。"武松道："这个不用你挂心，你只要叫仆人送我就行了，到前面再有酒店时，我还要吃三碗。"施恩便叫仆人去送武松，自己往别处去了。

武松又行不到三四里路，再吃过十来碗酒，到了快活林。那仆人用手一指，道："前面丁字路口，便是蒋门神的酒店。"武松道："好了，你去躲远点，等我打倒他，你们再来。"武松进了林子，见一个金刚似的壮汉，穿件白布衫，正坐在棵绿槐树下乘凉，心中暗忖道："这个大汉一定就是蒋门神。"

此时已近响午，天气正热，却有些微风。武松酒劲涌上来，把布衫解开，装作个已经烂醉的醉汉，东倒西歪往那酒店走。来到丁字路口，武松抬头，看门前那酒幌子上写着"河阳风月"四个大字，门上还有一副对联，写道："醉里乾坤大，壶中日月长。"从门外望进去，只见排着三口大酒缸，正中间是个柜台，里面坐着个小娘子，应是蒋门神新纳的妾。旁边，五六个酒保正忙着待客。

武松醉醺醺进得门去，挑个正对着柜台的座位坐了，把双手按在桌子上，目不转睛地盯着那妇人看。那妇人看这客人无礼，便转过头去看别处。武松使劲一敲桌子，叫道："卖酒的主人家在哪里？"一个酒保过来，看着武松道："客人要打多少酒？"武松道："先打两角酒来尝尝。"

酒保去柜上，叫那妇人舀两角酒下来，烫了一碗端来给武松。武松却不尝，只一闻便摇头道："不好，去换好的来。"酒保见他醉了，便不计较，又烫一碗过来。武松端起来，尝了一口，叫道："这酒也不好，再去换！"酒保忍气吞声，又去烫一碗最好的过来。武松吃了道："这还差不多。我问你，你那主人姓什么？"酒保答道："姓蒋。"武松道："为什么不姓李？"那妇人听了道："这醉鬼是不是来闹事的？"酒保道："一看就是个外乡蛮子，别听他放屁。"

武松问道："你说什么？"酒保道："我们说闲话，客人您别管，您吃酒。"武松道："过来，你叫柜台那妇人下来陪我吃酒。"酒保喝道："胡说！这是主人家娘子。"武松道："主人家娘子怎么了！陪我吃个酒怕什么。"那妇人大怒，便骂道："挨千刀的！该死的贼！"推开柜门，就要出来打武松。武松把土色布衫脱了，上半截揣在腰里，不等那妇人出来，直接去揪住她头发腰身，隔着酒柜就把她提出来，直直丢在旁边一只大酒缸里。

酒保看情形不对，都来围打武松，先头的两个被武松一手一个拎起来都扔在了酒缸里。剩下的，转眼之间都被打趴在地上。其中只一个机灵的，逃跑了。武松知道，他必是去给蒋门神报信，便大踏步跟了出去。

那蒋门神听了酒保之言大吃一惊，踢翻了椅子忙往酒店里走。恰好武松迎出来，两人就在大路上撞见了。

蒋门神虽然生得高大，近来却因酒色所迷，掏空了身子，怎能及得上武松那般健硕有力，又是有心来算计。他看武松脚步踉跄，心里先欺武松是个醉汉，猛地挥拳扑过来。说时迟，那时快，武松先把两个拳头往蒋门神脸上虚晃一招，忽地转身便走。蒋门神忙追，武松却忽然回身，一个飞踹，踢中蒋门神小腹，疼得他双手按着弯下腰去。武松再转身，飞起右脚一踹，直中蒋门神额角，当时便将他踹倒在地上，然后趁机一脚踏住蒋门神胸脯，提起那醋钵般大小的拳头，往蒋门神脸上一顿乱打。今日武松打蒋门神用的这一套，有个名唤作"玉环步，鸳鸯脚"，正是武松平生绝学，非同小可，直打得蒋门神拼命求饶。

武松喝道："若要我饶你性命，须得依我三件事。"蒋门神躺地上叫道："好汉饶命！别说三件，便是三百件，我也依你。"武松道："第一件，要你即刻离了此地回乡去，将快活林交还原主施恩；第二件，你现在就去请快活林内的众位英雄豪杰来，当着他们的面向施恩赔罪；第三件，从此不许你在孟州住。你依得了吗？"蒋门神为保住性命，连声应道："依得，依得！"正说之间，只见施恩带领着二三十个悍勇军汉赶来，看武松赢了蒋门神，大喜过望，团团围住武松欢呼。

蒋门神收好行李，跟施恩交接了店肆，赶忙带着他的人跑了。施恩这一回重霸快活林酒店，全赖武松好本事，自此后，简直把武松当亲爹一般敬重。

光阴荏苒，不觉过了一月。那天，施恩正和武松在店里闲坐说话，只见店门前来了三个军汉，牵着一匹马，来店里寻问："哪个是打虎的武都头？"施恩认出是孟州守御兵马都监张蒙方衙内的亲随，便上前问道："你等寻武都头干什么？"其中一个军汉说道："奉都监相公命令，闻知武都头是个好汉，特差我等牵马来接。"施恩寻思道："这张都监是我父亲的上司官，武松又是刺配来的犯人，亦属他管下，只能去了。"便对武松道："兄长，这几位是张都监相公派来接你的，哥哥意下如何？"

武松道："他既是接我，那就去呗。"随即换了衣裳，带个小随从，上了马，跟着那几个军汉往孟州城去了。

到得张都监宅前，那张蒙方在内厅见了武松，道："我听说你是个大丈夫男子汉，英雄无敌，我帐前就缺这么一个人，不知你肯给我做个亲随吗？"武松一听，忙跪下称谢道："我只是个犯人，承蒙恩相抬爱，定当鞍前马后，服侍恩相。"张都监大喜，亲自赐了酒，叫武松吃得大醉，就在前厅廊下收拾一间耳房，给武松安歇。

隔天，张都监又差人回施恩那边取了武松的行李来，从此就留他在自己府中宿歇。自此那张都监简直把武松当作亲人一般看待，赏赐不断不说，又任他在府内自由进出。武松心里欢喜，对那张都监感恩戴德。

时光飞快，转眼到了八月中秋，张都监在后堂鸳鸯楼下安排筵宴，与家人庆赏中秋，又叫了武松同来饮酒。武松见夫人宅眷都在席上，觉得不便，只吃了一杯，便告辞要出来，张都监哪里肯放，定要武松跟他们一同饮酒庆贺。

武松没办法，只得道声"失礼"，找个最边上的位子，侧身坐下。张都监让丫鬟们频频劝武松吃酒，不大会就吃了六七杯。张都监却又道："大丈夫饮酒，怎么能用小杯？取大杯来！"命人拿个硕大的银杯子来，给武松饮用，一连劝了武松好几大杯。明月生辉，照入东窗。武松吃得半醉，慢慢忘了礼数，只顾痛饮。张都监唤一个心爱的养女，叫作玉兰的,出来唱曲。

　　这玉兰人长得美,声音又动人。张都监等她唱完,便望着武松笑道:"此女颇有些聪明伶俐,又善知音律,如你不嫌低微,我将她许配给你,过几日择个良辰,让你们完婚如何?"武松听了,忙起身,拜道:"武松何德何能,怎敢高攀恩相宅眷为妻!"张都监笑道:"你休要推辞,我既然说了,就必给你们办。"当时一连又饮了十几杯酒。

　　武松这一回是真吃得醉了,入夜酒气翻涌,辗转难眠,干脆起来到院子里耍了几回棒,看看天约有三更时分,才回房去睡。正待脱衣,只听得后堂里一个声音喊"抓贼啊"。武松忖道:"都监相公如此厚待我,他后堂里有贼,我怎么能不管?"提起哨棒,武松径直闯入后堂,只见玉兰小姐慌慌张张走出来,拿手一指道:"有个贼跑到后花园里去了。"武松不疑有他,提着哨棒大踏步追进花园里去,找了一遍却不见人,便转身出来。冷不丁,黑影里忽地扔出一条板凳来,把武松一跤绊倒。跟着走出七八个军汉,叫一声:"捉贼!"就地便把武松绑了。

　　武松急叫道:"是我。"那些军汉哪里还会听他说,当时押着他就去见张都监。

　　武松到得厅上,一见张都监忙喊"冤枉",说自己是去捉贼的。谁想张都监这回却变了脸,指着武松喝骂道:"你这个贼配军!本就是个贼心贼肝的狗强盗!我真瞎了眼,倒要抬举你做女婿!才同席吃过酒,你就来做这种勾当!"武松大叫道:"相公,我真是来捉贼的。武松是个顶天立地的好汉,绝不做这种事。"张都监却不听他说,叫人押他回房去看,能否搜出赃物。

　　结果,真从武松那柳藤箱中搜出许多银酒器皿,有一二百两赃物。武松见了,目瞪口呆,有口难言,只能叫屈。

　　张都监看过赃物,叫人封了,连夜将武松收押。然后,便派人去跟知府提前知会,衙门里上上下下,押司、孔目,都给了钱。

　　原来,那蒋门神根本没离开此地,他就躲在张团练家里,因恨武松助施恩夺那快活林，所以才找张都监商量出这条计策来。张都监跟张团练是结义的兄弟。

这回武松可算是栽在他们手里，有口难辩。知府拿了好处，又跟他们官官相护，直将武松打得血肉模糊，锁手锁脚，关在牢里。多亏还有个施恩，是真心救他，花一百两银子，买通一个姓康的牢头，在牢里关照武松，叫他少吃很多苦；又打听得一个姓叶的孔目为人向来忠直仗义，不肯胡乱害人，便回牢城营里寻一个和叶孔目有交情的人，拿一百两银子给他，求他在文案上做些手脚，将罪名改得轻些。

叶孔目本来就看不惯那些上司陷害无辜，现在又得了施恩这一百两银子，便坚持在武松的文案上将罪名改轻，又在知府面前极力陈情，为武松开脱。最后，武松被判脊杖二十，刺了金印，发配恩州牢城。两个衙差押了他走出孟州城时，施恩带着一脸的伤赶来相送，给武松备下一些衣物以及吃食。武松看他伤得不轻，一问才知道，蒋忠那厮又回去夺了快活林。

这一班狗官恶贼，太过歹毒，武松心中忿忿，却只能安慰施恩回去好生休养，以后碰着机会再报仇雪恨不迟。施恩拜辞了武松，哭着回去了。

第十八章
武松血溅鸳鸯楼

且说武松和两个衙差上路,行不到数十里,那两人悄悄地商议道:"那两个怎么还不来?"武松听了,暗在心中冷笑道:"我不收拾你们,你们倒要来害我!"又行了六七里路,只见前面路边站着两个人,各提朴刀,好像在那等人。衙差监押着武松走到他们跟前,他们便假装结路同行,跟那两个衙差挤眉弄眼地打些暗号。武松早就看在眼里,却装作什么都不知道。

又走了几里,五人一路来到"飞云浦"。到了浦边,武松看看这里四周都是宽阔的河道,便假装尿急,道:"我要解手。"一个公人走过来,才近身旁,被武松一脚飞踹,踢下水里去了。另一个急待转身,武松飞脚又起,扑通一声也踢下水里去了。那两个提朴刀的大汉,一看情形不对,忙往桥下跑。

武松喝一声:"往哪儿跑!"把枷只一扭,扯作两半,撇在了水里,就来追那两个大汉。追上之后,夺过朴刀来,劈手砍死一个,揪住另一个,喝道:"说,谁派你们来的?"那人道:"小人是蒋门神的徒弟,是师父跟张团练叫小人来害好汉的。"武松道:"蒋门神现在何处?"那人道:"小人临来时,和张团练都在张都监家后堂的鸳鸯楼上吃酒,只等小人回报。"武松手起刀落,把这个也杀了,将两个尸首都扔在水里。然后,他提着朴刀就往孟州城里奔回来。

武松进了城,已是黄昏时分,径直去了张都监后花园。一路寻到鸳鸯楼时,那几个狗贼正围坐一桌,饮酒寻欢。武松一刀一个,将害他的三个人,蒋门神、张都监及张团练都杀了,又以三人之血,在墙壁上写下八个大字道:"杀人者打虎武松也!"接着,他把桌子上银酒器皿都扔到地上,踏扁了,揣几件在怀里,正准备下楼,只听得楼下夫人的声音叫道:"楼上官人们都醉了,快找两个人上去搀扶。"话还没落音,已有两个仆人往楼上来。武松闪在楼梯边看时,正是前日捉拿他的两人。武松藏在暗处,先让他们过去,然后堵住退路。

两个人来到楼上,见三个尸首横在血泊里,吓得面面相觑①,急转回身,武松却随在背后,手起刀落,先剁了一个,那一个忙跪下讨饶。武松道:"饶你不得!"话落,举刀就将人砍了。武松暗忖:"一不做,二不休,杀一百个,也是拿一条命去抵。"他提了朴刀下楼来,见人就砍,一刀一个,就跟砍菜瓜一般,这才觉得出了心头那口闷气。

然后,武松提起朴刀,出了角门,大步离去,赶到城门时,早已关闭,他索性翻过城墙,脱了鞋袜蹚过城壕。到了对岸,武松不敢稍歇,一路疾行,直走到天色将亮未亮。

折腾一夜,武松觉得有些困倦,加上棒疮发作又疼,他便在一座树林里寻间小小的古庙,想进去稍歇片时。

谁想,就睡那么一会儿,他竟被四个小贼用挠钩钩了,用绳子绑住,拖去一间暗室之中。本以为,此番就要死在这几人手里。没曾想,这四个竟是张青的手下。菜园子张青夫妇将他解开,他便跟着两人又回到了十字坡酒店,将自己这些天的经历一一说了,之后便留在店里调养将息。

却说那张都监府里,当晚也有躲过的,直躲到了五更才敢出来,慌

---

① 面面相觑(qù):你看我,我看你,不知道如何是好。形容人们惊慌或者错愕的表情。

忙到孟州府衙来告状。知府大惊，火速点起军兵，命缉捕官员带领，到城中各处去搜捕凶手武松。

武松在张青家里将息了三五日，听说有衙差出城来各乡村缉捕他，想到自己可是犯了滔天大罪，怕连累了张青夫妇。张青夫妇也不敢再留他，便劝他去找鲁智深和杨志，武松同意了。孙二娘看到武松脸上的两行金字，灵机一动。以前孙二娘曾麻倒过一个头陀，他的装束正好可以挡住这两行字。孙二娘拿出那头陀的僧衣，让武松换了，又将他头发散开，戴上个铁戒箍，恰巧遮住他脸上的金印。孙二娘又把武松带来的那些银酒器皿留下，另给他一包银子，把度牒、书信一齐包了，给他背在身上。当晚，武松辞别张青、孙二娘，就往二龙山寻鲁智深去了。

武松一路饥餐渴饮，走了十几天，鲁智深没寻着，倒在一个村店因跟人抢好酒吃，打了场架，被人家带着几十庄客前来，趁他醉酒的时候把他给绑回了庄上。这一绑真绑得好，叫他遇到了一个故人。不是别人，正是宋江。

原来宋江自和武松别后，又在柴大官人庄上住了半年。后来，白虎山的孔太公极力邀他来庄上小住，他便来到白虎山。那个跟武松打架的，是孔太公的小儿子孔亮，因他性急，好与人厮闹，人都叫他"独火星"孔亮。后来那个帮着孔亮绑武松回来的，是孔太公的大儿子孔明，人送绰号"毛头星"。这两个人都好习枪棒，向宋江多有讨教，因此向来称宋江作师父，对他颇为敬重。

宋江在这白虎山已住了不少时间，如今正准备离开，要上清风寨去一趟，可巧还没动身，才在这里与武松相见。

武松听完宋江这一年的遭遇，便把自己的事，也跟他从头细说一遍。宋江道："上二龙山也好。我这两日正要起身去清风寨，正可以同行一程。"

这时，庄主人孔太公听说打虎的英雄武都头来了，特地出来相见，吩咐大摆筵席，款待武松。当晚，孔太公父子跟宋江、武松宾主尽欢，至晚才散。

次日,又排筵席。二人盛情难却,便在孔太公庄上多住了十来天,才拜别了孔太公,一起下山去。孔明、孔亮直送了十多里,才依依不舍作别。

宋江和武松同行走了两天,来到瑞龙镇,一打听,从这里开始,就该分开来走了。于是宋江找了家酒店,要些酒菜来跟武松一起吃,算作饯行。宋江一再叮嘱,要武松少吃酒,休惹事。然后,二人来到路口,再话别几句,便各奔前程。

武松到二龙山去投奔鲁智深、杨志入伙不提。再说宋江,跟武松分开之后,他一路向东走,没几天到了清风山,天色将晚,他忙于赶路不曾防备,被十四五个伏在路旁劫道的小喽啰拿条绳索绊倒了。这些人夺了他的朴刀、包裹,将他绑个结实押上山去。

到得一座山寨,进了草厅,宋江才知道,此地占山的是三位头领,领头的臂长腰阔,叫"锦毛虎"燕顺;第二位五短身材,叫"矮脚虎"王英;第三位白净俊俏,叫"白面郎君"郑天寿。三人当厅坐好,即传令把抓获的"牛子"开膛破肚,来做醒酒汤。

一个小喽啰拿了尖刀,另一个拿了凉水往宋江心窝一泼,便要动手。宋江心中叫苦,叹口气道:"可惜宋江死在这里!"燕顺一听"宋江"二字,忙让小喽啰们停手,问道:"你认识宋江?"宋江道:"我就是宋江。"

燕顺疾走几步,来到宋江面前,问道:"你是哪里的宋江?"宋江道:"我是济州郓城县做押司的宋江。"燕顺吃了一惊,慌忙夺过喽啰手里的尖刀,把绳索都割断了,请宋江到中间的虎皮交椅上坐好,叫过王英、郑天寿,跪下就拜。

宋江忙起身,搀扶三人,问道:"三位壮士,怎行如此大礼?"燕顺道:"小弟在江湖上绿林丛里混了十多年,久闻哥哥仗义疏财、济困扶危的大名,只恨无缘相识。今日见了真神,却怎地眼瞎,认不得哥哥，要不是哥哥说出自己大名来，我等就要坏了义气，哥哥千万别怪。"

说完，燕顺忙又请宋江坐了主位，他们三人则去下首陪坐，问及宋江为何孤身一人到此，宋江把救晁盖、杀阎婆惜、投奔柴进又去白虎山直到今天要往清风寨寻小李广花荣的几件事，尽都说了。三个头领一听大喜，随即唤人取套干爽衣服来给宋江换了，一面又叫杀羊宰马，摆下筵席为宋江接风洗尘。

宋江由此便在这山寨内住了六七天。时值初冬，一天王矮虎下山去劫财，抢了个妇人上山来。宋江知他贪女色，觉得这不是好汉所为，便同另两位头领去劝他，想救下那妇人放下山去。结果到了王矮虎的住处一问，这妇人却是清风寨知寨刘高的浑家。宋江一听，花荣亦是清风寨的知寨，岂不是刘高的同僚？更是苦劝，要王英饶过那妇人，送回清风寨去。

王英被宋江说得没了兴致，心中虽不愿意，还是依众位兄长所说，解开那妇人，又放了两个轿夫，命他们速速下山回清风寨去。

宋江救得了那妇人，颇觉欣慰，又在山寨中住了六七天，后来想着花荣或许要等得急了，便向三位头领辞行。三位头领苦留不住，只能摆下筵席为他饯行，又送些金银给他做盘缠，才命人送下山。

第十九章
花荣大闹清风寨

话说这清风山离青州并不远,也就百里来路,而那清风寨就在青州三岔路口,地名清风镇。宋江不需半日,就到了镇上,一打听,清风寨的衙门就在镇中心,现有两个知寨各在南北小寨上,刘知寨在南,花知寨在北。宋江问得清楚,便往北边小寨来,才到寨门,只见寨里走出个年少英俊的军官来,正是花荣。

花荣看见宋江,拖住便拜,拜罢,喝叫军汉接了宋江的包裹、朴刀、腰刀,命去备办筵席。他则扶着宋江,亲亲热热并肩去正厅。两人交情虽厚,却有五六年不见,这一见面自有满腹的话说。

宋江想起在清风山救了刘知寨浑家的事,便对花荣说了。花荣一听,却连道宋江不该救。原来,自那刘高到此担任知寨,便对花荣多有打压。他是文官,任的正职,花荣却是武官,做个副知寨,平时不知受他多少闲气。他那个老婆专喜拨弄是非,不是个好人。宋江一听,就劝花荣说,"冤家宜解不宜结",既是同僚,就该互相体谅才是正理,况且那刘高是个文人,虽有些过失,能怎的?都是官场上来混生活的,彼此退一步,多个朋友总好过多个仇人。

花荣觉得宋江言之有理,便不再坚持,只说等下回见了那刘高,跟他说出宋江搭救他老婆的事,缓和一下关系。

结果,不等花荣跟那刘高说,刘高却先遇见了宋江。

那是元宵节的灯会上，离宋江来清风寨已过去了一个多月。

当时，花荣派几个亲随陪着宋江，到清风镇上看灯。碰巧，刘知寨夫妻同几个丫鬟也在镇上。那刘知寨的老婆，在灯下一眼就认出了宋江，她却不来谢宋江救命之恩，反而跟刘高说，宋江是当日掳她的贼人之一。宋江百口莫辩，被那刘高绑去南面小寨里，受了大刑。

花荣得到消息，忙差两个能干的亲随，拿他书信，到南寨去接宋江回来。谁料人没接着，两个亲随被赶了出来。花荣一听，登时血气上涌，说一声"苦了哥哥"，高喊道："快备我的马来。"花荣披挂上马，拿了弓箭、刀枪，带三五十名军汉，都拖枪拽棒，直奔到南面小寨。看门的军汉，看花荣脸色不好，哪里敢拦？花荣飞马直奔到厅前，拿着枪下了马，随来的三五十人迅速分开，排列在两边。花荣口里叫道："请刘知寨出来说话。"

刘高一看花荣这阵势，猜知不好，身边又没几个得力的帮手，惧怕花荣武艺高强，哪里敢出来，就在厅里磨蹭。花荣等了好大一会儿，见刘高不出来，便喝叫左右到两边耳房里去搜人。

那三五十军汉得令一齐去搜，从廊下耳房里，找到了宋江，被麻绳高高地吊在梁上，还用铁索锁着，两条腿打得皮开肉绽。几个军汉忙把绳索割断，打开铁锁，救了宋江出来。花荣一看，忙叫人先送回家里去寻医诊治。然后，他翻身上马，提枪在手，向厅内刘高喊话道："姓刘的，谁家没个亲眷，你什么意思？竟然强行拿了我的表兄做贼！你别以为我好欺负，明天就来找你算账！"说完，带上众人，赶回去看视宋江。

那刘高待花荣一走，忙去点起一二百人马，派两个教头带领，也去北寨抢人。追到时，天已大亮，来到寨门，两扇大门根本没关，像是就在等他们。算两个教头在内，谁有花知寨的武艺好？因此，根本没人敢进那大门。

花知寨在正厅上端坐，左手拿着弓，右手挽着箭，大喝道："冤有头,债有主。你们休要为虎作伥①!不怕的就进来,看我的弓箭先射左边门神的骨朵头。"说完,拽满弓,一箭正中那骨朵头。众人看了,都发声惊叹。花荣又取第二支箭,大叫道:"你们再看我这一箭,要射右边门神头盔上的红缨。"飕的一箭,又是正中。花荣再取第三支箭,喝道:"这一箭,要射你们中间那个穿白的教头心窝。"那教头一听吓得魂飞魄散,转头就跑,众人都跟着跑了。

花荣叫关了寨门,忙赶到后堂去看宋江。宋江腿上敷了药,疼痛稍轻,便同花荣商议道:"那刘高定不会甘休,他若告到知府那里,我必连累贤弟。不如我今夜就上清风山。即便他们来搜,没了证据,终究只能算是个文武不和互相争斗的案子,也办不了你。"计议已定,当晚趁着月色暗淡,宋江偷偷出了寨门,一步一挨,往清风山奔去。

却说那刘高,不懂半点武艺,头脑却好,早识破他们心思,派了二三十个军汉,在路口等着,宋江一到就被捉住,绑回来秘密地关在了南寨后院。

刘高胜券在握,差两个心腹之人连夜奔青州府报官。青州府知府慕容彦达,是当今慕容贵妃的兄长,倚托妹子受宠,在青州横行已久,残害良民,欺压同僚,无所不为。接了刘知寨申状,他立即传唤本州兵马都监黄信,来到厅上,吩咐他去拿人。

这黄信因为武艺高强,威震青州,因此又被人叫作"镇三山"。哪三山?青州地面所辖:第一,清风山;第二,二龙山;第三,桃花山。这三处都是强人草寇出没的去处,黄信却自夸要捉尽三山人马,因此唤作"镇三山"。

黄信点起五十军汉,披挂了衣甲,拿上兵刃连夜赶到刘高的小寨。两人定下个"瓮中捉鳖"的计策:明日一早,黄信带几个人上南面小寨

---

① 为虎作伥(chāng):相传被老虎吃掉的人,死后会变成"伥鬼",老虎害人时,伥鬼会走在前面,将人引到老虎面前。

去，假说慕容知府听闻清风寨文武不和，恐他们因私仇而误了公事，所以特差黄信来置酒劝和。骗得花荣到这南寨来，预先在左右两边的帐幕里埋伏了军士，到时以掷盏为号，冲出来将花荣拿住，同他那贼"表兄"一起解上州里去。

次日，黄信便依计而行，带了几个人去请花荣。花荣那时以为宋江已经上清风山去了，心中别无挂碍，便跟着那黄信来到了刘高的小寨。黄信携着花荣的手，一起到厅上见了刘高。

酒宴摆好，三人入席。花荣不知有计，只当黄信跟他同是武官，必无歹意，所以并没有半点防备之心。

黄信看花荣正饮酒，猛把酒盏往地下一掷，只听得后堂一声喊，两边冲出三五十个健壮的军汉，一起围了上来，瞬间把花荣扑倒拿下，绑在了厅上。

花荣一连声叫道："放开我，你们干什么？"黄信大喝道："大胆花荣，你勾结清风山强贼，一同反叛朝廷，该当何罪！"花荣道："你有什么证据？"黄信道："就给你看个证据，来人，推出来！"不多时，从外面推进一个人来，正是宋江。花荣一看，不由得目瞪口呆。两人面面相觑，叫苦不迭。

花荣暗忖，这两个狗贼应该还不知道哥哥的真实身份，前次哥哥只骗他说叫张三，不如我再争辩一回。便对黄信道："这是我的表兄张三，你们几次三番强要说他是贼，是何道理？"黄信道："我也是奉命行事，你有道理去跟知府大人说。"说完，便叫刘知寨点起一百寨兵，一同护送他们往青州去。

当时，黄信跟刘高一同监押着两辆囚车，由那五十个军汉、一百名寨兵护送着，行了三四十里路，来到一座大林子。

燕顺兄弟三人早得了信，伏兵在这里，轻易就打跑了黄信跟那些没用的官兵，杀了刘高，救下了花荣跟宋江。

回到山寨，花荣谢过三位好汉，说道："花荣与哥哥，幸得三位壮士搭救,此恩难报。只是花荣还有妻小、妹妹在清风寨中,必被黄信为难,却怎生是好?"燕顺道:"知寨放心,就算黄信真抓了她们,也只有这一条路回青州,我们一定把人给你救回来。"便差小喽啰下山,先去探听。

话说黄信自己一个人逃回清风寨,急点寨兵人马,紧守四边栅门。然后,写了申状,命两个教头飞马报与慕容知府。知府接了黄信的申状,便差人去请青州指挥司总管本州兵马秦统制。那人姓秦名明,因性格急躁,声若雷霆,人都叫他作"霹雳火"秦明,使一条狼牙棒,有万夫不当之勇。

秦明来到府衙,听知府把事说了,又看了黄信的申状,不禁大怒,因为那黄信正是他的属下,又是他徒弟。当夜,秦明点起一百马军、四百步军,立即动身去打清风山。

待秦明到清风山下,宋江在山寨中早得了消息,已做好万全之策。

先是花荣下山来会秦明,两人斗到四五十合,不分胜败,花荣卖个破绽,拨回马,往山脚小路便跑。秦明岂肯放他,紧追不舍。花荣把马勒定,扭过身,拽满弓,往秦明盔顶上就是一箭,正中盔上红缨。秦明吓了一跳,不敢再追,猛然拨回马。

花荣另转一条小路,回山寨去了。秦明大怒不已,下令鸣锣擂鼓,取路上山。众军齐声呐喊,步军先上,才转过两三个山头,只见上面檑木、炮石乱打下来,闪躲不及的被打倒三五十个。

秦明性烈如火,怎肯就此甘休,命令继续寻路上山。寻到午时,只见西山边锣响,树林丛中闪出一队人马。秦明忙带人赶去,哪有半个人影?再看那路时,只是几条砍柴的小路,还用乱枝断木挡个结实,根本走不了人。正此时,东山边又闻锣响,秦明掉头,忙奔去,却又扑空。接着西边锣又响,西边响完东边响,东边响完西边响,引得秦明东奔西扑,疲惫不堪,恨得把一口牙齿都快咬碎了。

折腾到夜色初上,仍旧一无所获,人困马乏的,秦明率部干脆就在山脚下安营扎寨,却见山上又有动静,火光四起,锣鼓乱鸣。秦明大怒,引领五十军马,又去攻山,只见山上树林内,一通乱箭射下来,又伤了数名军士。那山顶上,点着十余个火把,隐约可以看见,花荣陪侍着宋江正在上面饮酒。秦明一看,怒不可遏(è),心中一团气没处撒,忽听得自己的军马之中惊喊连连,他忙回山下看时,只见这边山上火炮、火箭一齐发射下来,又有二三十个小喽啰躲在黑影里,放暗箭伤人。众军士为躲弩箭,一齐都拥到那边山侧一个深坑里去躲着。猛然,却有大水直冲下来,将一行人马全数都淹在了溪里,拼命挣扎。

秦明见自己被耍来耍去,真是怒发冲冠,恨不得把山踏平。看旁边有条小路,骑马就上山去了。结果,走不到三五十步,连人带马,掉在早挖好的陷坑里,被剥了浑身战袄衣甲、头盔军器,绑上山寨里去了。

原来,这都是宋江跟花荣商量出来的计策:先令花荣下山一战,激秦明上山;再命小喽啰东西鸣锣,引诱他们追扑,累得他们人困马乏;接着,也是最重要的,等候夜深,把秦明兵马逼赶至深坑里去。那本来是条溪水中最深处,他们先在上游截住了水,又将这里水抽干,夜间看不明晰,以为只是个坑。待人都躲进去了,上游便放水,直冲下来,结果了他们。果然奏效,几乎淹死了一半,剩下一百六七十人亦都捉住,还得了七八十匹好马。最后,挖好陷阱,活捉秦明。

第二十章
宋江智收霹雳火

话说那秦明,失陷被捉,遭寨兵押至厅前。花荣见了忙来亲自解开绳索,将他扶上厅来坐好,跪下就拜。秦明慌忙答礼,惊道:"我一个被擒之人,你这是做什么?"

花荣跪着道:"小喽啰不识尊卑,冒犯了秦统制,望乞恕罪!"随即,他起身,命人取套新的衣服来给秦明穿了,又请众头领出来与秦明相见。秦明道:"这三位我认得,但这宋押司,莫不是山东'及时雨'宋公明吗?"宋江答道:"小人便是。"秦明忙拜道:"久仰大名!"宋江慌忙答礼,也对秦明深深一拜。

众人行礼已毕,落座说话,宋江把自己一路上所遇之事,跟秦明细说一遍。秦明叹息道:"可恨信了刘高那厮一面之词,待秦明回州去,对慕容知府说知此事。"听他这么说,宋江花荣交换个眼色。燕顺早已命人杀羊宰马,安排酒席,此时备好,众人入席饮宴。席间,花荣便劝秦明不如落草。秦明向来忠心朝廷,自然不肯。花荣也不强求,只同另几个好汉轮番把盏,劝秦明饮酒。秦明推不过众人盛情,开怀吃得醉了,被扶到后堂睡下。

待他次日醒转,已是半晌午,忙起来洗漱过,用些饭,便要下山。众人看留不住,便还他衣甲兵器连同马匹,送他下山。

秦明离了清风山,直奔青州。到得城外一看,这里原有的数百人家,竟被烧作一片瓦砾,遍地死尸,不计其数。秦明看了大惊,忙打马到城边,大叫开门。门边吊桥却是高高拽起,门楼上军旗猎猎,擂木、炮石摆放得整整齐齐。秦明又喊开门,城上守卫早见是他,却擂起鼓来。

慕容彦达来在城门上,指着秦明破口大骂:"反贼,昨夜你率人马来攻城,杀了多少平民,烧了多少房屋,今天又想来干什么?"秦明听得莫名其妙,大叫冤枉,知府道:"我还不认得你的装束、兵器吗?你休要狡赖!你如今想骗开城门,接你一家老小,怎能让你如愿!你的妻小今早都已杀了,人头在此。"秦明看时,士兵用枪挑出妻子的脑袋,直气得睚眦俱裂,却有口难辩。知府一声令下,城上弩箭乱发,秦明只得先逃。

无处可去,他只能再回到清风山。到得山脚,宋江、花荣、燕顺、王英、郑天寿,随从一二百小喽啰,竟然已在那等候,同迎他上了山寨。

一进大寨,众人齐齐跪倒。原来,这又是宋江为了让秦明上山设下的计策:燕顺这寨里有个跟秦明身形相仿的小喽啰,宋江便命他穿了秦明的衣甲头盔,骑上马,横着那狼牙棒,直奔青州城下,装作是想冲回城里去接出自己家小,没能办到,发起怒来放火杀人。如此,慕容知府必定出文追拿秦明,便逼得他不得不上清风山,没想到竟会因此连累了秦夫人。

秦明听他们一说,气得简直要发疯,恨不得跟他们拼命,但事已至此,杀光他们又有什么用?他早没退路了,只能忍下这口气。思及此,秦明便道:"你们弟兄虽是好意要留秦明,这一计却忒毒了!断送我一家人口!"

宋江答道:"不这么做,兄长如何肯上山?但是,我们的确考虑不周,害了嫂嫂。如今,只能为兄长再做打算。花知寨有个妹妹,很是贤惠,如果哥哥愿意,宋江愿意主婚,备办彩礼,将小妹嫁与哥哥为妻,好吗?"

秦明见众人如此敬他,也别无他途,只能归顺。此事已了,接下来还有一件要事,便是攻打清风寨。秦明道:"此事不须诸位弟兄费心,黄信是我的徒弟,我去跟他说,叫他来入伙。"宋江大喜道:"如此最好！"

次日，秦明一骑，飞奔清风寨来，见到黄信，跟他说了自己已上清风山入伙的事。黄信一听，前日自己所抓的那个小贼张三竟是山东"及时雨"宋江，不由得吃了一惊。他看清风山上众好汉皆是仁义英雄，又是师父相邀，便同意上山入伙。

此时，寨兵来报，说是有两路军马，正杀向清风寨来。秦明、黄信听了，忙出寨迎敌，却是宋江、花荣，跟燕顺、王英，各带着一百五十余人。黄信便叫寨兵放下吊桥，打开寨门，迎接两路人马进来。宋江传下号令，休害一个百姓，休伤一个寨兵。只打入南寨，把刘高一家老小杀了即可。

一众小喽啰把金银财物都收集起来，装了车，将马匹牛羊也都牵走。花荣回到家中，将一应财物装车，接了妻小、妹妹来跟大家会合。众多好汉收拾已了，一行人马离了清风镇，都回到清风山来。

黄信跟众好汉一一相见，众人落座，吃酒庆贺。宋江道："今日我等兄弟相聚，虽是幸事，可这清风山并非久留之地，慕容彦达总有一天要来围剿。我思量几番，现如今能容下我们这许多人马，又能令我们安身之处，唯有梁山泊了。"

秦明道："好是好，只是缺个引荐的！"宋江道："那里主事的晁天王正好是我的结拜兄弟，我们此去投奔，他必定欢喜。"宋江把晁盖等打劫生辰纲，他为晁盖报信一事说了，又说出刘唐寄书送金，被阎婆惜藏了书信，这才杀了她的经过。众人一听，大喜。

事不宜迟，众人当时商量定了，便准备十几辆车，把金银财物、衣服行李都装好，另寻几辆车，把山上家眷都安顿好，再带上那二三百匹好马，分作三批下山，都扮作去收捕梁山泊的官军。

宋江跟花荣第一队，带着四五十人、三五十匹马先行，安排有家眷老小的车子都在这一队。秦明跟黄信第二队，后面便是燕顺、王英、郑天寿三人。一路顺利，他们打着收捕草寇官军的旗号，加上兵马众多，根本没人敢来拦挡。宋江跟花荣路过对影山的时候，还结识了两个好汉，"温侯"吕方跟"赛仁贵"郭盛，要跟他们一同去投奔梁山泊。

但是，眼看要到梁山泊的时候，宋江却在一个酒店里偶然遇到了"石将军"石勇，说是替宋清来送信的。宋江展信一看，上面写着宋太公因病身故，专等宋江回家迁葬的话，顿时痛哭不止，自骂不孝逆子，拿头不住撞墙。吓得众弟兄赶忙上前将他抱住，多方安慰。宋江哭了半响，几乎要昏过去，上梁山的心是半点也没有了，当时急着就要赶回郓城县去。他写一封书札，交给燕顺收好，说上山之后，拿给晁盖哥哥拆看即可，内中一切因由他俱已说明。然后，顾不得兄弟们苦劝，宋江连夜离开。

剩下九个好汉，连石勇一起算在内，带了三五百人马，上梁山泊投奔晁盖，梁山泊自此共是二十一位头领。话分两头，再说宋江，一路急赶，没几日回到宋家庄。结果进门一看，宋太公活得好好的。

原来，不停有宋江上山入伙的消息传回宋家庄来，老太公生怕儿子一时发昏真去落了草，便撒这个谎，诓他回来，嘱托他千万不能干那些辱没清白的事。

宋江看老太公没事，一颗心当时放下，也答应老太公，绝不落草。一家人久别重逢，自是欢喜。谁想，宋江回来的消息不知怎么走漏了风声，当天晚上官差就来捉走了宋江。

这回来的不是朱仝也不是雷横，是郓城县新来的两个都头，兄弟两个，一个叫作赵能，一个叫作赵得，他们本不认识宋江。没有交情，自然即刻便将其捉拿归案。

宋江招了供，被下在牢里。满县的人都来求情，知县也有几分怜悯，便在公文上减轻了他的罪行。最后，宋江被判脊杖二十，刺配江州牢城。宋江随两个衙差上路，往江州去。

路过梁山泊时，赤发鬼刘唐领着三五十人下山来，将宋江一行三人接上了山。晁盖要杀了那两个衙差，留宋江在山上共享富贵。但是，宋江因为已经答应了老太公绝不落草，所以说什么都不肯接受晁盖的好意，还是跟那两个衙差去了江州。

临行前，军师吴用怕他此去人生地不熟的，被人轻慢，便写封书信叫他带去给江州的朋友戴宗，此人是江州牢城营的节级，十分仗义，人们都叫他戴院长,因他有道术,一日能行八百里,所以又被唤作"神行太保"。

三人走了半个多月,到了揭阳岭,前面渡过浔阳江,便是江州了。不必急着赶路,三人看岭脚下有个酒店,便去吃酒歇脚。却不料,正投在一个黑店里,一碗酒吃下去,都被麻翻了,几乎误了性命。多亏一个好汉带着两个同伴赶来,救得及时,才得幸免。

这个救他们的好汉叫作李俊,就在江中以撑船为生,人称"混江龙";那卖酒麻翻他们的,叫作李立,人送绰号"催命判官";李俊的两个同伴是亲兄弟俩,贩卖私盐为生,水性极好,一个叫作"出洞蛟"童威,一个叫作"翻江蜃"童猛。

李俊久慕宋江大名,一心想要结识,前几天听个熟人说起,郓城宋押司犯了案,被刺配江州,他便带着童威兄弟俩来这浔阳江边宋江的必经之路上等,已经等了好几天。真是多亏他认识李立,今日又上他这酒店来闲话,不然,宋江三人定要误了性命。

宋江三人谢过李俊救命之恩,不好推辞他的盛情相邀,便又去他那里盘旋几日,这才继续上路,只用半天时间,来到揭阳镇上。却是一波才平,一波又起。

第二十一章
李逵浪里斗白条

话说那宋江,跟着两个衙差,一到揭阳镇,就又摊上事:得罪了此间一霸"没遮拦"穆弘跟"小遮拦"穆春兄弟俩。

说起来冤枉,宋江三人才到镇上,看见个卖膏药的大汉使得好枪棒,向周围人讨钱凑盘缠,宋江心善,见围着的都是些看热闹的,并无一个给钱,就拿了五两银子给那大汉。谁想到,此间的地头蛇穆春跳出来就喊打喊杀,说那卖膏药的外乡人到此地来讨钱没有提前知会过他,赚不得这镇上半文钱,谁给他钱就是跟穆家庄作对。

宋江跟那穆春扯缠不清,只能趁那卖膏药的大汉过来与他厮打之机,拉起那两个衙差就跑。当时确实跑脱了,结果晚间投宿,却正好又投在了穆家庄,这回穆春的哥哥穆弘也在,两人带了二十几个庄客来追他们。三人被穆家兄弟追得慌不择路,跑到了江边。好不容易来个小船,愿意搭救他们,上了船行到江中心,那艄公却原来又是个劫钱的。

真是屋漏偏逢连夜雨,没有比这更背运的,宋江一时叫天不应叫地不灵,以为自己今晚上是死定了,要被扔在这江里。就这个危急的时候,远处摇来一艘船,认得这个艄公,跟他打招呼。宋江一听,忙喊救命。你道是谁?正是那救命的好汉"混江龙"李俊,还有那童威、童猛二人。

宋江三人总算又捡回一条命,一伙人将船靠岸,上来见了穆春、穆弘兄弟俩。宋江这才知道,这艄公名叫张横,就在这江里打劫为生,人送绰号"船火儿",他跟穆弘、穆春兄弟俩竟都是仰慕"及时雨"宋江大名已久的，早就想要结识。如今被李俊一说，都是跪下就拜，倒弄得宋江不好意思，忙跟三人还礼。

折腾大半夜，解除了这一场误会，众人拥戴着宋江高高兴兴回到穆家庄。穆太公出来与宋江相见了，忙去安排筵席。穆春到里面去，搀出一个人来，正是那个卖膏药的大汉，昨天被他抓回来毒打一顿，如今误会解开，也就是朋友了。那大汉一一见过众人，这才说出姓名来，原来他叫薛永，江湖上人称"病大虫"。

酒席备好，众人一同入席。喝了半巡，张横说起他兄弟张顺，现就在江州，做卖鱼的牙子①。因他通体雪白，游起水来像条白条鱼，又可在水下潜伏七昼夜，所以人都叫他"浪里白条"。张横想起兄弟来，就请李俊代笔给他写封信，托请宋江捎给他。

宋江三人在穆家住了三天，因怕误期限，不顾众人苦留，执意要行。穆弘便送宋江一盘金银，又给衙差打发些赏钱，才同众兄弟一起将三人送到江边，上了渡船。一上岸，宋江重新戴上枷，随那两个衙差直到江州府衙，正赶上知府升堂。

江州知府蔡得章，是当朝太师蔡京的第九个儿子，人称蔡九知府。此人为官贪婪，生活骄奢，因此蔡太师特地调他到这富庶之地江州，来做个知府。当时，两个衙差押着宋江来投了公文，蔡九知府看过，便将宋江押送到牢城营。

宋江很懂得这牢城营里的规矩，差拨、管营，甚至是有接触的小狱卒们，他都一个不落送了银子。因此，这牢城营里无一人不喜欢宋江，不仅免了他的杀威棍，管营还派他在抄事房抄写公文，不必去做苦役。

不几天，戴宗听说新来了配军，也来寻他拿钱。宋江便拿了银两给他，顺便连吴用的信也一道塞给了他。戴宗一看，忙请宋江移步，牢城营里人多嘴杂，不是说话地方。

两人出了牢城营，到城里找了一家酒楼，上去寻个僻静的雅间坐了，点上酒菜。戴宗这才细细看过吴用书信，对宋江跪拜了，道："小

---

① 牙子：旧时为买卖双方撮合从中取得佣金的人。

弟只听说新来个姓宋的配军,没想到会是哥哥,还请哥哥见谅。"宋江忙搀他起来,扶着坐了,叙两句礼,跟他把这一路上种种遭遇大致说了一遍。戴宗也把他跟吴用相交来往的事,跟宋江说了。二人只恨相见太晚,一边吃酒,一边有说不尽的心里话。

却说这戴宗手下有一名狱卒,叫作李逵,天生蛮力,惯使两把板斧,乡里都唤他李铁牛,又因他生得粗黑,江湖上人称"黑旋风"。这厮脾气暴躁,好跟人动手,就是因为打死了人才逃到这里,所以人们都怕他。可巧,他今天也在这酒楼,但不是来吃酒,是来缠酒家借银子的,人家不肯借他,他脾气上来,就要厮打。酒保看戴宗在楼上,忙跑上来求救,戴宗便下去将他带到楼上来。这黑厮对宋江慕名已久,一上来听说是宋公明,跪倒就拜。

宋江把他搀起来,邀他一起坐下吃酒。这李逵也不客气,喊酒保换个大碗来,一连吃了几碗才满足。宋江就随口问他为何在楼下吵闹,李逵就跟宋江说了,还恨人家酒店主人小气,些许银子都舍不得借他。宋江一听,立即取出十两银子来送给李逵,说:"你拿去用吧。"戴宗要拦时,李逵已把银子揣进怀里,一溜烟跑下楼去了,远远地说了一句:"等我赚了大钱,就请宋哥哥到城外吃酒。"

戴宗道:"哥哥真不该借他,这厮人虽耿直,却贪酒好赌,看他这模样,应该是拿着银子去赌了。他要赢了还好说,要是输了,哪里弄银子还给哥哥?"宋江道:"这点银子算什么,由他吧。我看这人倒是条忠直好汉。"二人吃着酒,边说话,宋江想起要去看江边景色,便跟戴宗从酒楼下来,出了城,往江边走。

正走着,只见李逵用布衫兜了许多银子,飞一般地跑过来,后面一群人追着。戴宗一把抓住李逵肩头,喝道:"你这厮怎么抢人家的银子?"李逵一看碰着两位哥哥,不由得满面惶恐,道:"哥哥休怪,都是因为今天输了哥哥的银子,急了眼才干出这事来。"宋江找李逵拿过银子,看赌场那群人追过来,便把银子还给了他们。

看李逵尴尬,宋江便道:"走,我们吃三杯去。"戴宗道:"前面靠江有个琵琶亭酒馆,正好一边饮酒,一边观赏江景。"

三人便来到琵琶亭，坐定，叫酒保端上酒菜果品，李逵道："谁耐烦小杯，换大碗来。"戴宗喝道："铁牛不得无礼，只管吃你的酒！"宋江叫酒保来，给李逵换了大碗。李逵笑道："宋哥哥真好，今天结拜了你这位哥哥，不枉此生。"宋江今天结识这两位兄弟，心中欢喜，多吃了几杯，忽然想吃鱼辣汤。戴宗便让酒保做三份鱼汤端上来，宋江吃几口，却发现不是鲜鱼的汤，是腌过的，便不吃了。戴宗也觉味道不好，便叫那酒保来，让他去江边渔船上买一尾鲜鱼来做。酒保说，只因鱼牙主人没来，所以鱼市还没开，这时还买不到鲜鱼。

李逵最是个没耐性的，跳起来道："我去弄两尾活鱼来给哥哥吃。"戴宗怕他又去惹事，忙拦他，李逵却已经跑出琵琶亭去了。戴宗对宋江说道："让哥哥见笑了，哥哥勿怪。"宋江道："他生性如此，不用太在意，我倒敬他真实，不会作假。"

却说这李逵，正像戴宗所料的，真是个惹祸精，他到了江边，不耐烦等开鱼市，跳到人家船上生抢，结果鱼没抢到，倒把人家拦在竹篓里的活鱼不小心都给放脱了。他还不肯认错，倒跟人家打起来。正打得兴起，鱼牙主人来开市卖鱼，知道他把船上养的活鱼都给放了，根本没的卖，气得冲过来就跟他厮打。

要说这黑厮，是真有把子蛮力气，鱼牙主人在岸上根本不是他对手，便激他到船上去，一转眼，连人带船，弄到了江中心。

宋江跟戴宗发现不对，忙下来到江边观望。只见那鱼牙主人脱得赤条条站在船头，通身皮肉雪一般白，他两只脚用力把船一晃，李逵站不稳，扑通落到江里。只见那李逵在江水里半点不能反抗，被那鱼牙主人提起按下了也不知多少遍，眼看着就快要不行了。

宋江、戴宗在岸上看着干着急，忙问众渔人道："这白大汉是谁？"有人回道："他便是本处卖鱼的主人，唤作张顺。"宋江一听，忙问道："莫不是'浪里白条'张顺？"众人道："正是，正是！"宋江便对戴宗说道："我有他哥哥张横的家书在营里。"戴宗听了，忙向江里高声叫道："张二哥且慢动手，有你哥哥张横的家书在此。这黑大汉是俺们的兄弟，请你先饶了他，上岸来说话。"

水浒传

张顺在江心里听见，却也认得戴宗，便放开李逵，自己泅水过来，上了岸，对戴宗施个礼道："院长，休怪小人无礼！"戴宗道："请看我薄面，帮着救我这兄弟上来，我这有个人要见你。"张顺于是再跳下水里，去将李逵托上岸来。

　　那黑厮吐了一阵水，才缓过来。戴宗、宋江便邀张顺到琵琶亭上说话，众人一路走，李逵道："你今天灌得我够了。"张顺道："你也打得我够了。"李逵道："你在陆地上别撞着我。"张顺道："我只在水里等着你。"四人都笑起来。

　　上到琵琶亭，坐定，戴宗细说了宋江来历，引见给张顺认识。张顺听说是公明哥哥，跪下便拜。宋江忙搀他起来，同他见个礼，说起前次在揭阳镇跟张横相识的经过，又说那封书信不巧没带在身上，现在牢营里放着。戴宗唤过酒保来重整杯盘，再备佳肴，兄弟几人畅饮。张顺听说宋江要吃鲜鱼，忙去弄了几条大金鲤鱼来，叫酒保收拾了重新去做鱼辣汤。

　　四人直吃到天黑才散，张顺把宋江送回牢城营，拿了那封信，自走了。宋江把带回来的鱼送给管营一条，自己留一条吃，因爱那鱼鲜美，他忍不住多吃了些，结果不到四更，闹起肚子来，直拉了二十多趟才止住。将养了六七天，才见好。

第二十二章
宋江题诗遭陷害

这一天，宋江觉得身体没事了，便进城去找戴宗、李逵，感谢他们这几天尽心尽力的照顾，四下里找一遍，却没找到。他就信步出了城，来到江边，来找张顺，张顺也不在。宋江闷闷不乐，在江边闲逛，见有一座大酒楼，檐外挂一块匾额，上有苏东坡亲题的"浔阳楼"三个大字。宋江早在郓城县时，就听人说过此楼有名，便上去找一个临江的雅间坐了，凭栏远眺，江天尽收眼底，美不胜收。

酒保将酒菜送上来，宋江一边赏着江景，一边自己吃酒，不知不觉，就吃了个半醉，他不由得便想起自己这些经历来，又挂念老父年迈，种种情绪交织，不禁潸然泪下，很有些伤感。酒气渐渐涌上来，诗意顿生，他看那四面粉壁上已留有不少题咏，便向酒保借来笔砚，到墙上找了片空白处，挥毫题就一首《西江月》词调："自幼曾攻经史，长成亦有权谋。恰如猛虎卧荒丘，潜伏爪牙忍受。不幸刺文双颊，那堪配在江州。他年若得报冤仇，血染浔阳江口。"然后又吃几杯酒，兴致更高，便挥毫又写四句："心在山东身在吴，飘蓬江海谩嗟吁①。他时若遂凌云志，敢笑黄巢不丈夫。"还写下了自己的大名：郓

> **黄　巢**
>
> 黄巢（huáng cháo），唐末农民战争领袖，他出身于商人家庭，略通文墨，屡次考进士都没有考中，在唐末局势混乱时组建了自己的势力，带领军队一路北上，仅用五年时间，就攻入长安，自立为帝，国号大齐。然而好景不长，在大唐军队的攻打下，黄巢兵败，逃亡山东，最终在死在路上。

① 嗟吁（jiē yù）：长叹息。

城宋江作。

　　写完，宋江掷了笔，再去吃酒，直吃得酩酊大醉，都不知道自己怎么回到牢城营的，一觉直睡到五更，等醒过来，已将昨日浔阳楼题诗的事忘了个干干净净。

　　且说这江州对岸，有一个无为城，城中有个被罢了官的通判，叫黄文炳。这人是个阿谀谄媚之徒，欺善怕恶，心胸狭隘，只知嫉贤妒能、贪污陷害。他听说蔡九知府是当朝蔡太师的儿子，就时不时来巴结他，想要攀上这根高枝。

　　这天，黄文炳又备办了些时新礼物，渡过江来，想要探望蔡九知府。结果，蔡九当天正在宴请一些高官大员，那黄文炳根本不敢进去，就在附近闲逛。逛到了浔阳楼，他想着上楼去吃杯酒，赏一赏江景，正巧就坐到了宋江题过诗的那面墙旁边。

　　黄文炳一眼看到那两首诗，看到"血染浔阳江口""敢笑黄巢不丈夫"的句子，他眼睛瞬间亮了，这是反诗啊！若是能抓住这个"郓城宋江"，那他东山再起就有望了。黄文炳忙借纸笔来抄下两首诗，收好，又向酒保问了这写诗的客人形貌如何，是何时写就的，便吩咐他们休要擦去。他则匆匆下楼，去船中歇了一晚，次日饭后，命仆人挑了礼盒，径直来见蔡九知府。

　　蔡九听说是黄文炳来，很高兴，邀他到后堂来见。黄文炳先送了礼物，说上几句恭维的话，看蔡九知府高兴了，他才从袖中取出那两首诗，呈给知府看。蔡九知府一看，这明明就是两首反诗，看那落款"郓城宋江作"，他猛然想起父亲不久前写信来，特别提到京师流传的四句童谣："耗国因家木，刀兵点水工。纵横三十六，播乱在山东。"难道与此有关？蔡九把这童谣跟黄文炳说了，又问道："通判，这反诗是从哪里得来？"

　　黄文炳先把自己昨天到浔阳楼的事细说了一遍，然后又道："尊府恩相家书中所说童谣，正应在'宋江'二字上。'耗国因家木'，家头着个木，正是'宋'字，这就是耗散国家钱粮的人；'刀兵点水工'，水边着个工，正是'江'字，这就是兴起刀兵之人；岂不正应宋江？他本是山东人,如今又作下反诗,便是明证。"

蔡九一听,颇有道理,便道:"不知此人现在还在不在青州。"黄文炳回道:"酒保说那人是前天写的,又说他脸上刺有金印,应该是新来的配军,大人只要取牢城营文册一查便知。"蔡九忙唤仆从,叫取牢城营文册簿来,他亲自检看,"郓城县宋江"果然在册。黄文炳看了道:"此人非同小可,须得立即抓来下在牢里,否则一旦走漏了风声,再想抓只怕就难了。"知府立即叫人传唤两院押牢节级戴宗过来,要他速带差役,到牢城营去捉拿浔阳楼吟反诗的犯人郓城县宋江,一刻不得耽误。

戴宗听完,吃了一惊,出府来点了狱兵,叫他们快去准备器械之后到城隍庙集合,然后忙作起神行法来,飞奔到牢城营里,直冲进抄事房去给宋江报信。

宋江听戴宗一说,登时懵了,根本就想不起自己做没做过这件事。戴宗便叫他先装作"失心疯",骗过这次抓捕再说,就慌忙回城,往城隍庙去了,点齐狱兵,奔牢城营来。当时,只见宋江依他所言,正披散头发,倒在尿屎坑里滚,跟戴宗和衙差们说,他是玉皇大帝的女婿。衙差们一看,原来是个"失心疯"便没有抓他,回去报告蔡九知府。

蔡九还在怀疑,黄文炳已从屏风背后转了出来,对知府道:"大人千万别信!其中必定有诈。就算他'失心疯',也要先抓来。"蔡九一听有理,便命戴宗再去抓。戴宗没办法,只能再去一趟,拿一个大竹箩,抬了宋江来到府衙。宋江初时还一味装疯,后来蔡九依黄文炳所教的办法,叫几个狱卒把宋江捆了,一连打了五十下,直打得皮开肉绽、鲜血淋漓,宋江扛不过刑,只得招了,但他坚持自己写的不是反诗,只是酒后写的醉话。蔡九取了招状,将宋江锁了重枷,直接下到死囚牢里去了。

戴宗救又救不出,只能尽自己所有努力,吩咐牢里的大小狱卒,要好好照顾此人,又亲自安排饭食,供给宋江。

黄文炳见押了宋江,又来给蔡九献计,道:"相公你做了这么大一件事,应当尽快让尊府恩相知道。不如现在修书一封,派人星夜上京交给太师，顺便问问该怎么处理宋江这厮，若要活的，便押他上京；如不要活的，那就可以直接杀了，也是为民除害，为天子分忧。"蔡九一听有理，便写了封家书，印上图章，差"神行太保"戴宗，速速送往京师。

戴宗拿了书信，带上蔡九孝敬蔡太师的礼物，使开神行大法，当日离了江州，脚不沾地，一连赶了数日，来到梁山泊朱贵的酒店。

朱贵派船将他带到金沙滩上岸，引去见吴用。吴用一听说，宋公明如今被下在死牢里，惊了一跳，忙去请晁盖想办法。晁盖听得亦慌了，急问戴宗，宋江是因何缘故被抓。戴宗就把宋江吟反诗的事，跟晁盖等人说了。晁盖听完，急得当下便要请众头领点了人马跟他下山，去打江州，救宋公明。

吴用深思熟虑，跟晁盖说劫牢不妥，此事不可力敌，只能智取，道："如今蔡九差戴院长上东京去送信，讨蔡京的回书。我们不如将计就计，就在这封回书上做文章。小弟恰好识得两个人，一个叫作'圣手书生'萧让，极擅模仿别人的笔迹；一个叫作'玉臂匠'金大坚，能雕各种图章。他们现在济州，我们可烦劳戴院长，做神行大法去请这二人即刻上山来，模仿蔡京笔迹，写一封回书，信上让蔡九派人秘密把宋江押解回京。然后，叫戴院长拿这封书信回去交给蔡九。等蔡九派人押解哥哥路过此地，我们再去抢人，岂不万全？"

晁盖一听，大喜，忙请戴院长拿上一二百两银子，作神行大法奔济州去请"圣手书生"萧让跟"玉臂匠"金大坚。

萧让、金大坚早闻梁山泊威名，被戴宗接到山上之后，干脆就此落草。他们即刻动手，仿当朝蔡太师笔迹，修书一封。

戴宗拿上这封回书，算好了天数，按时赶回江州，回报蔡九。

第二十三章 梁山英雄劫法场

且说吴用，送戴宗下山之后，同众头领再回大寨饮宴。兄弟们正吃酒，他忽然喊声"不好"。众头领问道："军师，怎么了？"吴用道："我一时着急，不曾想得仔细，那'翰林蔡京'的图章却是个大破绽。"金大坚道："小弟每每见蔡太师书信，还有他的文章，都是用这个图章，我雕得并无纤毫差错，如何有破绽？"

吴用道："众位都知道，这蔡九知府，正是蔡太师的亲子。哪有父亲写信给儿子，盖这种图章的？是我一时失算了，戴院长回到江州，若被蔡九看出，必遭严刑盘问。若问出实情，他跟公明哥哥都性命堪忧。"晁盖道："快派人去追戴院长回来。"吴用道："他作起神行大法来，这一会儿早在五百里开外了，怎么追得上？"晁盖腾地起身，道："我带几个头领下山，去江州救他们。无论如何，不能叫我兄弟受死。"吴用一看，为今之计，也只有如此了。便跟晁盖及众位头领重新商议，定下营救之计。众好汉得了将令，各各拴束行头，连夜下山，奔江州去了。

戴宗算着日期，回到江州，当厅下了回书。蔡九知府拆开封皮，看见信上先说"信笼内的礼物都收了"，又说："妖人宋江，可用个牢固的囚车押了，派几个心腹干将，连夜解上京师。行事要周密，沿途休教逃脱了。"最后说道："黄文炳之事，早晚奏过天子，必然重新任用。"蔡九知府看了，喜不自胜，叫人取了一锭银子赏给戴宗，一面吩咐下去做个牢固的囚车。戴宗谢过蔡九知府,自回住处,然后买些好酒好肉,来牢里探视宋江,顺便给他报个信。

囚车不久做好,蔡九找了几个心腹亲随,正要命令他们押着宋江起程,黄文炳恰在此时来了。他现在亦是蔡九心腹,那信上最后又写了他的好事,蔡九便拿出书信给他看。这一看不打紧,就如吴用所怕的,黄文炳一看到那个图章就识破了这封书信,再说,蔡太师如今怎么还会用"翰林"的图章?

蔡九立即传唤戴宗来询问,戴宗根本没去过东京,这一问就露了馅,所有细节他都答不出来。蔡九大怒,喝一声:"给我打!"旁边立即上来十几个狱卒,将戴宗一把推倒在地,举棒就打,直打得皮开肉绽、鲜血迸流。戴宗实在挨不过,只得招出书信是假的。

蔡九道:"这假书信从何而来?"戴宗回道:"小人路上经过梁山泊,被一伙贼寇绑上了山,说要割腹剖心。后来他们在小人身上,搜出了书信,就把信笼都夺了,却饶了小人。小人丢了信笼跟书信,原本想要一死。但是,他们那里有两个能人懂得太师笔迹,写了这封假书信给小人,助小人回来脱身。小人怕说出实情会遭处罚,不得已只能大胆隐瞒恩相。"

蔡九道:"明明是你跟梁山泊贼人串通勾结,谋了我的信笼物件,还敢在此强辩!来人,再给我狠狠地打!"这回不管怎么打,戴宗却是死都不肯招出跟梁山泊有勾结。蔡九也懒得问了,让狱卒取个大枷锁了戴宗,跟宋江一起,下到死牢里。

蔡九认定,宋江、戴宗两人勾结梁山泊,证据确凿,当时便唤文案孔目来吩咐,要他把宋江、戴宗的供状整理出来,立下文案,写下犯由牌,明天就将这两个反贼斩首示众,免除后患。

这个文案孔目姓黄,正好是戴宗的朋友,感情素来深厚。一听蔡九知府说要立即行刑,当时回禀道:"明日是个国家忌日,不便行刑。后日七月十五,是中元之节,也不可行刑。直待五日后,才可以。"蔡九知府听了，想想五天也没多久，就依准黄孔目之言。到了第六天早上，他先差人去十字路口打扫了法场，饭后，点起土兵和刀仗剑子手，有五百多人，都在大牢门前等候命令。到了巳时，蔡九命人将两人押出来，他要亲自来做监斩官。

黄孔目只得把犯由牌呈堂，当厅判了两个斩字。江州府很多节级、狱卒，都是戴宗的朋友，跟宋江也处得好，但是又救不了他们，只能眼睁睁看他们被押出来，在心里替他们冤枉。宋江和戴宗被押到十字路口，只等午时三刻监斩官到来开刀。

看着午时就要到了，法场的东边忽然来了一伙乞丐，偏要进法场里来看热闹，众兵卒怎么赶打都不肯退。这边正闹着呢，西边又来了一伙使枪棒卖药的，也要挤进法场来看热闹。接着，南边来了一伙挑担的脚夫，虽不是来看热闹的，却偏要挑着担从这里借路通过。土兵拦挡不住，喝道："这里是法场，杀人的，你们往哪儿挑？快走开！"那伙人听当差的这么说，就干脆歇了担子，撂了扁担，也站在人群里看热闹。最后，北边来了一伙客商，推着两辆车子过来，一定要挤到法场最里面来。土兵当然不肯放，那伙客人挤到实在挤不动了，才停下来，站在那里观望。

四下里人声鼎沸，吵闹不止。这蔡九知府也治不住，只得由他们。不多时，有人报声："午时三刻到！"监斩官蔡九便道："行刑！"有狱卒便过去给宋江、戴宗两人除了枷锁。刀斧手执定法刀在手，说话间就要砍下。说时迟，那时快，只见北面那伙推车的客商之中，有一个人一听到"行刑"两个字，便向怀中取出一面小铜锣，站到车子上，猛敲两声，来看热闹的那四伙人，便一齐动手。

又见十字路口的茶坊楼上，一个粗黑的彪形大汉，脱个光膀子，两只手里握着两把板斧，大吼一声，却似半天起个霹雳，从半空中跳下来，手起斧落，一下就砍翻了两个行刑的剑子手，然后，冲着监斩官蔡九知府的马前就砍过来。众土兵忙围上去，举枪便刺，却哪里是他的对

手。众人看情形不好，忙簇拥着蔡九知府，逃命去了。

东边那伙乞丐，都从身边抽出尖刀，看到兵卒便杀；西边那伙使枪棒的，喊声大作，举着刀棍猛一通厮杀，转眼杀倒了一片；南边那伙挑担的脚夫，抡起扁担，横七竖八地打开来，一个个都是天生勇力，谁碰着谁倒；北边那伙客商，则将车一横，拦住兵卒去路，堵在那边猛打。其中有两个客商，迅速钻出人群，到了法场中间，一个背起宋江，一个背起戴宗。剩下的人，都到车上的箱子里，取出兵器，有执弓弩来射的，也有取出石子来打的。

原来，扮客商的这伙人便是晁盖、花荣、黄信、吕方、郭盛；那伙扮作卖膏药的便是燕顺、刘唐、杜迁、宋万；扮挑担的是朱贵、王英、郑天寿、石勇；扮乞丐的是阮氏三雄和白胜。这梁山泊共来了十七个头领，另外还有小喽啰一百多人。

四下里一片喊打喊杀之声，最显眼的便是那个黑大汉，就看他抡着两把板斧，东砍西杀，虽毫无章法，却气势惊人，只要挨着他斧头的都是血肉横飞当场毙命。

晁盖等见他第一个跳出来，又杀人最多，显见是朋友来帮忙的，却又全没半点印象。猛地，晁盖想起来，戴宗曾说过一个叫作"黑旋风"李逵的人，和宋三郎最好，是个直率莽撞的人，莫不就是他？想到此，晁盖便叫道："前面那好汉，莫不是'黑旋风'？"那汉只顾厮杀，哪里听得见，眨眼之间，又砍倒一片。晁盖便叫那背着宋江、戴宗的两个小喽啰，只管跟着那黑大汉往外走。

当下这十字街口就变作一处修罗场，不管军官百姓，但在好汉们眼前的，举手便杀，直杀得尸横遍野，血流成河。众头领撇了车辆担仗，一行人都跟着黑大汉，直杀出城来。花荣、黄信、吕方、郭盛，执四张弓箭殿后，弩箭齐发，就如飞蝗一般向人群里扑。那江州一班军民百姓，谁敢近前？

那黑大汉一路直杀到江边，血溅满身，到了江边还不停手在砍，平民百姓亦难逃他手中板斧，被砍下江里去不少。晁盖一看，忙拿着朴刀奔上去阻止，叫道："不关百姓的事，别伤他们！"那厮杀得兴起，如何肯听？晁盖说话间，又被他一斧一个，砍倒了两人。

　　好汉们且杀且退，沿着江边约莫又走了六七里路，四下张望，江上却一条船都寻不见，晁盖不禁心中叫苦。那黑大汉却说道："不要慌！先把我公明哥哥背去那个庙里。"众人顺着他话音一看，果然，那边靠着江有一所大庙，两扇门紧紧地闭着。黑大汉两斧砍开，先跳了进去，晁盖众人看时，庙前匾额上写着四个金书大字"白龙神庙"。

第二十四章
张顺活捉黄文炳

且说两个小喽啰把宋江、戴宗背到庙里歇下，宋江这时才敢睁开双眼。一见了晁盖等众位兄弟，便哭道："哥哥，我这是不是在做梦？"晁盖便道："早知道当初便该强留你在山寨，也不致有今日之苦。今天还要多亏了这个黑大汉，却不知他是谁。"宋江道："哥哥，这个便是叫作'黑旋风'的李逵。"晁盖道："真是个好汉。"李逵一听，丢了双斧，望着晁盖跪下，说道："大哥休怪铁牛鲁莽！"晁盖忙搀他起来，又引他与众人都相见了。李逵看到朱贵，却是认得的，两人原是同乡，都是沂州人氏，竟在此见到，都很欢喜。

花荣拿两套干净衣服来，一套先给宋江换了，看戴宗还在晕厥，说道："我们只顾跟着李大哥走，如今来到这里，前面是大江拦截住，断了路，又没个船接应。如果官军追来，我们该怎么办？"李逵道："那有什么难办，干脆我们再杀入城去，把那个鸟知府蔡九砍了算了。"戴宗这时渐渐苏醒，一睁眼便听李逵又在说浑话，忙道："兄弟，使不得莽性！那江州城里有六七千军马，你有命进去，没命出来。"阮小七便道："我刚才远远看到，江对岸靠着水边有几只船，不如我弟兄三人，泅水过去，夺那几只船过来，载众人如何？"晁盖道："如此最好。"当时阮氏三雄脱剥了衣服，嘴里都咬把尖刀，便钻入水里去了。

约莫泅出去半里，只见江的上游忽然出现三只棹船，离弦箭似的摇了来。众人在庙前张望,见那船上各有十多个人,手里都拿着武器,不由得慌了起来。宋江听得如此说,也奔出庙前来看,只见当头那只船上,坐着一条大汉,倒提一把明晃晃五股叉。靠得近了,再仔细一看,不是张顺兄弟还有谁!

张顺在船头上亦远远地看见人影晃动,便大喝道:"什么人?敢在白龙庙里聚众?"宋江忙站出来,到最前面,叫道:"兄弟救我!"张顺一看是宋江哥哥,忙摇船来靠岸。众人心中大石放下,都等那好汉上岸来。三阮看见,便跟在船后,亦泅水回来。

一行人都上了岸,到庙前,宋江看时,头一只船上来的是张顺;跟着是张横、穆弘、穆春、薛永;最后一只船上,来的是李俊、李立、童威、童猛。张顺见了宋江,喜得上来就拜,道:"自从哥哥吃官司,兄弟等坐立不安,却又无路可救。近日,又听说戴院长也被捉了。我们本想寻李大哥商议,又找不到。我只得去寻了我哥哥,又到穆太公庄上,叫了这几个兄弟,打算今天杀进江州去劫牢救哥哥。没想到,已有这许多好汉将哥哥救出了。敢问,这伙豪杰莫非是梁山泊义士晁天王的兄弟们吗?"

宋江指着上首立着的人,道:"这个便是晁盖哥哥。"张顺等九人,忙向晁盖下拜。晁盖看又来了这许多好汉,大喜过望,忙搀他们起来,一一见礼。此一回,这里聚齐的,共是二十九位好汉,大家都进到白龙庙里去,稍作休息。

须臾,只见小喽啰入庙来报道:"江州城里,鸣锣擂鼓,蔡九知府派人出城来追了。"李逵一听,大叫一声:"杀过去。"提了双斧,便冲出庙门。晁盖亦叫道:"一不做,二不休,咱们兄弟干脆就迎上去,杀尽他江州军马,再回梁山泊去。"众英雄齐声应道:"愿听哥哥调遣。"

梁山一众好汉冲出来看时,那追军少说也有六七千,马军全副武装在前,步军摇旗呐喊在后,李逵孤身一人,已经抡着板斧杀入敌军。晁盖立即命令刘唐、朱贵,先把宋江、戴宗两人护送上船,然后他便带领这一百多兄弟,一齐杀上前去支援李逵。

花荣冲在最前,取弓搭箭瞄准一个马军头领,嗖的一箭就将那人射下马去。那一伙马军吃了一惊,纷纷拨转马头想要逃命,结果,倒把紧跟在后毫无防备的步军先冲倒了一半。梁山好汉们见状,士气大振,愈发杀得勇猛,直杀得那官军尸横遍野,血染江红,一路溃逃,退回了江州城。

晁盖下令撤退,众多好汉拖着还要厮杀的李逵,返回白龙庙。整点人数,头领们一个不少,晁盖即令分头上船,一众人等先投奔穆家庄去。

穆太公见这许多好汉来到庄上,忙安排客房给他们休息,又命人杀鸡宰羊、备办珍肴异馔①,摆下筵席,管待众头领。

席间,宋江再三谢过晁盖与众头领相救之恩。然后,他说出要找黄文炳报仇之事,请众兄弟再帮他一帮。好汉们义气为先,哪个会有二话?薛永首先站出来,说他熟悉无为城,自请先去打探。

五天后,薛永领着一个人回到庄上。此人是薛永旧识,叫作侯健,以裁缝为生,人称"通臂猿"。近日正好在黄文炳家做衣服,巧遇了薛永,便跟他回来,愿助好汉们一臂之力。

侯健告诉宋江,黄文炳还有个哥哥,叫作黄文烨。跟黄文炳为人歹毒不同,黄文烨是个善良正义之人,平生只做善事。这兄弟俩现在分开住,但是离得并不远,都在北门里住,中间只隔个菜园。黄文炳贴着城,黄文烨近着街。

宋江一听,计上心来,立即请穆太公准备八九十个布袋装上沙土,然后又请准备百捆芦苇油柴、大小船只等,接着便吩咐众好汉分头行事:侯健引着薛永、白胜先回无为城中藏身;石勇、杜迁扮作乞丐,埋伏到城门附近;李俊、张顺驾两只小船,在江面上策应。

---

① 珍肴异馔(zhuàn):肴,菜肴;馔,饭食。指珍贵而奇特的食物。

当夜初更，除了朱贵、宋万留在穆家庄注意江州城动向，众好汉都跟着晁盖、宋江，乘船来到无为城下准备。

三更时候，众人下了船，奔到城边，看离北门约有半里之路，宋江命人放起带铃的信鸽。白胜依照之前约定，在城内一见到信号就来到城上，插一条白绢号带，指明黄文炳家的位置。宋江一看，即令人到城下堆放沙袋，挑上芦苇油柴，在此处沿沙袋登城。

会合之后，白胜引着一众好汉径直来到黄文炳家门前，寻到一早潜进城来的薛永跟侯建。宋江命薛永带人将芦苇油柴堆放到那菜园中，一把火点着，又令侯建去黄文炳家敲门，高声叫道："隔壁大官人家失火，有东西搬来暂放。"里面听得，有人起来看时，隔壁果然起了火，忙将大门打开。宋江、晁盖趁机带领众好汉杀进去，将黄文炳满门四五十口尽数杀死。可惜，黄文炳那厮却不在。

埋伏在城门近旁的石勇、杜迁看见火起，依照先前约定，各持尖刀，杀死门军打开了城门。

众好汉听从宋江号令，并不伤黄文烨一家分毫，更不与普通百姓为难，血洗了黄文炳家，敛尽他的家私金银，放把火烧了他的宅子便出城登上船，返回穆家庄。那无为城的官兵早知梁山好汉威名，一个个顾命要紧，谁敢出来追赶？

话说那黄文炳，此时正在蔡九府中，听到无为城起火，出来一看正是他家的方向，当即慌了神，找蔡九知府借了官船就往江北赶。船行到江心，却正撞在李俊、张顺手里。

张、李二位好汉擒了黄文炳，随即押他回到穆家庄，剥光衣裳，绑在柳树上。仇人见面，分外眼红，宋江一见这歹人便手起刀落结果了他，这才出了心中一口恶气。

随后，众人收拾行装，要回梁山泊去。穆家兄弟同老太公商量之后，收了穆家的家财，放把火烧了庄子，一家老小同去投奔梁山。

这一行人路过黄山门时，又遇四位好汉——"摩云金翅"欧鹏、"神算子"蒋敬、"铁笛仙"马麟、"九尾龟"陶宗旺,慕名宋江已久,坚持要入梁山泊,晁盖便准了这四位好汉同众头领一起上山。

守寨的四位头领——吴用、公孙胜、林冲、秦明,听闻大军得胜归来的消息,早在金沙滩守候。众人一齐来到聚义厅,晁盖要请宋江坐大头领之位,宋江怎肯,两人推来让去,最后晁盖拗不过宋江,只得仍坐了大头领的位置,宋江坐了第二位,其他好汉依次排定,此时,共是四十位头领在梁山上。

众好汉胜了这一场,连日吃酒庆功,到第三天,宋江想起老父嘱托,不许他落草这事来,又想若是江州公文到了郓城,老父亲跟兄弟宋清定吃官司。他就跟晁盖说,一定要回家一趟,把老父、兄弟接来。晁盖跟众兄弟相劝,不如等兄弟们修整几天,一齐去接更稳妥,但宋江归心似箭,哪肯多待一时,执意自己一人下山去接。众兄弟没办法,只能送他下山。

第二十五章
李逵沂岭杀四虎

宋江离了梁山泊,一路不停往宋家庄赶。他却不知道,蔡九早给郓城县下了缉捕公文,赵得、赵能两个都头,就住在宋家庄等他自投罗网。这天晚上,他才一到家,还来不及跟家里人说明来意,宋清就喊:"哥哥,快跑。"宋江看情形不对,转身就跑,跑不多远,只听身后叫道:"宋江休走,快快束手就擒!"

听那声音好像就在耳边,宋江大骇,不敢回头,只是拼命往前跑。月色朦胧,前路不辨,他也顾不上,深一脚浅一脚只顾向前。不知过了多久,风扫薄云,现出那一轮明月来,宋江这才看得清楚,细看之下却不由得叫苦,他误打误撞居然进了还道村。

这还道村一圈环山,进出只一条路,根本没有别的出口,进了这村,就等于被堵死了。眼见追兵已到,火把照耀如同白日,宋江只得在村里到处寻路躲避。他转过一片小树林,见有座古庙,便一头钻进庙里,到处张望藏身之处,最后发现殿上只有一处神橱尚可安身,便顾不得多想,掀开帐幔就躲了进去,缩着身子,大气都不敢喘。

很快,赵得、赵能率人追进庙来,拿着火把各处照。赵得先看见了那神橱,过去掀起帐幔,才拿火把要照,忽然火烟冲起,冲下一片屋尘眯了他的眼,赵得扔了火把,一脚踏灭,这时赵能带着几个人过来,又揭起了帐幔,但就在他要仔细查看神橱的时候,殿后却卷起一阵怪风,吹得飞沙走石,摇得整个殿宇都在动,瞬间冷气袭人,使人毛发竖立。赵能心说不好,忙叫赵得道:"兄弟快走,咱们定是惹恼了神灵。"众人一哄都奔下殿来,出了庙门,哪还敢再进去搜?便商量只能先去守定村口,若宋江在这村里,不怕他不出来。

宋江躲过一劫,心中同样惊异,正惶惑不定之时,忽有两个青衣女童来到神橱外面,言说"娘娘有请"。宋江出了神橱,跟着两个青衣来到殿后,一路先穿竹林,再过石桥,行了一里多路,来到一座金碧辉煌的宫殿。在这里,他果真见到一位仙容威严的娘娘,手执白玉圭璋,赐给他三卷天书。宋江当时不敢开看,恭敬接过来藏于袖中,拜谢娘娘的恩典。

娘娘法旨:"宋星主,今日传你这三卷天书,是要你替天行道。为主全忠仗义,为臣辅国安民。去邪归正,他日必定功成果满。此三卷之书,只可与天机星同观,其他皆不可见。功成之后,便可焚之。此地难以久留,你当速回。他日琼楼金阙,再当重会。"

宋江谢过娘娘,跟随青衣女童出了宫殿,来到石桥边。青衣道:"刚才星主受惊,不是娘娘护佑,已被擒拿。天明时,自能脱离此难。"说完,将宋江往桥下一推,宋江大叫一声,却撞在神橱内,才知是南柯一梦。他钻出神橱,看四下一片寂静,伸手摸摸袖子,却真有三卷天书。宋江左思右想,猜不透内中奥妙,转身细看时,那尊神像与梦中娘娘一般无二,出了庙门看,门匾上刻着四个金字:"玄女之庙"。宋江方知是九天玄女娘娘显圣,又猜不透娘娘为什么叫他星主,天机星又是谁。

正茫然之际,只听得杀声四起,宋江急忙闪身树后,定睛看时,却是晁盖率领着十几个好汉前来相救,正跟官兵厮杀。李逵两斧头就劈了那赵得、赵能兄弟俩,一众土兵也被尽数杀了。宋江忙现身出来,谢过众头领,从晁盖处得知,老父亲跟弟弟已经接上山了,忙随众头领回山寨,设宴答谢众兄弟。

席间,公孙胜看宋江一家团圆场面,想起自己的老母亲来,便向晁盖告假,想要回家探母。晁盖、宋江准了。李逵一看,想起自己的老娘也还在家吃苦,哭道:"只有你们有爹有娘吗?我铁牛也不是石头缝里蹦出来的,我也要去接老娘来享福。"宋江一听,本不欲放他下山,一来他性烈如火，好到处生事；二来，他才在江州杀了那许多人，缉捕公文必定贴得到处都是，下山太过冒险。但是，终究拗不过他一片孝心赤诚，只能准他下山。

宋江虽准了李逵下山，却跟他约法三章：第一，不可吃酒；第二，不许生事；第三，不准带那两把板斧，务必早去早回。等他下了山，宋江又找来朱贵，请他同往沂州，暗中照应。

朱贵得令下山，赶往沂州。他的弟弟朱富，在沂水县开一间小酒店，人称"笑面虎"。他先与弟弟会合，又等了一天，才等到李逵。李逵言说一路没吃酒，浑身无力，才行得慢了，大开酒戒，直吃到四更时分，才吃得酒足饭饱，起程回家去接老母。他倒还算机警，没敢走大路，抄小路直奔百丈村。

走出几十里，到一片树林，那林子里突然跳出一个大汉来，拿锅灰搽得脸上黑黢黢的，手持两把板斧，高声叫道："梁山好汉黑旋风在此！懂事的，留下买路钱！"李逵一听，居然打着他的名号劫道，怒从心头起，冲上前一刀刺到那厮腿上就把人撂倒踩在了脚底下，夺下斧头就要往下劈，口里喊道："爷爷才是真正的黑旋风，你敢冒充！"那汉子一听，忙喊饶命，说他真名叫李鬼，之所以冒着黑旋风大名拦路劫财，是为了养活家中九十岁的老母，想让她过得好一些。李逵一听，这厮倒是个孝子，不由得动了恻隐之心，不仅放了他，还给他扔下十两银子，说道："拿这些去做点小生意赚钱，以后再碰到我手里，绝不饶你。"李鬼千恩万谢，一瘸一拐地走了。

李逵继续赶路，到晌午时分，又饥又渴，他正好看见溪边有一处房屋，有一个妇人正走出来，李逵赔个小心，上去请妇人给他做顿饭，说明一定给钱。妇人便让他进屋等，自去溪边洗菜。

说来也是巧，这房屋竟是那李鬼的家，这妇人就是那李鬼的婆娘。李逵到屋后小解时，正好那李鬼瘸着脚回来。李逵听到两个人说话，什么九十岁老母，那都是骗他的，而且这一对忘恩负义的狗男女，还想用药麻翻他谋他的钱财。

李逵暗自冷笑，闪进后门等着，等那李鬼一进来，他猛地冲出来一把揪住那厮的头发,一刀就给杀了。等再找那女人,却是四下里不见了影踪。李逵来到厨房,见饭已熟了,就找个碗盛出来吃饱了,接着搜出李鬼的银子,放一把火烧了那房屋才离开。

等他到百丈村,已是傍晚时分。李逵推门进屋,见他娘亲的两眼都已瞎了,就跪在地上,说道:"娘,铁牛回来了。"老母说:"儿啊,这几年你到哪里去了?害得我日夜想你,把两眼都哭瞎了。"李逵不敢说当了强盗,扯谎道:"娘,铁牛当官了,接你老人家享福去。"老母正高兴,李逵的哥哥李达回来了,说:"娘,别听铁牛的,他是上梁山当了强盗,官府赏三千贯钱正捉他呢。"李逵说:"干脆,哥哥跟我一起上山享福。"李达道:"你休想。"他想打李逵,又明知打不过,转身就走。李逵猜知哥哥怕受连累,报官去了,就往床上扔了五十两银子,背上老母就走。

李逵怕人赶来,背着老母,只拣小路走,等来到沂岭上时,月亮都升起来了。老母亲走了这一路,早渴得耐不住,便央求儿子李逵先放他下来,去找点水来喝。李逵寻到一块光滑的大石头,将母亲放下来,搀着她坐好,便奔去找水。

结果,等他好不容易盛了水回来时,老娘却不在原处。他借着月光仔细一找,地上有点点血迹。李逵大惊,忙提上朴刀顺血迹找去,寻到一个山洞旁,只见两只小虎正在啃一条人腿。李逵大怒,拿着刀就冲过去,一刀一个把两只小虎都杀了。然后提刀冲进山洞,又一刀杀了母虎。等李逵出了洞,忽听一声怒吼,公虎回来了,正向他扑来,李逵挺刀迎上去,趁着虎扑之势,一刀从虎下巴上直划到虎腹,公虎挣都没挣一下,落地便死了。

李逵四处寻找一遍,再不见虎踪,就在岭上睡了一觉。天明后,他拾了人腿和骨头,挖个坑埋了,大哭一场,走下岭来。几个猎户见他一身血迹,独自过岭,惊问:"你好大胆,不知岭上有虎?"李逵说出连杀四虎为母报仇的事,众猎户初时不信,便跟他来到岭上,结果真的找到了四条虎尸。众猎户扛起虎尸,拥着李逵,来到山下一个大户叫作曹太公的庄上。

曹太公一听是打虎的英雄，忙置酒款待，一面派人报知里正①，一面又来问李逵姓名，李逵不敢说实话，便扯个谎道："我姓张，没名，人称张大胆。"太公称赞："要不是大胆，怎能杀了四只老虎？"

满村的百姓听说了此事，都挤来曹太公庄上看杀虎的好汉。李鬼的老婆却在其中，原来她娘家正在此处，她那日逃回来，今时看热闹正好认出了李逵。她忙跟爹娘说了，一家匆忙来告知里正。

里正告诉了曹太公，说这黑厮竟是梁山贼匪，吓得曹太公忙与里正商量对策。这天晚上，两人摆下筵席，借口为打虎英雄庆贺，让众大户轮番敬酒，把李逵灌了个烂醉。然后，众人一齐动手，把李逵连板凳捆在一起，派人到县衙报信，知县派了都头李云率三十名土兵来押解李逵。

朱贵在沂水县得了消息，慌忙与弟弟朱富商量营救之计。朱富开始很为难，因为那都头李云人称"青眼虎"，是他师父，若救了李逵，必然要害李云。朱贵劝弟弟，事已至此，先救李逵要紧，实在不行的话，就逼着李云一同上梁山落草。

朱富无奈，就让几个伙计收拾了财物，护送妻子儿女连夜先走。然后，他命人煮了些熟肉炒了些菜蔬，备下几坛好酒，将朱贵随身带着的蒙汗药下到酒里，又拌到肉里菜里。次日天不明，二人带几个伙计，挑了酒肉菜蔬，去到一个偏僻的山口，坐下等候。

快到午时，李云率土兵押解李逵走来。李鬼的老婆、曹太公和几个大户，还有捉住李逵的那几个猎户，跟在后面，一齐到县里领赏。朱富迎上李云，施礼道："徒弟特来为师父贺功。"朱贵端一杯酒去敬李云，李云本不想吃，但挡不住兄弟俩再三相劝，最后勉强吃了一杯。朱富见状，摆下大碗又去请众土兵吃。不一时，土兵就把酒肉一扫而光，一个个栽倒在地。

李云吃得少，心中还算清楚，但手脚也不会动了，朱贵忙割开李逵身上的绳子，李逵拿起一条朴刀，见人就砍，不过片刻，就杀了李鬼

---

① 里正：中国古代一种基层官职，主要负责掌管户口和纳税。

老婆、曹太公等几十人。朱贵带伙计杀了那三十名土兵,见李逵要杀李云,忙过去拦住。朱富这时上前来说道:"他是小弟的师父,我们已害苦了他,绝不能再害他性命。"

不上半个时辰,李云恢复过来,提起朴刀就要杀了不肖徒弟朱富。李逵忙迎上去,跟李云斗在一起,斗了七八个回合,朱富见李云不是对手,忙上前用朴刀隔开二人,说道:"师父,不是徒弟行事毒狠,实因哥哥朱贵领了宋江哥哥的命令,照护黑旋风。李大哥被你捉拿,我哥哥回山寨无法交差,只好出此下策。师父不如一同到梁山入伙,强过回去吃官司。"李云一想,事已至此,就算杀了他们也是于事无补。县衙他肯定是回不去了,还好他孤身一人,在此地没有家小,不怕连累,倒不如跟他们一同上山了。

如此,李云便跟着众人一同上了梁山。梁山又多了两员虎将,众好汉大喜,便叫杀猪宰羊,大摆筵席庆贺。军师吴用亦将众位职事重新做了安排,令山寨众好汉各司职守。梁山泊自此无事,每日操练人马,教演武艺,不在话下。

第二十六章 石秀结义病关索

忽一日，宋江与晁盖、吴学究等人闲话时，想起公孙胜来，他回蓟州探母参师，原说百日便回。现在时日已过，他不只人未回来，连个信都没来。宋江放心不下，便叫戴宗前往蓟州一趟，前去打探公孙胜的消息。

当日，戴宗别了众人，打扮做个小厮下山去，做起神行法来，行了三日，来到沂水县界。在此地，他结识了一个好汉，叫作"锦豹子"杨林。

杨林说到在数月之前，他曾在路上的酒肆里遇见公孙胜道长，还同在店中吃过酒。当时，他便想上梁山投大寨入伙，又怕梁山不肯收他，所以一直不敢去，没想到，在这里却遇到戴宗。两人不由得都感慨有缘，干脆就此结拜为兄弟，杨林自请陪同戴宗一起上路，等寻到公孙道长同回梁山。

两人便同行，这天到了饮马川，却又遇到杨林的旧识，"火眼狻猊①"邓飞。一别五年，不曾见面，谁想今日他却在这里同另外两个好汉"玉幡竿"孟康、"铁面孔目"裴宣，聚集了二三百人，以打劫为生。

老友重逢，亲热非常。邓飞三人一定要请戴宗、杨林上山吃酒。众人吃酒中间，戴宗在席上说起晁、宋二头领招贤纳士，待人接物一团和

---

① 狻猊（suān ní）：中国古代神话传说中的神兽，相传是龙的九个儿子之一。

气,又仗义疏财的许多好处来,三人一听,皆说要上山投奔。戴宗便同他们约定,待他跟杨林从蓟州回来,就引荐他们上梁山。

在饮马川盘桓两日,戴宗、杨林下了山赶往蓟州。结果,他们在蓟州城里里外外找了好几天,也没能问到公孙胜的下落。

这一天下午,二人又到街上四处打听,无意间却看了场热闹:本府的两院押牢,人称"病关索"杨雄,处斩完犯人,领了知府的赏赐与众大户献的花红绸缎,正带几个小牢子往家走,却被蓟州守御城池的一队军汉吃醉了过来拦住勒索财物,他虽有一身武艺,却遭几个军汉先来拖住了手臂动弹不得。路人都围着看热闹,却没一个敢管的。最后幸得一个担柴大汉路见不平,施展出真本事来,将那一众军汉都打翻在地。领头的一看架势不好,爬起来就跑,杨雄哪里肯饶,提刀就追。

戴宗见担柴的汉子武艺高强,又能路见不平拔刀相助,定是个义气英雄,便同杨林一齐叫上那汉子,来到一座酒楼上,置酒相待。

汉子自报姓名,原来他叫石秀,本是与叔叔来此贩马的,叔叔不幸病故,他便流落此间,以打柴为生。因他惯爱打抱不平,打架又不顾性命,人都叫他"拼命三郎"。戴宗报出姓名,送了石秀十两银子,对石秀说若想入伙的话,可保举他上梁山。石秀正想答话,却见杨雄率了几十人找过来。戴宗不想跟公门中人有什么牵扯,忙拉上杨林,趁乱走了。

杨雄见了石秀,忙上前施礼,谢谢他相救之恩,又问了石秀姓名,得知他就是大名鼎鼎的"拼命三郎",不禁大喜。待问清石秀无家无业,当即便跟石秀结拜为兄弟,邀请石秀住到他家去,说要照顾石秀的生活。

石秀见杨雄如此热情,也不多推辞,二人在酒楼吃了顿酒,便一起回到杨雄的宅第。杨雄叫妻子潘巧云出来与石秀相见了,便收拾一间屋子,给石秀住。次日,又引石秀见了老岳丈潘公。因杨雄问清石秀是屠户出身,而潘公年轻时就是个屠户,所以,杨雄便同他们商量,干脆在后院巷子里开一个肉铺，正好什么东西都是现成的。石秀跟潘公都应了，杨雄便收拾了一间房，安排下刀斧砧（zhēn）板，又垒起猪圈。

潘公找来旧时的两个伙计，给石秀打下手。石秀买来十多头猪，择个吉日开了张。这一老一少都是本分的人，尤其石秀，感念杨雄收留照顾之恩，如今管着这生意，真是无一处不细致用心，每日里起早贪黑地干活。所幸生意兴隆，大家都高兴。

转眼间过了两个多月，已到初冬。这一日黄昏时候，杨雄外出公干，不在府中，一个年轻英俊的和尚上门来，说是拜望潘公，石秀请他坐了，唤潘公出来相见。那和尚俗名裴如海，人称海和尚，原是潘公的干儿子，现在报恩寺出家，这次是专门来探望潘公的，还带了许多礼物。过不多久，那潘巧云也出来见了海和尚。石秀远远站着，看到潘巧云竟跟那和尚两个人眉来眼去，心中顿时有几分不快。

此后，石秀暗中便留了心，观察那潘巧云行踪，发现只要杨雄不在，那海和尚便常常借口探望潘公来见潘巧云。潘巧云亦常常借口到报恩寺还愿，去见海和尚。石秀肯定这两人必有奸情，更是上心，发誓定要将这淫妇拆穿。功夫不负有心人，石秀终于抓到了两人通奸的证据。

原来，那潘巧云跟海和尚两人早有商量，每逢杨雄夜晚到衙门当值，就让丫鬟迎儿在后门摆一个香桌儿，烧香为号，引海和尚前来私会。然后，海和尚又买通一个头陀，每到他们私会之夜，五更时便来杨府后巷里敲木鱼，以免他睡过了头，被人撞破。这头陀姓胡，每日都是起五更来敲木鱼报晓，劝人念佛的，天明时收掠斋饭。所以，不会引起人怀疑。

他二人本以为一切都是天衣无缝，却料不到石秀这个有心人终于有一天参透了五更木鱼报晓的秘密，在后巷中，将一切看在眼底。

石秀有了证据，第一时间就去告诉杨雄，把海和尚跟潘巧云通奸的情况详细说明。杨雄一听大怒，恨不得当时把那淫妇杀了。石秀却劝他冷静，捉奸要拿双，此时千万不能露出口风，恐那淫妇知觉。不如今夜借口值班，等那两人私会之时，回去将两人一起拿住再做计较。杨雄便让石秀先回家，他自己回了衙门。

到了衙门，杨雄心中郁闷，众教头正好来相邀他吃酒，他便吃个大醉。等晚间回府，进了卧房一看到潘巧云，不由得恼怒异常，骂道："贱人，待我拿了那秃驴，把你们一齐杀了！"潘巧云心中一惊，哪敢回话？看杨雄睡着了，不由得思索一阵，渐渐猜出其中缘由，反倒拿定了主意。

到后半夜，杨雄醒了要吃茶时，那潘巧云坐在床前呜呜咽咽哭个不住，等杨雄来问缘故，她故作支吾难以启齿之状，倒泼盆脏水在石秀身上，说石秀常常趁杨雄不在前来调戏于她。她因为顾及他们兄弟感情，还有杨雄的颜面，强忍至今，实在是委屈，才会哭泣。杨雄睡得昏昏沉沉，不及细想，顿时气得咬牙切齿，恨自己知人知面不知心，招个贼人上门来，还险些上了那厮的当。

等到天明起来，杨雄就去对潘公说，买卖不做了，拆了肉案，收房。潘公不明就里，只能照做。石秀一看，当即猜出定是杨雄酒后失言，反被那贱人骗了。他现在没有证据，即便为自己争辩，也只是折损彼此颜面，白白便宜了那对狗男女。他便向潘公交清了账目，带上行李和一把尖刀，到附近找了家客店住下，誓要抓住那海和尚，拆穿潘巧云。

过了三五天，赶上杨雄当值，石秀四更天时便起来到杨家后巷那巷口埋伏。快到五更时，胡头陀来了，石秀猛地跳出来，拿刀逼着他脱下了衣裳，然后一刀杀了，换上他的衣服拿起木鱼。

海和尚听到木鱼声走出来，被石秀一跤放翻，拉到胡头陀身边，逼他脱得赤条条的，然后连捅几刀，把刀塞到胡头陀手里，卷了二人的衣裳回店。

天色未明，住在巷底的王公担了一担糕粥出来赶早市，绊到死尸上，摔了个跟斗，把一担糕粥都洒了。爬起时，摸到死尸，不由得惊叫起来。附近人家开门一看，一个和尚与一个头陀都一丝不挂地死在当路，就拉上王公到府衙见官。王公诉说了事情的经过，知府派人前往验尸，认出是海和尚和胡头陀，根据现场情况推断：二人显然做了见不得人的事，不知为什么发生争执，头陀杀死和尚后，畏罪自杀。因查不到别的情况，就稀里糊涂地结了案。

杨雄当时就在堂上，一看这案子，心中顿时明白了大半。待知府退了堂，他就去找石秀，石秀却正在州桥等他。两人进了酒楼，杨雄叫了酒菜，先向石秀赔个不是，然后就说到要去找潘巧云算账。石秀把杨雄领回住处，让他看了海和尚跟胡头陀的衣裳，跟他好好计议一番，说明日必得如此如此，方能水落石出。

杨雄当晚回来，不露丝毫口风，倒头便睡。那潘巧云听说海和尚跟胡头陀被杀，惊怕不已，却又不能询问，只能心中暗暗叫苦。

天明起来，杨雄跟潘巧云说，他夜间梦见了金甲神人，来怪他许了愿不还，所以要潘巧云跟丫鬟迎儿收拾了，吃过饭跟他去还愿。潘巧云心神不宁，本不欲前往，但是拗不过杨雄，说那是媒人给他们说媒时许的愿，必须一起去还，只得答应了。

吃罢早饭，潘巧云和迎儿梳妆打扮了，杨雄买了香烛、雇好了轿子，便带着她们出了门。小轿出了东门，走了约莫二十里路，来到一座山下。这山名叫翠屏山，地处僻静，很是荒凉。等轿夫抬到半山，杨雄便让两个轿夫停在原处等，让潘巧云下了轿。潘巧云一看，竟是座荒山，不由得却步，问道："怎么不见寺院？"杨雄说一声，就在前面不远，便强带了潘巧云跟迎儿往山上走。

走到一个僻静处，石秀早已按照昨天的约定，等在那里。潘巧云抬头一看是石秀，心知不好，转头想跑。杨雄一把拽住，道："你既然说我兄弟调戏于你，咱们今天就当面说清楚。"潘巧云心慌不已，支吾道："那些小事，不提也罢。"石秀扔出海和尚跟胡头陀的衣裳，道："这是怎么回事，还请嫂嫂跟哥哥说个明白。"

潘巧云一看那两件衣裳，才知道海和尚是被石秀杀的，知道奸情败露，忙挣扎着想从杨雄手中挣脱逃命。杨雄一手拽住她，一手用刀逼住迎儿，让她说出实情。迎儿自打来到这山上，早已吓得腿软，便把潘巧云跟海和尚通奸的事一五一十都说了。杨雄听得详情，气得青筋爆裂，一刀就先砍了丫鬟，然后回身又结果了潘巧云，总算出了胸口一团怒气。

杀了人，衙门是回不去了，石秀跟杨雄说到那天见过"神行太保"戴宗跟"锦豹子"杨林的事，商量着干脆上梁山去入伙。

二人收拾好，正要走，忽听有人叫道："清平世界，朗朗乾坤，你们杀了人，却要去投奔梁山泊入伙，我听得多时了！"杨雄、石秀忙回头看时，却见个人从一棵松树后走出来，对着他们就拜。杨雄仔细一看，竟是个认得的人，姓时名迁，平时净做些飞檐走壁的勾当求生，人都叫他作"鼓上蚤"。

原来，这时迁本是想到这荒山里干点盗墓的勾当，寻点花销，无意之间撞到了他们这一桩事，本不想出来打扰，但是听他们说要去投奔梁山泊，自己正有这想法，所以才现身出来，求跟他们同路。石秀听杨雄说，此人倒也算条好汉，便答应了他。时迁说他认得小路，三个人便取小路自后山下来，往梁山泊去。

第二十七章
时迁偷鸡招祸患

话说两个轿夫等在半山直到红日平西也不见人，实在等不住，便寻着路找上来，结果只看到潘巧云主仆两人的尸体，吓得慌忙跑下山去找到潘公，一同到蓟州府里告了。知府随即差了衙役、仵作一行人到翠屏山查看，猜知是杨雄、石秀所杀，当即行移文书，悬赏捉拿二人。

再说杨雄、石秀、时迁三人，离了蓟州地面，一路疾行，不一日来到郓州，已是傍晚时分，三人过了香林洼，看见前面有所靠溪的客店，便去歇宿。

店小二本都要关门了，看他三人似是远道赶路来的，便放他三人进门，只是店里这两日不曾有客歇，所以不曾备得多余的菜蔬，店内只剩了一瓮酒，小二拿出来给了他们，又借他们些米，让他们自去灶上做饭。

等小二歇下，那时迁贼手贼脚的惯了，到店前店后看一遍，发现笼里有只鸡，便偷出来，弄到河边杀了洗剥干净，拿回来煮了跟杨雄、石秀一起下酒吃。

到次日天明，小二起来，发现鸡没报晓，寻到鸡笼一看鸡不见了，到灶上看时，锅里半锅鸡汤，桌上一堆鸡骨头，顿时气得脸色铁青，找到客房来跟三人理论。

时迁不肯认账，兀自狡辩。石秀老实些，上来劝开了两人，跟小二赔了礼，又说愿意给银子，当是买那鸡的。他却不知道，那是人家报晓的鸡，如何肯跟他们善罢甘休，当时就听小二嚷道："我这里不比别处，告诉你们，这是祝家店！是我们庄主开的。此地是祝家庄，庄主祝朝奉有三个儿子，一个比一个厉害，你们敢闹事，就把你们当梁山泊贼人抓了送官！"

时迁一看这小二忒张狂，动了怒，上去一巴掌把小二打个跟斗，说道："老爷三个正是梁山好汉，你能怎么着？"小二当即叫声："有贼！"转眼间奔出好几条大汉，各拿兵器，要擒三人。三人看情形不对，展开拳脚，将这些人打翻了，忙背上包袱，抢了几条朴刀就跑。怕他们前来追赶，为拖时间，石秀还放了一把火。

三人拣大路逃去，却不料，这回真是闯下大祸。不一时，竟有一二百人赶来，把三人团团围住。三人挺朴刀迎战，片刻间放倒十几个，却终究还是敌不过人多。冷不防路边草棠中突然伸出几把挠钩，把时迁拖翻了，钩了去捉住。杨雄跟石秀想救，却哪里能够，最后只能且战且退，先自逃命去了。

两个人好不容易冲出重围，商量去梁山泊搬救兵来救时迁。走到半晌午，见路边有个酒店，他们进去吃酒歇脚却偶遇了杨雄的一个故人，叫作杜兴的，因生得凶恶，人称"鬼脸儿"。他前几年在蓟州打死了人，是杨雄尽力斡旋[1]，救了他的命。所以，细说来，杨雄算是他的恩人。杜兴当年离了蓟州，来到这里，被一位李大官人收留，所以他现在就在大官人庄上，已当了主管。那位李大官人，江湖上人称"扑天雕"李应。

杨雄一听，这李应或许正是能帮助他们搭救时迁之人，忙跟杜兴说了如何在翠屏山杀妻，又如何来到郓州、大闹祝家店的事，请杜兴帮忙问问李大官人，能否搭救时迁。杜兴一口答应，因为李家庄跟祝家庄、

---

[1] 斡旋（wò xuán）：周旋，奔走活动。

扈家庄是生死同盟，一庄有事，两庄接应。

　　石秀、杨雄便跟着杜兴回到庄上，请李大官人为他们讨人。李应问明情由，写封书信，用了印，便派一名仆人持书信到祝家庄去要人。谁想那祝龙不肯放人，打发那仆人回来了。李应便又修书一封，用词更为恳切，派杜兴亲自前去。谁想到那祝龙、祝虎、祝彪三兄弟根本不给李应面子，不仅撕了书信，还差点打了杜兴，说李应这是跟梁山贼寇私通，要把他们一并捉了去送官。

　　李应颜面尽失，当即大怒，披挂上马直奔祝家庄，亲自去要人。杜兴忙点起几十名庄客，各持器械跟上去，杨雄、石秀看事情弄到这个地步，颇觉过意不去，也提上朴刀，一同前往。

　　到了祝家庄，李应叫祝朝奉出来说话，却是祝彪出来，全副披挂，胯下火炭赤马，手提点钢枪，一副迎战的姿态。李应喝问："我与你爹是生死之交，你们庄有事找我，我从来不说二话。今日我不过要个人，两次修书却都被你们把人赶出来，是什么道理？"

　　祝彪道："时迁已招认是梁山泊贼寇，不看在我爹与你多年相交的面子上，早把你一同捉了送官！你别不识好歹。"李应气得拍马上前，祝彪挺枪来战，大战十多个回合，祝彪状似不敌，拨转马头要走，李应哪里肯舍，随后来追，祝彪却收了枪，猛回身一箭射来，正中李应左肩。李应大叫一声，栽下马来，祝彪回马来杀李应，幸得杨雄、石秀挺朴刀来救，抢回李应。

　　一众人退回李家庄，李应用药敷了箭伤，颇感惭愧，直跟杨雄、石秀道歉。杨雄、石秀哪还好意思再说什么，再三谢了李应，当晚留宿一夜，次日一早忙告辞走了，还是去投梁山泊。

　　话说那杨雄、石秀二人，到了梁山脚下，远远望见一座新盖的酒店，进了店要桌酒菜，顺便向酒保打探前往梁山泊的路径。这正是石勇奉军师命令新开的酒店，听闻来人是"拼命三郎"石秀，想起前不久戴宗从蓟州回来提起过，便报上姓名跟石秀、杨雄二人相拜了，一起吃酒，一边命手下射出一支响箭。待三人吃完酒，船也来了，载着杨雄、石秀二人去了金沙滩。

二人进寨，先见了戴宗、杨林，又见过晁盖、宋江与众头领。晁盖命摆酒为二人接风，吃酒间，石秀跟戴宗说了分别后的事，又跟众头领说到大闹祝家庄、时迁被捉，求众位援手。晁盖一听，这两个小子用梁山的名义去偷鸡吃，让兄弟们平白无故蒙受羞辱，居然还有脸来搬救兵，不由得大怒，喝令左右立即把杨雄、石秀推出寨去斩了。刀斧手一拥而上，霎时间绑了杨雄、石秀就要推出去开刀问斩。

宋江一看晁盖动怒，忙上前劝，晁盖道："咱们梁山好汉素以忠义为主，下山的从未折半点锐气，一个个都是英雄豪杰，岂能容得这几个小子坏了名声！我先斩他两个，再点起人马，扫荡祝家庄不迟！"宋江道："哥哥，那时迁原是梁上之辈，杨、石二位兄弟也不是有意玷污山寨。再说，那祝家庄仗着势大，向来与我山寨为敌，我们不如趁此机会去剿灭他们，顺便筹他个三五年的粮草。小弟不才，请领一支人马下山去打祝家庄，若不能胜，誓不还山！"吴用、戴宗一看，忙也上前相劝，众头领一齐求情，晁盖被劝得气消了些，这才赦免二人。

二人谢了罪，宋江抚慰二人道："山寨号令严明，无论谁犯军令，都不容情。新近又立了'铁面孔目'裴宣为军政司，赏功罚罪，已定下条令，请二位贤弟见谅。"杨雄、石秀再拜谢罪，晁盖让二人坐在杨林之下，重新摆酒庆贺。

第二十八章 宋江一打祝家庄

次日,众好汉齐集聚义厅,商议如何攻打祝家庄。军政司裴宣调动人马,吴用、刘唐、三阮、吕方、郭盛助晁盖镇守山寨,宋江、花荣、李俊、穆弘、李逵、杨雄、石秀、黄信、欧鹏、杨林等头领率三千喽啰、三百马军为第一队,先行下山;林冲、秦明、戴宗、张横、张顺、马麟、邓飞、王英、白胜等也率三千喽啰、三百马军,随后接应;宋万、郑天寿接应粮草。

宋江率军来到祝家庄,距独龙山一里多路安营扎寨,先派石秀、杨林前去打探敌情。石秀便扮作卖柴的,杨林扮作驱祟的法师,两人一前一后离了营寨,寻路进庄。

石秀挑柴先行,走不多远,见一个小村庄,庄前有几家酒店,每个店门前都摆着刀枪,来往的人都穿着黄背心,上写个大大的"祝"字。石秀便向一位老人施个礼,问道:"老人家,这里怎么家家门前摆刀枪?"老人问:"你是外乡人?快快走吧。"石秀回道:"老人家,我是做生意赔了本钱流落在此的,现在只能砍些柴卖,不知此地风俗,有何不同吗?"老人道:"这里是祝家庄,庄主跟梁山泊结了冤仇,梁山人马现已驻扎在庄外。庄主传下号令,家家户户发给刀枪,这精壮后生们随时都得准备上阵厮杀,此地就要变作战场啦。"

石秀一听,故作惊惶,放声痛哭,拜倒在地,哀求老人给他指条活路。老人看他老实可怜,便先收留他在自己家,吃些饭。石秀随老人进了家。老人倒两碗酒,盛一碗饭,让石秀吃了。两人闲谈间,石秀又探听到,这祝家庄果然势大,治下少说也有一二万户,另外还有东西两庄接应,东村是扑天雕李大官人,西村是扈太公。老人还说到,他们这祝家庄,尽是盘陀路。进来容易,出去却是极难,所以指点石秀道:"你要出庄时,切记不管路宽路窄,只要逢白杨树转弯,就是活路。逢别的树转弯则没用,少不得还要被那埋伏着的竹签与铁蒺藜扎着脚,那就得被活捉了。"

石秀吃饱了饭,对老人连连拜谢,请教老人尊姓,老人道:"此地人人都姓祝,就我一家复姓钟离。"石秀言道,日后必来厚报相救之恩。两人正说着,忽听外面闹嚷,说是拿住了一个细作,石秀跟在老人身后,从门缝里往外偷看时,正是杨林,五花大绑着,被几十名军人押过来。石秀暗叫不好,又见祝彪率几十人马巡逻过来,挨门吩咐:"今夜看红灯为号,齐心合力,捉拿梁山贼人,官府有赏。"老人便对石秀说道:"看来今晚走不得了,你先在我家住下。"石秀谢了老人,到屋后扒点柴草,铺了睡下。

宋江左等右盼不见石秀、杨林回来,又派欧鹏前去打探。欧鹏遥遥听得庄里拿住一个奸细,回来报告宋江。宋江救人心切,顾不得许多,率大队人马直接杀奔祝家庄。到了独龙冈下,天已黄昏,庄门吊桥高拽,四下不见一点灯火。李逵拍着双斧,破口大骂,叫阵半晌,庄内没有半点回应。宋江勒马看时,庄上不见任何刀枪军马,简直安静得蹊跷,猛地灵光一闪,想起天书上明明戒说:"临敌休急暴。"自己居然冒冒失失就领军深入重地!思及此,宋江急忙传令,叫三军速速撤退。

但是却已来不及撤退,只听得祝家庄里一声炮响,一个号炮直飞上半天空里。那独龙冈上,千百火把一齐点着,门楼上弩箭如雨点般射来。宋江忙令三军沿来时路后撤,却听后军头领李俊人马先发起喊来,说是来路被堵,退无可退了。宋江命人四下里寻路走,李逵狂躁地挥着双斧到处寻人厮杀,却不见一个敌军。那独龙冈上,又是一声炮响,响声未绝,四下里喊杀声震天动地。

队伍里许多喽啰已被竹签、铁蒺藜扎伤了脚,宋江急得汗都下来了,正不知如何是好,却见石秀奔来。

石秀到了宋江跟前,忙道:"哥哥别慌,叫人逢白杨树就转弯,别管它路宽路窄。"宋江依石秀所言,传令三军,总算向庄外撤出。但是走有五六里,却见前面敌军越来越多。石秀抬头看见半空中一盏灯笼,对宋江说道:"他们以那灯笼为号,我们奔向哪儿,灯便扯向哪个方向。"花荣闻言,拈弓搭箭,嗖地一箭射去,即将那灯笼射了下来。敌军失去指挥,顿时大乱。宋江趁这机会,率领大军跟在石秀身后杀出村口,却见远处火把通明,原来林冲、秦明等头领率第二队人马前来接应。

众好汉前后夹攻,很快杀散伏兵,会合一处,在村口扎下寨来。此时,天色已明,宋江查点人马,发现不见了黄信,才知是夜间被芦苇丛中伸出的挠钩拖翻,被祝家庄活捉去了。宋江一看庄还不曾打,就已被活捉去两位兄弟,不禁连连哀叹。杨雄便提议,让宋江去探访李应讨个主意。

宋江命林冲、秦明等守寨,备份厚礼,带上花荣、杨雄、石秀及三百人马,直奔李家庄。杜兴在门楼上远远地见是杨雄、石秀前来,忙开门迎接。宋江等进到庄内,说明来意,请杜兴转告李大官人,但求一见。

李应一听是宋江,说道:"他们是造反的人,咱们是良民,怎能与他相见?你就说我大病在床,不能行动,难以相见。所赐礼物,不敢收受。"杜兴出庄,将李应的话转达了,怕宋江误会,又道:"我主人确实患病,还请宋头领放心,祝、李、扈三庄虽是联盟,但祝彪伤了我主人,李家庄绝不会再去救应。只是那扈家庄的女将'一丈青'扈三娘,使两口日月刀,十分厉害,你们只需提防他们就是了。另外,那祝家庄前门尽是盘陀路,你们若不识得,见白杨树转弯即可。"石秀道:"他们今天把白杨树都砍了。"杜兴道:"虽然砍了树,仍留有树根,没事,只记得不可黑夜进兵,白日攻打最好。"

宋江谢了杜兴,率人马回到寨中,向众头领说了李应不肯相见一事,跟众兄弟商量,还是要靠自己,齐心协力再打祝家庄。

这一回,他带了马麟、邓飞、欧鹏、王英四人亲自打先锋,命戴宗、秦明、杨雄、石秀、李俊、张横、张顺、白胜等头领从水路进攻,又令林冲、花荣、穆弘、李逵分两路策应。

前锋共是一百五十骑马军、一千步军,宋江跟四位头领当即带领着队伍直奔独龙冈。到得庄前,远远就能看到庄门前立着两面白旗,分别写道:"填平水泊擒晁盖,踏破梁山捉宋江。"

宋江一看那副对联登时勃然大怒,立下誓言:"若打不破祝家庄,永不回梁山!"待后路人马到齐,宋江令他们攻打前门,他则领了人马去打后门。

结果才到冈后,忽听西面有人马杀来,宋江让马麟、邓飞堵住后门,自带欧鹏、王英前去迎敌。只见山坡上冲下几十骑人马,当中簇拥着一员女将,正是"一丈青"扈三娘,骑着青鬃马,舞着日月双刀,杀奔过来。宋江道:"都说这员女将厉害,谁敢跟她交战?"话音未落,王英已拍马挺枪,迎了上去。

两个人刀来枪往斗在一起,话说那王英原是个好色之徒,见扈三娘生得美丽,心生恋慕,早忘了是在战场上性命相拼,只管挤眉弄眼地挑逗,才斗了十多回合,就自乱了枪法。扈三娘看他如此轻薄,恼怒异常,紧逼几刀,杀得他没有还击之力,一把抓住,活捉了去。

欧鹏见状,忙挺枪去救,却不是扈三娘对手,险些被捉。邓飞远远看到,拍马舞链赶来相助。祝龙在门楼上见了,令大开庄门,速引三百庄丁出庄,前来助阵扈三娘,要捉宋江。马麟舞双刀迎住祝龙,一时杀得难解难分,眼看不支,秦明率人马及时赶来,直奔祝龙,替下马麟。

马麟就带人去助欧鹏、邓飞,"一丈青"撇了那两人,来战马麟。

二人四口刀,直使得寒光闪闪,冷气飕飕。另一边,祝龙与秦明斗了十多回合,渐渐不敌,庄内的教师栾廷玉一看,带上铁锤,跃马挺枪来救,正遇欧鹏,斗几回合,猛然一锤将之打下马来,邓飞忙舞铁链迎战栾廷玉,小喽啰们趁机将欧鹏救下。

祝龙斗不过秦明,回马就走。栾廷玉撇了邓飞来战秦明,二人斗了一二十回合,栾廷玉看秦明不可力敌,便诈败逃走,引秦明来追。秦明不知是计,果真紧追不舍,一个不防,中了人家埋伏,遭绊马索将马绊翻,被活捉去了。邓飞一看,顾不得自己安危,跃马舞链去救,结果也被活捉了去。

欧鹏已伤,现只剩下马麟一人,顾不得再斗,慌忙护住宋江往南逃去。栾廷玉岂肯放过,带着祝龙、扈三娘紧追不舍。眼看走投无路,宋江就要被擒,穆弘、杨雄、石秀各领一支人马及时出现,接着花荣也赶到接应,四位好汉截住栾廷玉、祝龙就是一场厮杀,祝朝奉在门楼上远远望见,派祝彪率五百人马前来接应,两方人马顿时混战一团。水路上,李俊、张横、张顺本想从水下潜进祝家庄,却被庄上守卫发现,乱箭射回。

宋江见天色已晚,打下祝家庄根本无望,立即传令收兵,让马麟护着欧鹏先走,大军且战且退。有了前次误失黄信的教训,宋江怕弟兄们再迷路被捉,便自己殿后,留意各处。正此时,"一丈青"飞马赶来,看看要到近前,宋江慌忙拨转马头,就向东逃,"一丈青"的青鬃马奔跑迅疾,眼看赶上宋江,正要下手,只听一声怪叫:"臭女人敢追我哥哥!"却是李逵引着七八十人杀过来,后面紧跟着林冲。

李逵护住宋江,林冲来斗扈三娘,只十数回合,便逼开她双刀,一把将她生擒。宋江见擒了扈三娘,不禁大喜,但是想想王英、秦明、邓飞三人亦被对方所擒,又伤了欧鹏,根本没占到半分便宜,瞬间气馁,命收兵回寨。

当晚，宋江安排一辆车，送欧鹏回山寨养伤，又派几个小头目，连同二十名老成持重的喽啰，押上扈三娘同往，一再叮嘱要将扈三娘交他父亲宋太公好生照料。众人只说宋江想娶那"一丈青"当压寨夫人，哪个敢不尽心？

宋江安排已毕，让众头领歇息，他却独坐帐中，怅惘难眠，直到天亮。次日，探子来报，说军师吴学究引三阮头领并吕方、郭盛，带五百人马到来。宋江听了，忙将吴用等迎进中军帐里坐下。

吴学究携带酒食来，与宋江把盏贺喜，一面犒赏三军众将。宋江唉声叹气，说了两次攻打祝家庄损兵折将的经过。吴用微微一笑，道："哥哥不必忧愁，天亡祝家庄，旦夕可破。"宋江听罢大惊，连忙问道："军师神机妙策，敢问这祝家庄如何旦夕可破？"吴学究不慌不忙，说出件事来。

第二十九章 众好汉登州劫牢

话说那山东海边有个州郡,唤作登州,登州城外有座山,山上多有豺狼虎豹,一再出来伤人。知府便命令当地里正和猎户立下文书,限期三天捕捉大虫,捉到了有赏,捉不到都要受罚。

登州山下有一家猎户,弟兄两个,哥哥唤作解珍,弟弟唤作解宝。弟兄两个都使浑铁点钢叉,有一身惊人的武艺。那解珍人送绰号"两头蛇",解宝人送绰号"双尾蝎"。二人父母俱亡,不曾婚娶,那一日受了文书回到家中,当天夜里便整顿伏弩、药箭,拿了钢叉径奔登州山上去捕虎。兄弟俩下了伏弩,在树上直等到第三天夜里,才等来那老虎误踩伏弩,中了药箭,滚倒在地。

兄弟俩提着钢叉,才要上前去捉,那老虎见了人来,带着箭便走,两人紧追,不到半山里时,那箭的药力上来,老虎抵不住痛,怒吼一声骨碌碌滚下山去。解宝认得山下正是毛太公庄后园里,便带哥哥下山去,到毛太公庄上敲门,索要老虎。

谁想那毛太公庄上早有家仆在园中发现老虎,报了主人去看,毛太公一看现成的大虫送上门来,忙叫儿子毛仲义先把大虫解上州里去,猜知射虎的猎户必来讨要,又嘱咐那毛仲义带几个衙差回来。等解珍、解宝来取虎,毛太公好整以暇,先骗兄弟两个稍坐吃茶,拖延时间,然后一口咬定,从没见过什么老虎。待兄弟俩搜查后园,发现草地上拖拽的血痕，他又反口，说那虎是他庄上自打的。解珍、解宝兄弟两个看他如此无赖，激发怒火，顿时闹将起来。

正赶上毛仲义带了衙差回来，毛太公立即向衙差诬告解氏兄弟是来抢掠他家财物的强人，看着满地打得狼藉，衙差不分青红皂白，就要绑人，毛太公庄上几十个庄丁一起围上，兄弟俩措手不及，被他们绑了，并一包赃物，扛抬了许多打碎的家什，一齐解上州衙。

本州有个六案孔目，姓王名正，是那毛太公女婿，早在知府面前颠倒黑白，胡说了一通。因此，解珍、解宝才到厅前，不由分说，先受了一顿毒打，定要他两个招认抢掳财物之罪。解珍、解宝被打得实在顶不住，只得招了。知府便叫衙差取两面二十五斤的死囚枷锁了两人，押进大牢。毛太公、毛仲义父子二人却还不安心，不立即杀了这兄弟俩，总觉事有不妥，便来找王正，要他务必斩草除根。

却说解珍、解宝被押到死囚牢里，真是受尽折磨，那牢头包吉得了王正的好处，随时都在找机会要对兄弟俩下手，整日里不是打就是骂。幸亏，看押他们的小牢子之中，有个叫乐和的，人称"铁叫子"，跟他们有些姻亲关系，这乐和的姐姐所嫁的孙提辖正是解家兄弟的姑舅表哥。

乐和见解珍、解宝受冤，有心想救他们，却孤掌难鸣，好不苦恼。解珍便想起一个人来，他的表姐，人称作"母大虫"顾大嫂的，嫁给孙提辖的兄弟孙新为妻，两口子在东门外十里牌开间酒店，兼做赌坊生意。那顾大嫂武功了得，普通二三十人近不得身，平素和他弟兄两个最好。解珍就请乐和给表姐送个信，来救他们。

乐和听罢，让他们宽心，先去偷偷拿些烧饼肉食来牢里，给解珍、解宝吃了。推说有事，教别个小节级看守了门，奔到东门外，望十里牌来，找到顾大嫂，自报了姓名，将毛太公陷害解珍、解宝的事详详细细说了一遍，又说二人如今下在牢里，早晚性命难保，请顾大嫂设法营救。顾大嫂一听大惊，忙命伙计去请孙新。

不多时，孙新归来，与乐和相见。这孙新的祖上是军官，驻扎登州，全家就在这里落了户。兄弟二人，哥哥孙立是本府的兵马提辖，孙新则以开酒店为生。兄弟俩都善使竹节钢鞭，一身的好武艺，人便把他弟兄两个都比作尉迟恭。哥哥孙立生得淡黄面皮，叫作"病尉迟"；孙新就叫作"小尉迟"。

顾大嫂把事情对孙新说了。孙新道："既然如此，叫舅舅先回去。他两个已下在牢里，全望舅舅看顾。我夫妻商量个道理，再来相投舅舅。"顾大嫂置酒相待，拿出一包金银给乐和，托他照顾兄弟两人。乐和谢了，收了银两，自回牢里来替他们打点，不在话下。

那顾大嫂本是个急性人，当时便跟孙新商量道："今夜我们就去劫牢，救我两个兄弟。"孙新道："这怎么行？且不说城中有许多兵马，就是真能劫出人来，咱们也得有个地方安身。再说咱们人手也不够，我得把邹渊、邹润叔侄请来帮忙。"顾大嫂说："登云山又不远，你快去请。"

孙新连夜便行，次日黄昏时候，引了两个好汉归来，为头的一个姓邹名渊，为人忠良慷慨，更兼一身好武艺，江湖上唤他"出林龙"。第二个姓邹名润，是邹渊的侄儿，年纪与叔叔仿佛，天生异相，脑后有一个肉瘤，以此人都叫作"独角龙"。

顾大嫂识得二人，忙请他们到后屋落座，酒席早已备下。众人一边饮酒一边商量劫牢事宜，邹渊道："我那里有二十来个心腹的兄弟，明日干了这件事，这里就安身不得了。我早有心要去个地方，不知你夫妇二人肯去吗？"顾大嫂道："只要救了我两个兄弟，哪里都随你去。"

邹渊道："如今梁山泊十分兴旺，宋公明招贤纳士。他手下的锦豹子杨林、火眼狻猊邓飞，还有石将军石勇，都是我的旧识。我们救了你两个兄弟，都上梁山泊投奔入伙去，如何？"顾大嫂跟孙新本也担心去处，听他这么一说，都点头说好。邹润道："还有一件，我们救了人，那登州军马追来怎么办？"孙新道："我哥哥是本州兵马提辖，如今这登州，只有他一个武艺了得。我明日就去请他来，要他相助便是。"

第二天，孙新派几个伙计，推一辆车儿，来到提辖府，谎说顾大嫂病重，有话想跟哥哥嫂嫂交代。孙立立即带着十几个军士，让乐大娘子坐上车，便慌慌张张赶赴十里牌。

进了门，夫妻两人先去里间看顾大嫂病情。孙新吩咐店里的小伙计，招待那伙跟来的军士到对门店里去吃酒，随后跟着哥嫂进屋。孙立跟乐大娘子进了门，却见顾大嫂好好站在那里，邹渊、邹润跟在背后。孙立讶异道："婶子，你这是害什么病？"顾大嫂看孙立两口子前来，不再隐瞒，将解珍、解宝被人陷害，性命堪忧之事说了，说要去城中劫牢，救出他两个兄弟，都投梁山泊入伙。因怕事发连累兄嫂，无奈设下此计骗他们同来此处，不如一同去投梁山。

孙立跟乐大娘子惊得半晌做声不得，想他孙立堂堂一个军官，怎能去落草？但是看他们这阵仗，今日若不同意，必不肯放他两人回去，孙立便道："就算去投梁山，也待我归家收拾行李，看个虚实，方可行事。"顾大嫂似料到他会以此推托，说行李早派人去取，只等劫了牢，便可动身。孙立叹了一口气，说道："罢了！你们既要劫牢，我怎推得开？不上梁山，也要替你们吃官司，就依你们。"

邹渊叔侄看他同意，便去登云山寨里，收拾财物人马，带了那二十个心腹的人前来会合。孙新则进城来找乐和，约定具体的劫牢时间，暗通消息给解珍、解宝知道。次日，登云山寨里一众好汉，连同孙新家里七八个心腹伙计，并孙立带来的十数个军汉，共四十余人，分作两路前去劫牢，救了解珍、解宝兄弟俩，杀了包节级跟看守狱卒，还有那王正，一起从牢里杀了出来。

孙提辖骑着马，弯着弓，搭着箭，压在后面。衙差们认得是孙提辖，谁敢向前拦挡。众人杀出城来，直奔十里牌来。乐大娘子上了车，由孙新两口子并乐和护送先行。众好汉则杀奔毛太公庄，把毛太公、毛仲义并一门老小尽皆杀了，不留一个，然后搜出毛家的金银财宝，捆了十几大包，又从后院里牵出七八匹好马，驮上包袱，放把火烧了庄院。

众人上马，赶上先行的车仗，星夜往梁山泊赶去。

不一二日，孙立一行人来到石勇店里。邹渊见了石勇，引他与众人相见，备说登州劫牢之事，请他引荐上山。石勇看这许多好汉前来，大喜过望，忙备酒席接待，又差人备船，要带他们上山。

席间闲谈，邹渊问起杨林、邓飞二人，石勇便说出兄弟们攻打祝家庄失利的事来，杨林、邓飞俱已被陷，不知情形如何，又说到那祝家庄三子豪杰、教师栾廷玉如何勇猛的话，孙立听罢，大笑道："我等众人来投大寨入伙，正没半分功劳，真是天赐良机。栾廷玉那厮和我正是一个师父教的武艺。我反登州之事，想必此地还未得知，不如我去见他，只作登州对调来郓州把守，经过此地特来探望，他必来迎我进庄，到时我们里应外合，必成大事，你看如何？"

石勇一听，道声好，只见小校报道："吴学究下山来，前往祝家庄救应去。"石勇便叫小校快请军师来见。接了军师一众人等来在店内，石勇引着一行人都相见了，又说孙立入伙献计一节。吴用听了大喜，说道："既然众位好汉肯助山寨，且休上山，便烦请往祝家庄行此一事，成全这段功劳如何？"孙立等人皆喜，一齐都依允了。吴用便带着孙立一行人来到了宋江寨中。

宋江知悉了前因后果，不禁大喜，顿时把愁闷都撇在九霄云外，忙叫寨内摆酒，安排筵席，招待孙立一行。

第三十章
宋江大破祝家庄

且说吴学究暗传号令教众人第三日如此行,第五日如此行,吩咐已了,吴学究又命戴宗往山寨里去,请裴宣、萧让、侯健、金大坚四位头领连夜下山。孙立等众人领了计策,一行人等军仗人马投祝家庄行事。

一切准备停当,寨外军士来报,西村扈家庄扈成牵牛担酒来到,向宋江赔罪。宋江叫请进来,扈成来到中军帐前,再拜恳告,求宋江放了妹妹扈三娘。宋江还在气头,没什么好脸色,说扈成先放了王英,他自放扈三娘。扈成为难不已,因王英已被祝家庄捉住收押,他怎放得出来。吴用从旁劝解,告诉扈成,只要他扈家庄不再接应祝家庄,待梁山大军拿下了祝家庄,自会放他妹妹。扈成看事已至此,只得答应下来,再三拜谢告别。

孙立把旗号改换作"登州兵马提辖孙立",领了一行人马,来到祝家庄后门前。庄上墙里望见是登州旗号,报入庄里去。栾廷玉不知有诈,来门楼上一看真是孙提辖旗号,便带了人出门相迎。孙立一行人下马,等栾廷玉前来相见了,孙立说是奉命对调来郓州守把城池,提防梁山泊强寇,顺路经过,闻听师哥在祝家庄,特来相探。本待从前门来,因见村口庄前俱屯着许多军马,不敢过来,才特地寻觅村里,从小路绕道庄后。

栾廷玉一听,兴高采烈道:"这几日正与梁山泊强寇厮杀,已拿住他几个头领在庄里了,只待捉了贼首宋江,一并解官。贤弟此来,正是锦上添花。"孙立笑道:"小弟不才,愿意相助捉拿这厮们,成全兄长之功。"栾廷玉大喜,毫不怀疑,当下引这一行人进庄里来,见了祝朝奉与祝龙、祝虎、祝彪三杰。

祝朝奉父子虽是精明,却见他是栾教师的师弟,又有老小并许多行李车仗人马,哪里还会疑心?只顾排筵席管待众人,给孙立等接风洗尘。

接下来两天并无动静,到第三日,庄兵来报,说宋江又调军马在庄外叫阵,祝彪便引一百马军杀出庄外迎战,叫阵的正是花荣,见了祝彪即纵马来战。两人在独龙冈前斗了十数回合,不分胜败,花荣卖个破绽,拨回马便走,想引祝彪赶来。祝彪却认得是花荣,知他弓箭厉害,哪敢追赶,领着人马退回庄里去了。直到厅前下马,进后堂来饮酒。

孙立动问道:"小将军今日拿得甚贼?"祝彪道:"那小李广花荣枪法好生了得,跟我斗了五十余回合,却卖个破绽走了。听说那厮好弓箭,我因此不敢追赶,便收兵回来。"孙立道:"来日看小弟不才,拿他几个。"

次日,宋江大队人马杀来,祝氏三杰一同出阵,祝朝奉带上栾廷玉、孙立在门楼上观战。只见祝龙与林冲大战三十余回合,不分胜败,各自回马。接着祝虎大战穆弘,也是三十余回合不分胜负。随后祝彪又大战杨雄,杀作一团。

孙立见两队人马厮杀得起劲,心中忍耐不住,便唤弟弟孙新取他鞭枪来,披挂整齐,跨上乌骓马,腕悬钢鞭,持枪上马,杀出庄去。石秀见状,挺朴刀迎上前来,二人战了五十余回合,孙立卖个破绽,让石秀一枪刺来,他虚闪过,伸手一把将石秀从马上捉了过来,直挟到庄前撇下,喝

乌骓马

相传为楚霸王项羽的坐骑,项羽自刎于乌江边后,忠于主人的乌骓也自跳乌江而死。此马通体乌黑,唯有四只蹄子雪白,是当时的第一骏马。

道:"绑了。"

祝家三子把宋江军马一搅,都赶散了。三子收军,回到门楼下,见了孙立,众皆拱手钦伏。此一战大胜,祝朝奉命摆酒贺功,当晚在后堂喝得尽兴。他们哪知这都是吴用计策,故意演来给他们看的,为叫孙立更得他们信任。趁众人饮酒,孙立暗使邹渊、邹润、乐和去后园监房里把进出路数都摸了个仔细。杨林、邓飞见了邹渊、邹润,心中暗喜。乐和看四下没人,忙透个消息与众人知了。顾大嫂与乐大娘子亦把内宅的路摸了个熟。

到了第五天,祝家庄内众人才用过早饭,便有庄兵来报:"宋江兵分四路,来打本庄。"孙立道:"他就分十路来又怎地!不要慌,多安排些挠钩、套索,抓活的。"庄内各人都披挂了,祝朝奉率众人到门楼上张看,只见四面都是兵马,战鼓齐鸣,喊声大举。正东一队领头的是林冲,并李俊、阮小二两人;正西面一队是花荣并张横、张顺;正南面一队是穆弘并杨雄、李逵;北面则是宋江亲自率领,每一队都有五百之众。

栾廷玉道:"梁山贼寇今日大举出动,万万不可轻敌。"亲带一支人马,出后门杀往正西一路;祝龙带队出前门杀奔东路;祝虎出后门杀奔南路;祝彪最有雄心,出前门亲自去捉拿宋江。剩下的人留守庄院,随祝朝奉在门楼上擂鼓助威。

此时邹渊、邹润已藏了大斧,守在监门左侧;解珍、解宝藏着暗器,不离后门;孙新、乐和守定前门;顾大嫂先拨几个军士保护乐大娘子,自拿双刀,在堂前埋伏,等候号令便一起下手。

孙立此时带了十数个军兵,挺枪立马在庄前吊桥上,名义上是殿后接应。待到祝家庄四路人马与宋江大军厮杀起来,趁无人注意庄内,孙新便把原带来的旗号插在门楼上;乐和手提长枪,放声唱起曲来,提醒邹渊、邹润动手,叔侄俩便抡动大斧,把守监房的数十个庄兵都砍翻了,打开陷车,放出那七个被擒的好汉来,各自寻了器械,顿时喊杀声

四起；顾大嫂手执双刀直奔入房里，把内宅家眷有一个算一个尽都杀了；石秀一刀剁翻了祝朝奉；解珍、解宝便去草料堆里放起把火。庄兵们更是毫无防备，几乎被杀了个干净。

栾廷玉以及祝家三杰看庄上起火，慌忙回救。祝虎第一个冲到庄前，被孙立拦住，此时他才醒悟，再要转身，吕方、郭盛双戟齐下，早把祝虎连人带马刺翻在地，众军乱上，瞬间剁做肉泥，庄兵四散奔走。孙立、孙新迎接宋公明入庄。

祝龙在后门被解珍、解宝截住，还不及逃脱，又被李逵赶来，轮动双斧，砍断了马腿，祝龙措手不及，倒撞下来，被李逵一斧砍下了头。

祝彪听了庄兵回报，不敢回庄，直奔扈家庄去投奔，扈成哪敢留他，忙捉了，亲自押往宋江营寨，半路却正遇到那杀得兴起的"黑旋风"李逵，一斧就把祝彪砍了。还要来杀扈成，扈成自知不敌，拨马就逃，投奔延安府去了。

宋江攻占了祝家庄，在祝家庄上正厅坐下，众头领都来献功，共生擒得四五百人，夺得好马五百余匹，还得粮五千万石。宋江听闻，不禁大喜，转而叹道："只可惜杀了栾廷玉那个好汉。"

吴用引着一队人马，来到庄上与宋江贺喜。宋江与吴用商议，是否要洗荡这祝家庄村坊。石秀禀说起前次钟离老人相救之恩，说此间亦有这等善心良民，请大头领不可屈坏了好人。宋江一听，便请石秀去寻那老人前来，取了一包金帛谢那老人指路之恩，又看他面上，饶过了这一境村坊人民，并赐各家各户粮米一石，以偿这些天厮杀搅扰之苦。

然后，犒赏了三军将士，将祝家庄所有金银财宝、粮米骡马等物尽数带走，宋江率领着大小头领，并这些新到的头领——孙立、孙新、解珍、解宝、邹渊、邹润、乐和、顾大嫂，以及救回的七个头领，还有祝家庄俘虏来的庄兵，大队军马上山。

书到此处，诸位可还记得前文，军师吴用命戴宗请四位头领——裴宣、萧让、侯建、金大坚下山，是做何用处？其实，他是为赚李应上山在做准备。他让这几人来，同戴宗、杨林一起，扮作官府中人——知府、巡检、孔目、虞候，一个不少，在祝家庄被破之后，这一行人就带上李俊、张横、马麟、白胜假扮都头，并三五十军汉去到李应庄上，说他跟管家杜兴勾结梁山泊贼寇，引军打破祝家庄，绑了他们，要押解到州衙去问罪。

半路上，宋江、林冲、花荣、杨雄、石秀一班人马假作救援，趁李应不明真相，将他诓上梁山。接着，还是这拨假官差，又赶去李应庄上，"抄没"家产，接了他的家眷上山，一把火烧了庄院，彻底断了李应后路。李应不察中计，见断了退路，也只能同意入伙。众多好汉欢聚一堂，饮酒至晚方散。

第三十一章
美髯公误失小衙内

次日,众将再摆庆功宴,宋江对王英说道:"当初我在清风山时,许你一门亲事。我父亲如今收个女儿,就招你为婿,如何?"说罢,唤出那干妹子,却是"一丈青"扈三娘。宋江当场把话说明了,众头领皆大欢喜,扈三娘见宋江义气深重,不好推却,依允下来。宋江当时就命人布置洞房,让王英与扈三娘成亲。当日大排筵宴,饮酒庆贺。

正饮宴间,山下朱贵使人上山来报,说是在林子前的大路上,拦住一伙客人,其中一个自称是郓城县都头雷横,山下酒店已备酒款待,特派人来报知。晁盖、宋江闻听,大喜,忙同军师吴用一齐下山,去将雷横迎上山来,到聚义厅跟众兄弟见了,一同吃酒。雷横说是到东昌府公干回来,恰巧经过路口,不想竟遇故人,众皆欢喜。晁盖动问朱仝消息,雷横答道:"朱仝现作本县当牢节级,新任知县很是欣赏。"

宋江本想劝雷横上山入伙,多番拿话试探,雷横却以老母年高为由,一再婉言推辞。住了五天,雷横便拜辞下山,宋江等再三苦留不住,只得多赠金银,众头领各以金帛相赠,送至路口依依作别,雷横自回郓城县。

回郓城县没几天,雷横竟惹下一桩命案,他因看不得歌妓白秀英跋扈,侮辱他娘,盛怒之下一个失手打死了那白秀英。巧的是,那歌妓正是新任知县相好,知县岂能善罢甘休,当即将雷横下在死牢里,只待六十天监满，就要押雷横到济州去处决。

朱仝一面精心照料雷横，一面到处使钱、说情，却全不济事，知县早就命人把罪名定死，根本没一点活路。等到监满，知县命朱仝带人押送雷横。行不十多里，朱仝见路旁有一座酒店，就请众人去吃酒。吃到一半，朱仝带雷横到屋后小解，给雷横开了枷，说："你快走，带上老母投奔他乡。"雷横说："我走了要连累你吃官司。"朱仝说："知县恨你打死了他的相好，非要置你于死地。我放了你，大不了流放充军，你快走。"雷横拜谢了，便从后门小路，奔回家里，收拾了细软包裹，引了老母，星夜投梁山泊入伙去了。

朱仝果然因此吃上官司，被断了二十脊杖，刺配沧州牢城。沧州知府见朱仝仪表非俗，貌如重枣，美髯过腹，先就有八分欢喜，便留他在身边听用。朱仝自此便在府中，每日只在厅前伺候听唤。那沧州府里众人见朱仝和气，都很喜欢他。知府的小儿子才只四岁，见了朱仝颇投缘，整日要他陪着玩耍。知府便叫朱仝照顾小衙内，自此，朱仝每日和小衙内上街闲耍，为了让知府高兴，时常贴钱买糖果让小衙内吃。

时过半月之后，便是七月十五日盂兰盆大斋之日，年例各处点放河灯，修设好事。当日天晚，小衙内吵着要去看河灯，夫人便吩咐朱仝抱他去看一看。朱仝便将小衙内驮在肩头上，往地藏寺里去看点放河灯。到了水陆堂放生池边，才看一会儿，忽然有人来拽朱仝袖子道："哥哥，借一步说话。"朱仝回头看时，却是雷横，吃了一惊，便将小衙内放下来在栏杆边上坐下，叮嘱道："坐在这里不要动啊，我去买糖来给你吃。"小衙内道："你快回来，我还要去桥上看河灯。"朱仝道："就来。"转身去与雷横说话。雷横扯朱仝到静处，先谢了救命之恩，又引他见一人，正是吴用。

吴用说明来意，是受宋、晁二位哥哥之托，特来邀他上山同聚大义的。朱仝听罢，半响答应不得，思虑良久才以实相告，说自己并无心落草，只待熬个一年半载，还回家当良民。吴用、雷横苦劝不肯，只得作别,放他回去。

朱仝回来,不见了小衙内,四下找了一遍都不见人,登时吓出大汗,雷横这时又来扯住他,说道:"哥哥别急,可能是我们同来的人抱了,我带你去找。"朱仝道:"兄弟,小衙内是知府相公的命,我万万不能出错。"雷横道:"哥哥且跟我来,许是跟我们同来的李逵,抱到我们落脚的客店去了。"朱仝一听是李逵那个杀人魔王,连连跺脚叫苦,催着雷横便走。

雷横寻了吴用,三人出城行不到二十里,只见李逵在前面叫道:"我在这里。"朱仝抢近前来,问道:"小衙内呢?"李逵道:"被我用些麻药迷晕了,扛出城来,如今睡在林子里,你自己去看。"朱仝乘着月色明朗,三两步抢入林子里,只见小衙内倒在地上,已被李逵砍死了。朱仝大怒,奔出林子,却不见了那三人。

四下里望时,只见李逵远远地拍着双斧叫道:"来,来,来!和你斗二三十合。"朱仝忍无可忍,扎起布衫,大踏步来赶李逵。李逵回身便走,他是穿山度岭惯了的人,简直健步如飞,朱仝如何赶得上?赶来赶去,天色渐明,眼见李逵拐进一个大庄院里去了。

朱仝紧跟着他进了庄院,只见偌大一个庭院,两边都插着许多兵器,朱仝忖道:"想必是个官宦之家。"便立住了脚,高声叫道:"庄里有人吗?"

话音未落,大厅里屏风背后转出一个人来。正是小旋风柴进,问道:"谁?"朱仝见那人气宇轩昂,似此间主人,忙施礼,通报自己姓名,又说明为何进到这庄院里来。柴进道:"既是美髯公,且请坐。"朱仝道:"小人敢拜问官人高姓。"柴进说出自己名号,朱仝连忙下拜。柴进搀起朱仝,请到后堂说话。

朱仝落座,问起"黑旋风"那厮为何敢径入大官人庄上来躲避?柴进便说出跟宋江及梁山众好汉结交之事,言明吴学究、雷横、李逵三人此时俱在庄上安歇。吴用、雷横适时出来向朱仝赔了罪,再次恳请他上山，说李逵一时性起杀了小衙内，也是为绝他归路，逼他上山去坐把交椅。朱仝道："虽是你们弟兄好情意，却忒毒了些！"

柴进从旁一力相劝，朱仝道："若要我上山时，你们得杀了黑旋风，与我出了这口气。"李逵听了大怒，跳出来就要跟朱仝厮打。朱仝一见李逵，心头一把无明火冲起三千丈，按捺不下，上前来就要跟李逵性命相拼。

柴进、雷横、吴用三个死命劝住。朱仝道："若有黑旋风时，我死也不上山去。"柴进道："这也容易，只留下李大哥在我这里便了。你们三个自上山去，以满晁、宋二公之意。"

朱仝叹口气道："如今做下这件事了，我家小必受连累。"吴用道："哥哥放心，此时公明哥哥早请宝眷在山上了。"朱仝方才有些放心，当日跟着吴用、雷横一起辞别柴进，离了庄院。

吴用临行时，一再吩咐李逵道："你在大官人庄上，切不可胡乱惹事累人！待半年三个月后，朱仝气消，就来接你还山。"

第三十二章
柴进失陷高唐州

朱仝随吴用、雷横来梁山泊入伙,见了一家老小,不提。只说这李逵,在柴进庄上住了一个多月,忽一日,见个人持封书信急急奔庄上来见柴进。柴大官人接书看了,大惊道:"既是如此,我只得去一趟了。"

李逵便问何事,柴进概略说了说信上的内容,说他叔叔柴皇城,在高唐州居住,那新任知府高廉的妻弟殷天锡要占柴府花园。老人家怄了一口气,卧病在床,眼见性命堪忧,他又无儿无女,必有遗嘱要说知柴进,所以特派人来传书。李逵一听,便要同往,柴进道:"大哥肯去时,就同走一遭。"

柴进便即收拾行李,选了十数匹好马,带了李逵并几个庄客,往高唐州来,直至柴皇城宅前下马,留李逵和从人在外面厅房内,柴进自入卧房里来看视叔叔,打眼看时,却已是奄奄一息。柴进坐在叔叔卧榻前,放声痛哭。

柴皇城的继室夫人闻声,出来相劝,柴进便问事情始末,夫人一一说出:那殷天锡倚仗他姐夫高廉的权势,惯在此间横行害人,也不知从哪里听说柴家的花园好,带着一帮无赖,大概二三十人,径入家里来,强要占了宅邸,逼着柴家人搬出去。柴皇城说有丹书铁券,反被那厮殴打,只因他姐夫高廉是东京高太尉的叔伯兄弟,倚仗权势,任谁都不放在眼里。柴皇城受他这口气,便一卧不起,饮食不进,服药无效,眼见得药石无医。

柴进道:"婶婶放心,只顾请好医士调治叔叔。小侄这就派人回沧州，去取丹书铁券来，到时告到官府，就算到今上御前，也不怕他。"柴进又看视了叔叔一回，才出来跟李逵等人说明此事。李逵一听，气得跳起来就要冲出门去砍了殷天锡。柴进苦劝半天才得劝下，只说要取丹书铁券，再来和他理论。

两人正说之间，里面丫鬟慌忙来请大官人进去。柴进进到里间卧榻前，只见叔叔柴皇城双目流泪，望着他费力说道："贤侄，我今日被殷天锡怄死，你要为我报仇啊！拿上丹书铁券，往京师去拦驾告状。我在九泉之下，也感贤侄情意。"说完，便即殒命。柴进痛哭不住，继室妇人恐怕他昏晕，忙劝道："大官人节哀，且请商量后事。"

柴进立下誓言，一定要到东京去告御状，给叔叔报仇。接着，他命举宅上下皆穿重孝，为叔叔备办棺椁盛殓。李逵听得哭声，只气得摩拳擦掌，恨不能剐了那殷天锡。次日，殷天锡喝个半醉，装疯卖颠，骑着马引一班闲汉自己送上门来，威风耍到一半，被黑旋风冲过来，三拳两脚，打死在地。柴进拦挡不及，暗暗叫苦，忙叫李逵回梁山泊去。

> **丹书铁券**
>
> "丹书"指的是用朱砂写字，"铁券"指的是铁制的凭证。汉朝时赐给功臣世代享受优遇或免罪的凭证，便是用朱砂填字于铁制的凭证上，因此得名，事实上唐朝以后的铁券便不是朱砂写成，而是用黄金镶嵌。丹书铁券功能强大，除了颁发给臣子保证他们后代的优渥地位，最重要的是"免死"，除造反大罪之外，持有铁券的人犯的任何罪名都可以免除死罪。

李逵道："我走了，须连累你。"柴进道："我自有丹书铁券护身，你快走。事不宜迟！"李逵取了双斧，带些盘缠，忙出后门投梁山泊去了。不多时，二百多官兵赶来，围住柴皇城家。

柴进见来捉人，便出来说道："我同你们到官府说话。"众官兵先绑了柴进，便进去搜捉行凶的黑大汉，不见人，只能把柴进一人绑到州衙内，当厅跪下。

知府高廉听说打死了他的小舅子殷天锡，咬牙切齿，不听柴进辩白，更不管什么丹书铁券，命手下众人把柴进一阵大板，打得皮开肉绽，鲜血迸流，柴进只得招了。

高廉便命人拿二十斤重的枷锁将人锁了，直接打进死牢。殷夫人要与兄弟报仇，便让丈夫高廉抄了柴皇城的家，把他满门老小全下了监。

柴进自在牢中受苦，却说李逵连夜逃回梁山泊，到得寨里。朱仝一见李逵，怒从心起，挺朴刀就杀来，李逵拔出双斧迎战。晁盖、宋江听闻，忙带一众头领来劝，宋江好话说尽，又命李逵给朱仝赔罪。李逵被逼得没辙，只得撇了双斧，跪下拜了朱仝两拜，朱仝这才略出了些气。

晁盖安排筵席为他两个和解，李逵这才说出在高唐州因气不过，打死殷天锡的事。宋江听完大惊，道："你逃了，定连累柴大官人吃官司。"吴用道："兄长别慌，戴宗前几日下山去大官人庄上探望，待他回来，自有分晓。"正说着，小校来报："戴院长回来了。"

戴宗一进厅来，便急慌慌说到柴进被下死牢一事。晁盖一听便骂李逵："你这黑厮，只会到处惹祸。"宋江跟晁天王、军师商讨营救事宜。

吴学究道："高唐州城池虽小，人却稠密，军广粮多，不可轻敌。"便点林冲、花荣、秦明、李俊、吕方、郭盛、孙立、欧鹏、杨林、邓飞、马麟、白胜十二个头领，领马步军兵五千，做前队先锋；中军主帅宋公明、吴用，并朱仝、雷横、戴宗、李逵、张横、张顺、杨雄、石秀十个头领，领三千人马策应。共二十二位头领，辞了晁盖等众人，浩浩荡荡往高唐州进发。

高廉得报，冷笑道："我正要来剿灭这伙草寇，他们倒自己送上门来了。"完全不将梁山泊大军放在眼里，一声号令下去，那帐前都统、监军、统领、统制、提辖一应官员，各部领军马，就教场里点视已罢，便即出城迎敌。高廉手下有三百贴身军兵，号为飞天神兵，个个都是万里挑一的精壮好汉。他法术高强，太阿宝剑一指，三百神兵率先冲出，大队官军随后掩杀，把梁山泊前锋军马杀得是星落云散。林冲所率五千军兵，折了一千余人，直退回五十里下寨。高廉见人马退去，也收了本部军兵，回高唐州城。

却说宋江率领中军人马到来，林冲等细说了此事。宋江听了大惊，问军师道："是何神通，如此厉害？"吴学究道："想是妖法，若能回风返火，便可破敌。"宋江暗自记下，当夜打开天书看时，第三卷上有回风返火破阵之法，大喜，忙用心记下咒语并秘诀。次日天明，宋江带上剑，纵马出阵前，信心十足，跟高廉再战，本以为必破他的妖术，没想到还是高廉技高一筹，不但没能破阵，倒被高廉击溃，直逃出二十余里，才得喘息。

宋江来到土坡下，收住人马，安营扎寨。虽是损折了些军卒，却喜众头领都安然无事。屯住军马，宋江便与军师吴用商议道："今番打高唐州，连折了两阵，无计可破神兵，如何是好？"吴学究道："这厮今夜必然要来劫寨，我们须小心防范。"宋江传令，只留下杨林、白胜领少数人马看寨，其余人马退去旧寨内将息。

当夜风雷大作，高廉领着那三百神兵，果来偷袭，见是一座空寨，只怕中了计，四散便走。当时，杨林、白胜引兵埋伏在草丛之中，齐声呐喊，乱放弩箭，只顾射去。仓皇之中，高廉一个不备，后背中了一箭，神兵亦四散奔逃。

待那高廉领着神兵去得远了，杨林、白胜才敢出来查看，雨过云收，月光之下，草坡前竟射死、射伤神兵二十多人。两人将伤兵解赴宋公明寨内，细说一遍雷雨风云之事。宋江、吴用见说，大惊道："此间只隔得五里远近，却无雨无风。"众人议道："正是妖法。"宋江分赏杨林、白胜，把拿来的受伤神兵斩了，分拨众头领，下了七八个小寨，围绕大寨，提备再来劫寨，一面使人回山寨，调取军马协助。

第三十三章
李逵斧劈罗真人

且说高廉自中了箭,回到城中养病,令军士守护城池,晓夜提备,只待箭疮平复,再捉宋江不迟。这边厢,宋江心中忧闷,跟军师吴用商量,到底该如何破那高廉的妖法,若他真能借来别处兵马,到时前后夹攻,又该怎么对付?吴学究道:"要破高廉妖法,只除非快叫人去蓟州请公孙胜来。"

宋江便请戴院长来商议,要他往蓟州管下县道名山仙境各处,去寻公孙胜。戴宗道:"小可愿往,只是带一人做伴更好。"李逵便道:"我跟戴院长去做伴。"戴宗道:"你若要跟我去,须要一路上吃素,都听我的言语。"李逵道:"这个有甚难处!我都依你便了。"宋江、吴用吩咐道:"路上小心在意,休要惹事。若得见了,早早回来。"李逵道:"我打死了殷天锡,却叫柴大官人吃官司,我如何不要救他!今番并不敢惹事了。"二人各藏暗器,拴缚包裹,离了大寨,戴宗给李逵拴了甲马,用神行法,不日便来在蓟州,到城外寻个客店歇了。

接下来几天,两人城里城外寻了好几日,都不得要领。后来,在城外一个面铺吃面,偶遇一位老者,才打听得原来九宫县二仙山的清道人就是公孙胜。戴宗请老人指点了路途,催来面吃了,便跟李逵回到客店里,取了行李包裹,离了客店,再拴上甲马,取路直奔九宫县二仙山来。

戴宗使起神行法，四十五里片时即到。两人来到二仙山下，得一个樵夫指引，找到了清道人的住处，总算寻到公孙胜。戴宗说明大军兵败高唐州的情形，言说宋江在高唐州度日如年，请公孙胜马上起程，共聚大义。

公孙胜却说母亲年老需要侍奉，又说恩师罗真人在此，他要留在座前听教，所以不能再跟他们回去，正是怕山寨有人寻来，才故意改名清道人，隐居在此。戴宗再三哀告，说公明哥哥正在危急之际，只能道长去救。公孙胜被他磨得没办法，说要去禀告罗真人。若肯容许时，便一同去。

戴宗急催起程，公孙胜便起身引了戴宗、李逵，取路上二仙山来，直到罗真人观前，见有牌额，上写三个金字：紫虚观。三人整顿衣服，从廊下进来，径投殿后松鹤轩里去。两个童子看见公孙胜领人前来，报知罗真人。罗真人传法旨，叫请三人进来，当下公孙胜引着戴宗、李逵到松鹤轩内。

正值真人朝真才罢，坐在云床上养性。公孙胜向前行礼起居，躬身侍立。戴宗见真人仙风道骨，慌忙下拜，李逵只管直瞪瞪地看。罗真人问起二人来路，公孙胜如实禀告，请问能否下山。罗真人不许，不管戴宗如何哀求，真人就是不答应。

公孙胜只得引了二人，离了松鹤轩，连晚下山来。李逵怎么想都咽不下这口气，当时蛮性发作，睡到三更时分，悄悄爬起来，见戴宗睡得正香，便摸了两把板斧，悄悄地开了房间，乘着星月明朗，一步步摸上山，到了紫虚观。他从墙上跳过去，蹑手蹑脚摸到松鹤轩，将罗真人并一个青衣童子都给砍了，然后飞也似奔下山，回到公孙胜家，倒在床上装睡。

李逵以为这就算出了气，结果等天亮，公孙胜再领他二人来到紫虚观，却见那罗真人好端端地坐在云床上。李逵吓得伸出舌头，半天缩不回去，这才知道，此番真是碰到了仙人。

罗真人看李逵如此好杀，其心不善，便想给他些教训，起一阵大风，将李逵刮到了蓟州府，滚落在府尹的厅前，跌得头破额裂。知府马士弘看这厮粗黑丑陋，来得蹊跷，便笃定他是个妖人，忙命人取来狗血粪尿等法物，劈头浇下，李逵口里耳朵里，都是屎尿，来不及辩白，又被按倒一顿痛打，最后挨不住只得招是妖人李二。

知府便命人取一面大枷来将人钉了，押下大牢里去。李逵才叫道："我不是妖人，我是罗真人的跟班，只因得罪了真人，他罚我受几天苦，你们要不好好服侍我，我要你们好看。"小牢子不明真相，听是罗真人，便有些怕，忙给李逵洗了澡，换了干净衣裳，买来酒肉请他吃。

这边厢，戴宗看李逵被阵风卷走，忙问情由，罗真人说了李逵夜来行凶之事。戴宗慌忙替李逵磕头赔罪，哀求罗真人饶恕。真人不置可否，只是问山寨情况。戴宗一一实说，不住磕头求情，一连五天，真人才说："这小子太可恶，只可除了。"

戴宗求告："李逵虽粗鲁，第一不会耍心眼，第二最忠诚，第三无淫邪之心，只知勇敢当先，因此宋公明最爱他。要是没了他，我也不能活着回去见哥哥。"真人道："他是上界天杀星，因为众人罪孽太重，上天罚他来杀戮，我不会坏了他，只是磨难他一番。"说完，真人唤过一个黄巾力士，命力士去蓟州大牢取回李逵。力士腾云而去，不用半个时辰，从半空中把李逵扔下来。

李逵看了罗真人，只管磕头拜说道："铁牛再不敢了！"罗真人道："今后你要戒性，竭力扶持宋公明，再生歹心，必不饶你。"李逵连声应承。

罗真人又对公孙胜道："弟子，我本不欲你去，但大义为重，权且放你走一趟。你往日学的法术和高廉一般上下。我今传你五雷天心正法。依此而行，可救宋江，保国安民，替天行道。休被人欲所缚，误了大事，专精从前学道之心。你的老母，我自使人早晚看视，勿得忧念。汝应上界天闲星，因此容汝去助宋公明。吾有八个字，汝当记取，休得临期有误：逢幽而止，遇汴而还。"

公孙胜拜受了诀法，便和戴宗、李逵三人，拜辞了罗真人，归到家中，收拾了道衣，带上宝剑二口，并铁冠、如意等物，拜辞了老母，离山上路。

戴宗说："我先回去，禀报哥哥。"便作起神行法先走。李逵陪着公孙胜，一路小心服侍，不敢大意。两人走了三天，来到武冈镇，李逵结识了当地一个打铁汉，江湖上人称"金钱豹子"汤隆。

李逵寻思，山寨打造盔甲军器，正要好铁匠，就劝汤隆同去梁山入伙。汤隆孤身一人，了无牵挂，早闻梁山威名，当时答应。二人结拜了，李逵为兄，汤隆为弟。汤隆就收拾了包袱，带上银两，挎口腰刀，东西都不要了，跟上李逵就走。

三人一同往高唐州来，宋江、吴用已等在寨门迎接，各施礼罢，摆了接风酒，叙问间阔之情。公孙胜问起战况，宋江道："高廉箭伤已好，连日前来挑战，我只坚守不出，就等道长来。"

次日一早，宋江传令，再打高唐州，带领三军，摇旗擂鼓，直杀到城下来。高廉得报，披挂了衣甲，打开城门，放下吊桥，将引三百神兵并大小将校，出城迎敌。两军渐近，旗鼓相望，各摆开阵势。

宋江阵门开处，十骑雁翅般摆开在两边：左手下五将，花荣、秦明、朱仝、欧鹏、吕方；右手下五将，是林冲、孙立、邓飞、马麟、郭盛；中间三骑马上，为头是主将宋公明，左边是军师吴学究，右边是副军师公孙胜。

那高廉不知公孙胜厉害，兀自将他那套看家本领使出来，用剑击聚兽牌，神兵队里卷出黄沙，奔出毒蛇猛兽。宋江军马吓得要走，公孙胜在马上早抽出那一把松文古定剑来，指着敌军，口中念念有词，喝声道："疾！"只见一道金光射去，那伙怪兽毒虫，都在黄沙中乱纷纷坠于阵前。

众军人看时，却都是白纸剪的虎豹走兽，黄沙尽皆荡散不起。宋江看了，鞭梢一指，大小三军，一齐掩杀过去。但见人亡马倒，旗鼓交横。高廉急率神兵退走入城。宋江整点人数，大获全胜，回帐后称谢公孙先生神功道德，随即赏劳三军。

次日，宋江分兵四面围城，尽力攻打。公孙胜对宋江、吴用道："昨夜虽是杀败敌军大半，眼见得那三百神兵退入城中去了。若是今日攻击得紧，那厮今夜必来偷营劫寨，我们可早做准备。"

是夜，众头领暗暗分拨开去，四面埋伏已定，宋江、吴用、公孙胜、花荣、秦明、吕方、郭盛上土坡等候。二更前后，那高廉果点起三百神兵，前来偷营。离寨渐近，高廉在马上作起妖法，一时黑气冲天，狂风大作，飞砂走石，播土扬尘。三百神兵，大刀阔斧，杀入寨里来。

高埠处，公孙胜仗剑作法，就听半空中响了一声霹雳，三百神兵想退，大火倒卷回来，四面伏兵齐出，围定寨栅，三百神兵不曾走得一个，都被杀在寨里。高廉急引了三十余骑奔走回城，林冲飞马追来，高廉慌忙进城，拽起吊桥，身边只剩了八九人。

那高廉法术被破，神兵被歼，退回城中惶惶不安。等到次日宋江又引军马前来，四面围城甚急，他只得急急修书两封，派人去邻近州府求救。东昌、寇州的两个知府，都是曾受高俅举荐的人，所以高廉差了两个帐前统制官，拿了书信从西门潜出，夺路往西，去叫那两州知府速派军马，星夜起兵前来接应。

梁山军中，众将待去追赶，吴用传令："且放他去，可以将计就计。"宋江依军师所言，一面放人逃去，一面令戴宗回梁山泊，另取两支军马，分作两路而来。

高廉每夜在城中，望眼欲穿，只盼救兵早日到来。过了数日，守城军兵，望见宋江阵中不战自乱，急忙报知。高廉听了，连忙披挂上城瞻望，只见两路人马，战尘蔽日，喊杀连天，冲奔前来，四面围城军马四散奔走。高廉只道是两路救军到了，尽点在城军马，大开城门，分头掩杀出去。

这正中了吴用计策,几乎将一城军马折尽,高廉慌忙口中念念有词,喝声:"起!"驾一片黑云,想要逃跑。

山坡边转出公孙胜来,见状,便在马上把剑拿出,口中也念念有词,喝声:"疾!"将剑望空一指,只见高廉从云中倒撞下来。侧首"插翅虎"雷横抢出,一朴刀把高廉挥作两段。

高廉一死,高唐州瞬息便破,宋江率大军攻占城池,先传下将令:"休得伤害百姓。"一面出榜安民,一面赶去大牢中搭救柴大官人,连同柴皇城一家老小及从沧州捉来的柴进一家老小,一并寻到,万幸那高廉连日厮杀,还不曾取问发落。监房内其他罪囚,亦都开了枷锁释放。

宋江看柴进时,头破额裂,两腿皮肉打烂,眼目略开又闭,已是被折磨得没个人形,心中甚觉凄惨,忙叫医士调治。待用过药,令众人把柴进扶上车睡了,将两家老小护送上梁山泊去,这才腾出手来,把高廉一家老小良贱三四十口,处斩于市,再把其家私并府库财帛,尽数装载上山。

大小将校,离了高唐州,得胜回梁山泊。所过州县,秋毫无犯,连行数日,回到大寨。

柴进扶病起来,称谢晁、宋二公并众头领。晁盖命匠人就山顶宋公明处所,另建一所房子,与柴进并家眷安歇。

第三十四章
呼延灼摆布连环马

高唐州一战大胜,又添得柴进、汤隆两个头领,晁盖、宋江等众皆是欣喜,且作庆贺筵席,不在话下。再说东昌、寇州两处,听闻高廉被杀,失陷了城池,忙写表差人申奏朝廷,又有那高唐州逃难官员,都到京师说知战况。

高太尉一听,梁山贼寇杀死他兄弟高廉,岂肯甘休,次日早朝立即上奏天子,说梁山泊贼寇如何张狂,杀人放火,无恶不作,攻陷了高唐州之后,残杀满城百姓云云。徽宗闻奏大惊,立即降旨,委高太尉选将调兵,前去扫清水泊,杀绝贼寇。高太尉推荐呼延灼为将,此人乃开国之初河东名将呼延赞嫡派子孙,使两条铜鞭,有万夫不当之勇。

呼延灼接旨来京,徽宗天子看他仪表非俗,龙心大悦,就赐浑身如墨、四蹄如雪、能日行千里的踏雪乌骓宝马一匹,命他即刻出兵,攻打梁山泊。呼延灼谢了恩,举荐陈州团练使"百胜将军"韩滔为正先锋,颍州团练使"天目将军"彭玘为副先锋。韩滔使一条枣木槊,彭玘使一杆大刀,皆是不可多得的猛将。

高太尉发出两道公文,调韩滔、彭玘火速来京,命三人各回本州挑选一万人马,又让他们到京师甲仗库,任意挑选衣甲兵器。待到出京之日,高俅又拨出战马三千匹,赏了三个将军金银绸缎,开了三军粮饷。三人立下必胜军令状,分头提调人马,犒赏三军已罢,兵分三路出城。

前军开路韩滔，中军主将呼延灼，后军催督彭玘，马步三军人等，浩浩荡荡杀奔梁山泊。

梁山泊探马来报，说知此事，众头领齐上聚义厅来，商讨应敌之策。吴用道："我闻此人，乃河东名将呼延赞嫡派子孙，武艺精熟，使两条铜鞭，人不可近。想赢他实属不易，须用能征敢战之将，先以力敌，后用智擒。"

宋江道："可请秦明打头阵，林冲打第二阵，花荣打第三阵，扈三娘打第四阵，孙立打第五阵。待五阵一队队战罢，如纺车般，转作后军。我亲自带引十个弟兄，引大队人马押后。左军五将：朱仝、雷横、穆弘、黄信、吕方；右军五将：杨雄、石秀、欧鹏、马麟、郭盛。水路中可请李俊、张横、张顺、阮家三弟兄，驾船接应；李逵、杨林，引步军分作两路，埋伏救应。"宋江调拨已定，前军秦明早引人马下山，向平川旷野之处，列成阵势。等候了一日，望见官军到来，先锋队里韩滔领兵扎下寨栅。双方因天晚，当夜俱未挑战。

次日天明，两军对阵。第一战，秦明斗那先锋韩滔，十余回合，眼看占了上风，韩滔回马便走，呼延灼挥鞭已到，来替韩滔。林冲见状，挺起蛇矛，纵马出阵来替秦明，呼延灼、林冲两个正是对手，直斗了五十回合，不分胜败。梁山军中第三拨花荣来到，大叫道："林将军少歇，看我擒捉这厮。"林冲拨转马便走，呼延灼因见林冲武艺高强，也回本阵。

彭玘替下呼延灼来战花荣，斗有二十余回合，彭玘力怯，呼延灼忙纵马舞鞭，再来接替，斗不到三个回合，扈三娘人马赶到，来替花荣。彭玘便来斗那一丈青，斗到二十余回合，扈三娘把双刀分开，回马便走。彭玘不知是计，纵马赶来，一丈青见他中招，取出红棉套索一撒，将彭玘拉下马来，孙立率军正到，喝令上前将彭玘捉了。

呼延灼看见大怒，奋力向前来相救，扈三娘拍马迎敌，两人斗到十合之上，扈三娘已知赢他不得，回马往本阵便走。呼延灼纵马赶来，孙立见了，收住枪，取出单鞭迎上，背后宋江，恰引十队良将都到，列成阵势，且来阵前看孙立与呼延灼交战。只见那两个都使钢鞭，都是铁盔铁甲黑战袍，都骑的乌骓马，如同两片乌云，在战场上杀作一团，斗了三十余回合，不分胜败。宋江看了，喝彩不已。

这边厢，官军阵里韩滔见折了彭玘，便去后军队里，尽起军马，一发向前厮杀。宋江只怕冲将过来，便把鞭稍一指，十个头领引了大小军士，掩杀过去。背后四路军兵，分作两路，夹攻拢来。却看那呼延灼阵里，都是连环马：官军马带马甲，人披铁铠。马带甲，只露四蹄；人挂甲，只露双眼。

宋江忙命放箭，箭射过去，只听叮叮当当，如同敲锣，而对面那马军射出箭来，梁山军马却无法抵挡。宋江看形势不对，急叫鸣金收军，直退到山之西面下寨，呼延灼也退二十余里下寨。

且说宋江，安寨已毕，首要之事便是亲手解去彭玘绑缚，扶入帐中，好言抚慰，劝他弃暗投明，上梁山共聚大义。彭玘感谢不杀之恩，又感宋江义气深重，情愿入伙。宋江大喜，当日派人将彭玘送上大寨，交与晁天王，相见之后留在寨中。这边厢，宋江一面犒赏三军，一面跟众头领计议军情。

再说呼延灼，收军下寨，自和韩滔商议取胜梁山之法，计策商量已定，次日天晓出战。

两军对阵，宋江看对方约有一千步军，只是擂鼓发喊，并无一人出马交锋，不觉疑惑，暗传号令，叫后军且退，自己纵马到花荣队里窥望。猛听对阵里连珠炮响，一千步军忽然分开两旁，放出三队连环马军，每一队，是三十匹战马用铁链连成一串，直冲将来，两边把弓箭乱射，中间尽是长枪，排山倒海，势不可挡。

宋江看了大惊，急令众军把弓箭施放，那里抵得住，那连环马军漫山遍野，横冲直撞过来，梁山军前后几队军马皆抵挡不住。宋江飞马慌忙便走，十将拥护而行，背后早有一队连环马军追将来。

幸而李逵、杨林引伏兵人从芦苇中杀出来，救得宋江逃至水边。李俊、张横、张顺、三阮六个水军头领，一早摆下战船，正好接应。宋江急急上船，便传将令，叫分头去救应众头领下船。

那连环马直赶到水边，乱箭射来，船上幸有盾牌遮护，才不致损伤。宋江慌忙下令，把船棹到鸭嘴滩头，尽行上岸，就水寨里整点人马，已折其大半，万幸众头领都全，虽然折了些马匹，都救得性命。少刻，只见石勇、时迁、孙新、顾大嫂都逃命上山，说："步军冲杀前来，把店屋给拆了。我们若不是有号船接应，早都被捉了。"宋江一一抚慰，计点众头领，只有林冲、雷横、李逵、石秀、孙新、黄信六个头领中箭，受了箭伤。

晁盖闻知，同吴用、公孙胜下山来劝问，宋江眉头不展，面带忧容。吴用劝道："哥哥休忧！胜败乃兵家常事，何必挂心。别生良策，可破连环军马。"晁盖便传号令，吩咐水军，牢固寨栅船只，守住滩头，又请宋公明上山安歇。宋江不肯上山，就在鸭嘴滩寨内驻扎，只叫中箭的头领上山医治。

且说那呼延灼，大获全胜，回到本寨，众将领次第前来请功，报说杀死者不计其数，生擒五百余人，夺得战马三百余匹。呼延灼大喜，随即差人前去京师报捷，一面犒赏三军。

徽宗听闻捷报大喜，即派使臣前去嘉奖，多有赏赐。呼延灼领了赏，向钦差求告，说欲攻占梁山泊贼巢，还须一个人相助，那就是炮手"轰天雷"凌振。此人善会造炮、用炮，能轰击十多里远，可隔水炮轰贼兵山寨。

使臣回到京师，便将此事告知高太尉，高太尉听罢，传下钧旨，唤凌振前来，委以行军统领官之职，叫他收拾鞍马军器起身，去助呼延灼。凌振领命谢恩，备齐大炮、火药，带几十名军汉，押送车仗，赶至行营，来见主将呼延灼。呼延灼令他安排炮火，轰击山寨。凌振便命军健抬起炮架，直去水边竖起，准备放炮。

却说宋江，正在鸭嘴滩上小寨内，跟晁天王并军师吴用商议破阵之法，探子来报："东京新差一个炮手，唤作'轰天雷'凌振，正在水边竖起架子，安排施放火炮，攻打寨栅。"吴用一听，说道："此人绝不可为呼延灼所用，我们须得设计先捉了此人，方可商议破敌之法。"

思虑片刻，吴用说出计策。晁盖道："可着李俊、张横、张顺、三阮六人，棹船去行此事，岸上由朱仝、雷横接应。"六个水军头领，得了将令，分作两队，先去芦苇深处布置停当。李俊、张横便上到对岸，去官军炮兵阵地炮架子边高声叫嚷，把炮架推翻，激怒凌振，诱他领兵来追。

凌振中计，引兵追至芦苇滩边，李俊、张横早跳在船上，见了凌振人马，假意弃船跳水逃跑，朱仝、雷横却在对岸呐喊擂鼓。凌振人马抢船就追，船行到波心，只见岸上朱仝、雷横又鸣起锣来。水底下早钻起三四百水军，尽把船尾销子拔了。

水都涌入船里来，水军就势扳翻船，活捉了凌振，拎上岸，拿根绳子绑了，押解上山。凌振带来的那百余军兵，一半水中淹死，一半被生擒，只少数几个逃得性命回营报信。呼延灼得知，急领马军赶来相救时，船都已过鸭嘴滩去了。人影都不见，箭又射不着，呼延灼只得忍下气，恨了半晌，原路引了人马回去。

第三十五章 时迁盗甲诱徐宁

宋江知道凌振已擒,便同满寨头领下第二关迎接。见了凌振,他连忙亲解其缚,还怨怪众人无礼,又执其手,相请上山,见了彭玘。

彭玘见凌振,亦是好言抚慰,劝他上山入伙。凌振拜谢宋江不杀之恩,却又怕京师一家老小受他连累。宋江道:"但请放心,限日取还统领。"凌振再无话说,这才安心入了伙。

次日,厅上大聚会,众头领饮酒之间,宋江与众头领又商议破连环马之策,苦无良法,只见金钱豹子汤隆起身,说道:"要破连环马,须用钩镰枪。我家祖传打造军器,祖传有画样在此,若要打造,即刻便能动手。可我只会打,不会用。天下只我的一个姑舅表哥徐宁会用,他现在东京做金枪班教师,我可去请他前来相助。"

林冲道:"我跟徐宁也有交情,他的金枪法、钩镰枪法,天下独一无二。只是他如今身在官家,你如何能请得动他前来?"汤隆道:"徐宁先祖留下一件镇家之宝,是一副雁翎做的圈金甲,名叫赛唐猊,又轻又软,刀枪不入,端的举世无双,天下罕有。这副甲是他的性命,轻易不让人看,用一个皮匣子盛着,直挂在卧房中梁上。若是得了他这副甲,不由他不到这里。"

吴用道:"这有何难,只用着'鼓上蚤'时迁去一趟,还不是手到擒来?"时迁起身受命,吴用又选三人同时上京,薛永去买火药,李云去接凌统领家眷,杨林去颍州接彭团练家眷。另外,又派乐和跟汤隆做伴,过几日往东京去接应时迁。

次日，汤隆打了一把钩镰枪做样子，让雷横监督铁匠依样打造。宋江又派戴宗下山，往来探听、传递消息。

且说那时迁离了梁山泊，一路赶来东京，投个客店安下。次日，进得城来，寻问到金枪班教师徐宁府邸，探明虚实，问到徐宁每天五更就要到皇宫大内值班，便回来取了行头，藏在身边，看看天色黑了，就摸进徐宁家，潜伏到暗处。

等徐宁一家睡下，时迁取出芦管儿，伸进窗户，对着灯一吹，把灯吹灭。四更天，徐宁起床，唤丫鬟。丫鬟道："哎呀，灯灭了。"徐宁道："快去借个火来。"丫鬟摸黑下了楼，开了房门，走出后门。

时迁趁机潜入厨房，钻在厨桌下。丫鬟借了火回来，一个在灶前忙活，一个升着火盆端上楼。待到水热，徐宁洗了脸，点心也好了。徐宁吃饱，让跟班也吃了，提了金枪出门去。丫鬟端灯送到门外，时迁趁机摸上楼，上了梁。

丫鬟回来，又脱衣睡熟。时迁再用芦管吹灭灯，就解捆匣子的绳。娘子听见动静，惊醒过来，问："什么响？"时迁唧唧喳喳学老鼠叫。丫鬟迷迷糊糊地回道："老鼠在梁上打架呢。"娘子放下心，又睡了。时迁盗了那金甲，溜下了楼，开门溜出去。

此时城门已开，时迁趁机出了城，回到客店，取出行李，还了房钱，出离店肆，投东便走。走了四十里，到一个饭店吃饭，戴宗走进来，见时迁已得手，就把甲取出来，做一包袱包了，拴在身上，出了店门，作起神行法，先送回山寨去了。

时迁吃了饭，却把空皮匣子拴在担子上，出店门往东走。到二十里路上，撞见汤隆，两个便入酒店里商量。汤隆道："你顺此路往东行，但过路上酒店、饭店、客店门上，若见有白粉圈儿，你便可在那店里吃酒、安歇，把这皮匣子放得显眼些。"时迁依计去了，汤隆慢慢地吃了一回酒，投东往京城里来到徐宁府上探望。

徐宁丢了金甲正懊恼，看故人前来，不由得将心中苦闷说给他听。汤隆故作吃惊问道："是不是用白线绣着绿云头如意、中间有狮子滚绣球的？"徐宁忙问："你在哪里见到？"汤隆便说来时路上看到过，看来就是那个贼人，一劲撺掇徐宁跟他去追，说那贼人像是闪了腿，走路一拐一拐的，行得慢，必能追得上。

徐宁听了，急急换上麻鞋，带了刀，便和汤隆两个出了东郭门，拽开脚步，追那贼人。往东一连赶了两天，路遇的酒店皆说，看见过一个黑瘦汉子，挑个红羊皮匣子。徐宁一心牵挂金甲，初时还怕误了点名，被上司怪责，后来也顾不上了，只跟着汤隆一路问一路追，直追到了一座古庙。

时迁放着担儿在庙前树下坐着，汤隆看见叫道："好了！前面树下那个不正是哥哥盛甲的匣子？"徐宁一个箭步上前，揪住时迁便讨要金甲，时迁道："是我盗了你的甲又怎地，你也不看看这匣子里有没有甲？"

汤隆打开匣子一看，里面却是空的，徐宁急问道："你这厮把我的金甲弄到哪里去了？"时迁早备好一套说辞，说他跟一个同伙李三，是为了一万贯赏钱，替人来盗金甲，只因从梁上跳下来时闪了腿，因此走不动，那同伙李三就先把甲拿走了。如果徐宁肯饶他，不捉他去见官，他就带他去追李三，讨回金甲。

徐宁踌躇了半晌，为了金甲，只能同意。三人一起又赶了两三天路，徐宁渐渐有些疑心，却被时迁跟汤隆左一句右一句又说得没了主意，只跟着他们往东一直走。

时迁、汤隆就这么骗着走着，一路将徐宁骗到了梁山泊，到还有两程多路，那"铁叫子"乐和前来接应，拿药直接将徐宁麻翻了，便送到"旱地忽律"朱贵的酒店里。

众人把徐宁扛扶下船，都到金沙滩上岸。宋江已得报信，和众头领下山来接，命乐和拿出解药来解了药性。

徐宁睁开眼见了众人，大吃一惊，便问汤隆道："兄弟，你如何赚我来到这里？"汤隆把事都跟徐宁说了，求他上梁山入伙。

徐宁初时不肯，宋江执杯向前陪告道："现今宋江暂居水泊，专待朝廷招安，尽忠竭力报国，非敢贪财好杀，行不仁不义之事。万望观察怜此真情，一同替天行道。"

林冲也来把盏陪话道："小弟亦在此间，多说兄长清德，休要推却。"徐宁道："汤隆兄弟，你却赚我到此，家中妻子必被官府擒捉，如何是好？"

宋江道："这个不妨，请观察放心，一切只在小可身上，早晚便取宝眷到此。"晁盖、吴用、公孙胜，都来与徐宁陪话，一面安排筵席作庆，一面派戴宗、汤隆，星夜往东京搬取徐宁老小。

旬日之间，诸位好汉家小都接上山来，薛永也买来五车火药。汤隆对徐宁说道："我再跟哥哥说件事，接出嫂嫂后，出了东京不远，我穿了哥哥的甲，搽黑了脸，报出哥哥的姓名，劫了一伙客人。这时，开封府的文书已下来，四处捉拿哥哥了。"徐宁见彻底断了退路，只好安心入伙。

那徐宁既已安心入伙，便精心挑选那些高大精壮的喽啰，耐心传授钩镰枪法，将马上如何使，步下如何用，一一示范讲明，又特意讲授如何埋伏，如何钩马蹄、拽人腿，不到半月之间，教成山寨六七百人。

宋江看了大喜，立即寻军师吴用定下破敌之计：分拨十队步军人马先行下山，诱引敌军，但见敌军人马冲来，便往芦苇荆棘林中乱走，却先叫徐宁、汤隆把钩镰枪军士埋伏在林中，每十个会使钩镰枪的，间着十个挠钩手，一旦见马到，一钩搅翻，便用挠钩搭将人捉了，平川窄路也如此埋伏。再差九个水军头领，乘驾战船接应。

一切布置妥当，宋江便叫几个头领，乘马引军，到山边搦战。凌振就带着杜兴，备好大炮，炮轰敌阵。中军宋江、吴用、公孙胜、戴宗、吕方、郭盛，总制军马，指挥号令。其余头领，俱各守寨。宋江分拨已定，已是三更，先载钩镰枪军士过渡，四面去分头埋伏已定；四更，十队步军渡过；凌振、杜兴，载过风火炮架，上高处去竖起炮架，搁上火炮。天明时分，宋江命中军隔水擂鼓，呐喊摇旗。

呼延灼正在中军帐内，听得探子报知，一面命韩滔先去侦察敌情，一面锁上连环甲马，全身披挂，骑了踏雪乌骓马，挥着双鞭，领军出营，教摆开马军，命连环马军向敌营冲去。

韩滔引着五百马军前来迎敌，却见十方兵马，都是梁山泊旗号，一时不知该先攻哪边。呼延灼道:"这厮许多时不出来厮杀,必有计策。"说由未了,只听得北边一声炮响。呼延灼骂道:"这炮必是凌振从贼,叫他施放。"才说着,又听得正北上连珠炮响,响处风威大作,军兵不战自乱。

呼延灼急和韩滔分兵迎敌,四下冲突,宋江军兵且战且退,尽往芦苇中乱走,呼延灼大驱连环马,卷地而来。那甲马一齐跑开了,收勒不住,都冲进败苇折芦之中、枯草荒林之内。只听里面嗯哨响处,钩镰枪军士一齐举手,先钩倒两边马脚,中间的甲马便自咆哮起来。那挠钩手军士,将人马一齐搭住,芦苇丛中便只顾绑人。呼延灼见中了钩镰枪计,便拨马回去找韩滔,背后风火炮又当头打来。只见漫山遍野都是步军追赶着,韩滔、呼延灼率领的连环甲马,转瞬几被全歼。

二人情知中了计策,纵马去四面收拢残兵,寻路突围,几条路上,却是麻林般到处都插着梁山泊旗号,根本不知该往哪儿走,东奔西杀,九死一生才冲出重围,呼延灼已剩单人匹马,先锋韩滔不知去向。

那韩滔其实已被刘唐、杜迁拿了,绑缚到山寨之中,宋江亲解其缚,请上厅来,以礼相待,又令彭玘、凌振来好言劝他入了伙,就在梁山泊做了头领。宋江便叫修书,派人往陈州搬取韩滔老小,来山寨中完聚。

宋江喜于破了连环马,又得了许多军马衣甲盔刀添助,每日做筵席庆喜,仍旧调拨各路守把,提防官兵,不在话下。

第三十六章 三山聚义打青州

却说那呼延灼,折尽军马,不敢回京,独自一个,骑着那匹踏雪乌骓马逃难,欲往青州投奔旧识慕容知府,借兵报仇,也好向高太尉有个交代。

走了两天,这日晚间宿在一家村野酒店,却遭不远处那桃花山上的强人偷了他的宝马。要问是哪一伙强人?正是前文说过的李忠跟周通。呼延灼没奈何,只能先到青州,找到知府衙门,跟慕容知府告下此事,又把兵败梁山之事说了,想借兵报仇。

慕容知府道:"将军来得正好,青州常被强人侵扰,治不住他。我借兵给你,你先剿灭桃花山,夺回御赐踢雪乌骓马,再扫平二龙、白虎二山,我自会在皇上面前一力保举你,让你报梁山之仇,如何?"呼延灼一听有理,又急欲要这匹御赐宝马,便跟慕容知府借二千军马,披挂了,径往桃花山进发。

周通、李忠哪是呼延灼对手?在他手底下,六七回合都抵挡不住,当下仓皇退回寨中,紧闭山门,不敢再战。连夜写一封书信,差两个能干的小喽啰,从后山小路绕下去,赶往二龙山求救。呼延灼强攻山寨不下,只能扎下营寨,准备再战。

那二龙山上,现在为首的正是花和尚鲁智深,二把手是青面兽杨志,三把手是行者二郎武松,另又添了四个小头领,便是金眼彪施恩、操刀鬼曹正、菜园子张青,跟母夜叉孙二娘。鲁智深接了信,与众人看了,商议一番,决定去救,便留下四小头领驻守山寨,鲁智深、杨志、武松三人当即点起五百喽啰、六十余骑军马，各带了衣甲军器，下山径往桃花山来。

呼延灼正欲攻寨，二龙山援兵赶到。鲁智深大喝一声，纵马前来，一见呼延灼举禅杖就打，两个人杀作一团，直斗了四五十回合，不分胜败。杨志拍马来替鲁智深，与呼延灼交锋，又斗四十余回合，还是不分胜败。杨志卖个破绽，拨马跑回本阵。呼延灼也勒转马头，不来追赶。两边各自收军。

当晚，慕容知府使人来唤道："今有白虎山强人孔明、孔亮，引人马来青州借粮。怕府库有失，特来请将军回城守备。"呼延灼正愁难斗鲁智深、杨志，一听这话，趁这机会连夜带领军马，悄悄退兵回青州去了。

次日天明，二龙山三位好汉领人马杀奔官军营寨，早空无一人。山上李忠、周通，引人下来，拜请三位头领上到山寨里，筵席相待，再三恩谢，一面使人下山探听官军去向。

且说呼延灼，引军回到城下，却见了一彪军马正来到城边，为头正是前文提过的孔明、孔亮兄弟两个。原来自宋江、武松走后，不久孔太公去世，孔明和本乡一个财主发生争执，盛怒之下，与兄弟孔亮把那人满门杀光。两人逃出庄上，遂聚集六七百人，占了白虎山落草。他们的叔叔孔宾，住在青州城里，不知为何被慕容知府捉下，监在牢里。孔明、孔亮就点起山寨喽啰，来打青州，要救叔叔孔宾，可巧，正迎着呼延灼军马回撤。

两边撞着，对阵厮打，不出二十回合，呼延灼便擒了孔明。孔亮引着残兵，拼了命才得逃脱。慕容知府把孔明枷了，与孔宾监在一处，设筵为呼延灼庆功。呼延灼说到二龙山那胖和尚跟青脸汉武功高强，不似常人，慕容知府说出那二龙山上三个好汉的名号来历，呼延灼道："我已见识过他们的手段，日后定设法将他们捉拿。"

孔亮引着败军一路狼狈逃窜，至晚，寻个古庙安歇，原打算次日收兵回山，再做计较。谁想，正遇见了武松。二人互说了分手后的情景，孔亮哭诉了叔叔被抓、兄长被擒的经过。武松便引着他去见鲁智深、杨志，商议一同去打青州，救出孔宾、孔明，擒拿那呼延灼。

杨志道："青州兵强马壮，又有呼延灼相助，就算咱们三山力量合作一股，也难打下。依我看，不如让孔亮去梁山求援，一来他是宋江的徒弟，二来呼延灼是梁山的仇人，宋江定会发兵前来。"鲁智深虽未见过宋江，亦听武松说过公明哥哥仁义之名，欣然同意。孔亮把人马留下，带个跟班，扮作客商，直奔梁山。

李忠、周通得信，只留几十个喽啰守山，率所有人马赶往青州，跟两山人马会合。二龙山上，施恩、曹正留张青夫妇守山，也率人到青州城下。自此，桃花山、二龙山、白虎山汇作一处，同去打青州。

孔亮带着仆人日夜兼程来到梁山泊，见了宋江哭拜在地，将别后情形一一道出，求宋江相救，又说了二龙山、桃花山诸位好汉率三山人马攻打青州，只等梁山救援。宋江一听，当下答允，引他拜见了晁天王、吴用、公孙胜并众头领，大家共同商议。以晁盖为首，众兄弟们都愿随宋江前往。

当日设筵管待孔亮，饮筵中间，宋江唤裴宣定拨下山人数，分作五军起行：前军花荣、秦明、燕顺、王英，做开路先锋；第二队便差穆弘、杨雄、解珍、解宝；中军是主将宋江、吴用、吕方、郭盛；第四队则是朱仝、柴进、李俊、张横；后军差孙立、杨林、欧鹏、凌振殿后。共计二十个头领、马步军兵三千人马，其余头领、自与晁盖守把寨栅。

宴饮罢，宋江别了晁盖，自同孔亮下山来，直奔青州。鲁智深等闻报，前来迎接。众人见礼过，宋江问及青州战事，杨志道："自从孔亮去了，前后也交锋数次，不分胜负。如今青州只凭呼延灼一人，若是拿得此人，攻城便如汤泼雪。"吴学究笑道："此人不可力敌，只能智擒。"宋江道："用何智可获此人？"吴学究说出一个计策来，宋江大喜，当日分拨了人马。次早，宋江起军到青州城下，团团围住，擂鼓摇旗，呐喊搦战。

城里那慕容知府，见报忙请呼延灼商议，呼延灼道："这厮们只能在水泊里张狂，今却擅离巢穴，如何还能施展！来多少，捉多少，恩相放心。"呼延灼披挂衣甲上马，领了一千军兵，出城迎战。

宋江阵中秦明一骑先出，手执狼牙棍，先往城楼上厉声高骂："慕容你这贼官，杀我全家，今日正好报仇雪恨！"慕容知府认出秦明，喝道："反贼！若拿住你时，必碎尸万段。呼延将军，可先拿下此贼！"呼延灼听了，舞起双鞭，纵马直取秦明。二将交马，正是对手，斗到四五十回合，不分胜败。

慕容知府见斗得多时，恐怕呼延灼有失，慌忙鸣金收兵，收军入城。秦明也不追赶，退回本阵，宋江命大军退十五里下寨。

当夜，呼延灼卸了衣甲正要歇下，忽有探子来报，说城北门外土坡上，有三骑人马偷看城垣，中间一个穿红袍骑白马的，两边的，右边一个看似花荣，左边是个道装打扮。

呼延灼一听，猜那必是宋江、吴用前来探城，顿时激动不已，连忙重新披挂，提了双鞭，点一百马军，悄悄地开了北门，放下吊桥，想去那坡上捉住三人。却怎会想到，吴用正是赌他贪功冒进，用此计来诱他的。呼延灼偷鸡不着蚀把米，连人带马都跌进了人家挖好的陷坑，被两边埋伏的五六十个挠钩手钩将起来，绑缚了拿回营寨。跟来的那一百马军，被花荣拈弓搭箭，射倒了当头六七个，后面的一哄散了。

宋江见了呼延灼，连忙起身，喝叫快解了绳索，亲自扶呼延灼上帐坐定，跪下便拜，呼延灼慌忙搀扶道："义士何至如此？"宋江道："小可宋江，怎敢背负朝廷？只因官吏污滥，威逼得紧，误犯了大罪，因此才权借水泊里避难，只待朝廷赦罪招安。不想今日误犯将军虎威，切乞恕罪。"

呼延灼看他如此恭敬，便道："只要我能回到东京，一定向朝廷为你讨一道招安文书。"宋江道："将军万万不可，那高俅一向心地歹毒，看你如今折了三员大将、一万人马，怎会轻易饶你？"呼延灼一听此言，沉默不语，宋江便好言抚慰道："如今韩滔、彭玘、凌振已都在鄙寨入伙，倘蒙将军不弃山寨微贱，宋江情愿让位与将军，等朝廷见用，受了招安，那时尽忠报国，未为晚矣。"呼延灼沉思半晌，叹一口气，道："非是呼延灼不忠于国，实慕兄长义气过人，不容呼延灼不依。事既如此，情愿上山。"

水浒传

宋江大喜，忙请众头领出来，跟呼延灼相见，又叫李忠、周通，将踏雪乌骓马归还，然后，命人伺候呼延灼去洗漱歇息，这才找军师来再商议救孔明之计，吴用道："只叫呼延灼将军赚开城门，唾手可得，更兼绝了呼延指挥念头。"宋江听了，便来与呼延灼陪话道："非是宋江贪劫城池，实因孔明叔侄陷在狱中，非将军赚开城门，必不可得。"呼延灼既已情愿入伙，便无不依之理，当即应允宋江。

是夜，宋江点起秦明等十个头领，都扮作青州军士模样，跟了呼延灼，共是十一骑军马，来到城边，叫开了城门。正迎着知府，秦明一棍把他打下马来，众首领放起火来，一通乱杀。宋江大队人马，见城上火起，一齐杀来。宋江传下军令，不得残害百姓，一面到大牢里救出孔明，并他叔叔孔宾一家老小。随即救灭了火，且收仓库钱粮，把慕容知府一家老幼尽皆斩首，抄没了家私。城中百姓有被误烧的，给散粮米救济。

宋江命人把府库金帛、仓库米粮装载了，就青州府里做个庆喜筵席，请三山头领同归大寨。晁盖大喜，摆下筵席，连庆了三天。

过了些时日，鲁智深又到少华山寻了史进，连带朱武、陈达、杨春三个头领一并前来，投梁山泊入了伙，众兄弟欢聚，眼见得梁山泊日益兴旺。

第三十七章
晁盖曾头市中箭

不久，徐州沛县芒砀山中，绰号"混世魔王"的樊瑞，跟他两个兄弟"八臂哪吒"项充、"飞天大圣"李衮，聚集着三千人马，占住芒砀山，打家劫舍，扬言要来吞并梁山泊大寨。宋江亲率一队，军师吴用、法师公孙胜同行，并新投寨的史进、朱武等一众好汉，杀奔芒砀山。

那樊瑞法术了得，能呼风唤雨，颇有些本事，但终不敌公孙胜道法高深，摆个八阵图，布石为阵，便破了他妖法，将他三人擒住。三人本是英雄好汉，一见宋江义气，当时决意归顺，收拾了山寨中人马钱粮，一起归降了宋江。宋江大喜，率领众好汉回转梁山泊。

军马行到泊边，正欲渡湖，只见芦苇岸边大路上，突然钻出一个大汉，望着宋江便拜。宋江下马扶住，一问，此人叫作段景住，因赤发黄须，人都叫他"金毛犬"，向来在北边地面盗马，今年春上，他盗得一匹好马，通身雪白没有一根杂毛，又高大健壮，能日行千里，唤作"照夜玉狮子马"，乃是大金王子的坐骑，放在枪竿岭下，被他盗得。他本欲将此马进献梁山泊头领，权表进身之意，好上山入伙的，却不料路过凌州西南的曾头市，却被曾家五虎夺了去。段景住明说了是梁山泊宋公明的坐骑，那厮不只不还，还多有污言秽语，差点还要擒了段景住。段景住匆匆逃了，特来梁山泊告知。

宋江看段景住仪表非俗，便邀他同回山寨，并新来的头领樊瑞、项充、李衮一起，见过晁天王。晁盖见又添许多好汉，大喜，忙命人作庆贺筵席。宋江叫李云、陶宗旺监工，添造房屋并四边寨栅，这且不提。

还说宝马一节，宋江叫戴宗先到曾头市探听那匹马的下落，三五日便回来跟众头领报称："这个曾头市，共有三千余家，其中曾家府最为势大，主家原是大金国人，名为曾弄，人称曾长者，他那五个孩儿曾涂、曾参、曾索、曾魁、曾升，号为曾家五虎；又聘有一个教师史文恭、一个副教师苏定，都是武艺高强之人，那匹宝马现今正是教师史文恭骑坐。他们在那曾头市上，聚集了六七千人马，扎下寨栅，造了五十余辆囚车，说是与我们梁山泊势不两立，发誓要捉尽俺山寨中头领。更可恨的是，他们还杜撰①几句言语，叫市上小儿们传唱，唱的是'扫荡梁山清水泊，剿除晁盖上东京。生擒及时雨，活捉智多星。曾家生五虎，天下尽闻名'。"

晁盖听罢，大怒，直要亲自下山，去捉那些鼠辈。宋江忙劝，说他是山寨之主，不可轻动，苦谏他留守山寨，还是别派将领为好，但晁盖心意已定，谁劝都不听，当即点起五千兵马，调请二十个头领相助下山，分别是林冲、呼延灼、徐宁、穆弘、刘唐、张横、阮小二、阮小五、阮小七、杨雄、石秀、孙立、黄信、杜迁、宋万、燕顺、邓飞、欧鹏、杨林、白胜，其余都和宋公明保守山寨。

宋江等人到金沙滩为大军饯行，饮酒之间，忽起一阵狂风，把晁盖新制的帅旗半腰吹折。众人见了，尽皆失色，吴学究谏道："此兆不好，兄长不如改日出军。"宋江亦道："折了旗，于军不利，不若停待几时，再做计议。"晁盖道："天地风云，何足为怪，你们不必多言，我定要去这一趟！"晁盖引兵渡水去了，宋江坐立不安，叫戴宗下山去，务必随时探查消息。

晁盖一行共二十一个头领，率着五千人马，来到曾头市附近，在对

---

① 杜撰（zhuàn）：虚构，没有事实创造出来。

面扎下了寨栅。次日平明，大军向曾头市口平川旷野之地，列成阵势，擂鼓呐喊。曾头市上炮声响处，大队人马出来，史文恭、苏定及那曾家五虎倾巢出战。

教师史文恭骑的正是千里玉狮子马。三通鼓罢，只见曾家阵里推出数辆囚车，放在阵前。曾涂指着对阵骂道："反国草寇，今日俺定要一个个活捉你们，载装囚车里，解上东京，碎尸万段。你们趁早投降，还好商议。"

晁盖听了大怒，挺枪出马，直奔曾涂。众将怕晁盖有失，一发掩杀过去。两军混战。曾家军马一步步退入村里，林冲、呼延灼紧护定晁盖，东西赶杀。林冲见路途不好，急退回来收兵。晁盖回到寨中，看折了不少人马，心中甚忧。众将劝道："哥哥且宽心，休得愁闷，有伤贵体。往常宋公明哥哥出军，亦曾失利。今日混战，各折了些军马，又不曾输了与他，何须忧闷？"晁盖仍是郁郁不乐，在寨内一连几日愁闷，每日派兵搦战，那曾头市上却再不见一人出来应战。

过了几天，忽有两个和尚，来到晁盖寨里来投拜。言说被曾家五虎欺凌之事，表示愿效犬马之劳，帮助梁山大军趁夜剿除曾家五虎。林冲看那和尚来得蹊跷，忙谏晁盖，恐怕有诈。晁盖却求胜心切，一时蒙蔽心思，坚信这和尚，要趁夜去偷袭曾家府。

林冲看劝不住，只能同意劫寨，建议由他带领一半人马随那和尚进村偷寨，天王则率领另一半人马在村口接应。晁盖却执意要亲自前往，当即点十个头领，带上二千五百人马，跟了两个和尚，暗夜中悄声疾走。待人马进了村寨，行不到五里多路，黑影处不见了两个僧人，晁盖猛省，心知中计，忙令寻旧路回撤，已是不及，早投在人家埋伏之中。

乱箭雨般射来，慌乱中，晁盖脸上中了一箭，倒撞下马来。呼延灼、燕顺两骑马出，拼死来挡箭，背后刘唐、白胜救得晁盖上马，杀出村来。村口林冲等引军接应，才算逃脱。林冲回来点军时，万幸头领都在，只是大军折半，剩得一千二三百人。众头领来看晁盖时，那支箭正射在他脸上，急拔得箭出，晁盖痛得昏迷，细看那箭时，上有"史文恭"字样。

　　林冲叫人取金枪药来，为晁天王敷贴伤口，才发现他中的是一支药箭。此时箭毒扩散，天王已言语不得。林冲大骇，忙叫人将天王扶上车子，便差三阮、杜迁、宋万，先行送回山寨。其余十五个头领，在寨中商议："今番晁天王哥哥下山来，不想遭这一场，正应了风折帅旗之兆。我等只可收兵回去。这曾头市急切不能取得。"呼延灼道："须等宋公明哥哥将令来，方可回军。"

　　众头领一时闷闷不已，众军亦无恋战之心，人人都有还山之意。

第三十八章 吴用智赚玉麒麟

话说众头领,皆在寨中愁闷不已。当晚二更时分,曾头市却分兵五路,冲杀过来。众头领哪还有心思再战,立即领兵后撤,且战且退,直退了五六十里,方才得脱,又折了六七百人。军马行到半路,正迎着戴宗,传下军令,叫众头领引军且回山寨,别作良策。众将得令,引军回到水泊大寨。

众头领上山都来看视晁天王时,已自水米不能入口,饮食不进,浑身虚肿。宋江等守定在床前啼哭,亲手敷贴药膏,灌下汤散。众头领守在帐前,当日夜至三更,晁盖身体沉重,转头看着宋江,嘱咐道:"贤弟保重,若哪个捉到射死我的人,便叫他做梁山泊主。"言罢,瞑目而死。宋江见晁盖死了,哭得发昏。

吴用、公孙胜并一干头领都来相劝宋江,请他出来主事,劝道:"哥哥且省烦恼。生死人之分定,何故痛伤。且请理会大事。"宋江便命人在聚义厅正中为晁盖设灵位,供上那支药箭,请僧人来追祭晁盖。大寨众人举哀祭祀,山寨中头领都带重孝。

山寨不可一日无主,众头领商议,要立宋公明为梁山泊主。宋江坚辞不受,吴学究便劝道:"若哥哥不坐时,谁敢当此位?寨中人马如何管领?晁天王虽有遗言,哥哥权且尊临此位坐一坐。待日后真有人捉住那史文恭,别有计较。"宋江听他言之有理,这才点头应允,但是言道:"今日小可权当此位,待日后报仇雪恨已了,拿住史文恭的,不拘何人,须当此位。"宋江焚香已罢,权居主位,坐了第一把椅子。

因山寨人马数多，非比往日，宋江便请众兄弟，分做六寨驻扎，将聚义厅改为忠义堂，前后左右立四个旱寨，后山两个小寨，前山三座关隘，山下一个水寨，两滩两个小寨，请各兄弟分头去管。

翌日，宋江聚众商议，欲为晁盖报仇，出兵去打曾头市。军师吴用谏道："哥哥，庶民居丧，尚且不可轻动。哥哥出师，且待百日之后，那时不迟。"宋江依吴学究之言，守住山寨居丧，每日修设好事，只做功果，追悼晁盖。一日，请到一僧，法名大圆，乃是北京大名府龙华寺僧人，只为游方来到济宁，经过梁山泊，就请在寨内做道场。

吃斋时，宋江同大圆和尚闲话，那僧人说到大名府里一位大名鼎鼎的好汉卢大员外——卢俊义，绰号"玉麒麟"，一身好武艺，棍棒天下无对。宋江留心，便想梁山泊寨中，正缺这样的人。吴用笑道："哥哥若要此人上山，却也不难。"宋江道："他是大名府第一等长者，如何能勾得他来落草？"吴学究道："吴用在心他多时了，待小生略施小计，便叫本人上山。"随即说出一计来。

次日，吴用便要起程往大名府，去赚那"玉麒麟"上山。此行需要挑选一名随从，李逵早在山上闷得发慌，极力要跟，吴用便说出三个条件，要他遵守：第一，不许吃酒；第二，须做道童打扮；第三，不许说话。李逵道："不吃酒，做道童，都依得，不许说话，岂不是要憋死吗？"吴用道："你若开口，便惹出事来。"李逵道："也容易，我只嘴里含一文铜钱便了。"众头领都笑，宋江看他坚持，便允他同路。

两人收拾了一包行李，都做道家装扮，挑担下山。行了几日，赶到大名府外店肆里歇下。次日天明起来，安排些饭食吃了，吴用扮作个算卦的道人，李逵扮作个哑道童，两人一路到了市中。

吴用手中摇着铃，口里念道："知生知死，知因知道。若要问前程，先请银一两。"五六十个北京城内的小儿，跟着他们，一路看，一路笑闹，正好转到卢员外解库门首。卢员外正在解库厅前坐着，听见街上喧闹，他唤当值的问道："外间为何喧哄？"当值的回报，说是街上来了个外乡的算命先生，算卦要银一两。

卢俊义道："既出大言，必有广学。"便命人请那算卦先生。吴用看卢府出人来请，便让李逵坐在门口等候，独自进去，与卢俊义相见。卢俊义欠身答礼，问道："先生贵乡何处？尊姓高名？"吴用答道："小生姓张名用，自号'谈天口'，祖贯山东人氏。能算皇极先天数，知人生死贵贱。卦金白银一两，方才算命。"卢俊义便命人奉上白银一两，请吴用推算目下行藏。吴用问过他生辰八字，取出一把铁算子来，排在桌上，算了一回。拿起算子，桌上一拍，大叫一声："怪哉！"卢俊义失惊问道："如何？"

吴用道："员外勿怪，请恕在下直言，员外这命，目下不出百日之内，必有血光之灾。家私不能保守，死于刀剑之下。"卢俊义一听，惊愕片刻，忍不住笑了，显见是不信。吴用改容变色，急取原银归还，起身便走。嗟叹而言："天下原来都要人阿谀谄媚！罢，罢！分明指与平川路，却把忠言当恶言。小生告退。"

卢俊义一看，忙请留步。吴用道："员外贵造，一向都行好运。但今年时犯岁君，正交恶限，预计百日之内，尸首异处。此乃生来分定，不可逃也。"卢俊义道："可以回避否？"吴用再把铁算子搭了一回，便回员外道："除非去东南方巽地上一千里之外，方可免此大难。虽有些惊恐，却不伤大体。"卢俊义听完拜谢，言道："若真能避过此劫，必谢厚恩。"

吴用便说，他有四句卦歌相赠，可写于壁上，待日后应验，就知他今日所言非虚。卢俊义叫取来笔砚，听吴用口歌四句，便去白粉壁上写："芦花丛里一扁舟，俊杰俄从此地游。义上若能知此理，反躬逃难可无忧。"

卢俊义写罢，吴用收拾起算子，作揖便行，出来引了李逵，径出城来，回到店中，算还房宿饭钱，收拾行李包裹，叫李逵挑出卦牌，星夜赶回山寨，去安排圈套，准备机关，迎接卢俊义。

却说卢俊义自从算卦之后，寸心如割，坐立不安，越想越觉那道人说得有理，渐渐生出要往东南方去避难的念头。次日一大早，他便唤管家李固前来，将算卦之事说知，要李固收拾行李，跟随自己往东南方的泰安州去避难，那里有东岳泰山天齐仁圣帝金殿，管天下人民生死灾厄，前去那里躲灾，正好还可以烧炷香消灾灭罪，兼可做些买卖，观看外方景致。卢俊义命李固速速收拾停当，便即动身，又令他跟府里燕青交割，家里库房钥匙，都交燕青看管。

单说这燕青，本是大名府土居人氏，因自小父母双亡，便在卢员外家中养大，正是卢俊义的心腹。因他一身皮肉白似雪练，卢俊义便叫一个高手匠人，与他刺了一身花绣，俊秀非常。他又吹弹歌舞无所不精，猜谜对联无有不会。好武艺更是无人比，弩箭百发百中，相扑无敌手，百伶百俐，道头知尾。京里人口顺，都叫他作"浪子"燕青。

李固一听卢俊义如此说，忙劝，让员外"休听那算命的胡言乱语"，还是在家稳妥。燕青亦觉得主人此举略显不周，从旁相劝，说这一路去山东泰安州，正打梁山泊边过，近年泊内宋江一伙强人在那里打家劫舍，官兵捕盗，近他不得。真要去烧香，还是等太平了去。算命之言确不可信，说不准就是梁山泊歹人，假装算命的来迷惑，要赚主人到那里落草。卢俊义决心已定，怎肯听劝，只要他们依言照办。

次日五更，卢俊义起来，沐浴罢，更换一身新衣服，取出兵器，到后堂里辞别了祖先香火，李固早已拾掇好，雇了十辆大车、十个脚夫和几十头牲口，装好货物，便出门上路。

走了几天，已离梁山不远，远远地望见一座大林，有千百株合抱不交的大树。行到林子边，只听得一声唿哨响，从林子边走出四五百小喽啰来，听得后面锣声响处，又有四五百小喽啰，截住后路。林子里一声炮响，跳出一条大汉，正是李逵手握双斧，厉声高叫："卢员外认得哑道童吗？"卢俊义猛省，这才知道自己真的中计，燕青没有说错。

李逵呵呵大笑道："员外，你今日中了俺军师的妙计，快来坐把交椅。"卢俊义大怒，握着手中朴刀，来斗李逵，李逵抡起双斧迎来斗两回合，转过身往林子里便走，卢俊义随后赶入，被那李逵东闪西躲，引得性发，愈追得紧，不知不觉进了林子深处。鲁智深、武松、刘唐、穆弘、李应早有埋伏，轮番来与他缠斗，卢俊义斗得一身汗，好不容易将他们杀退，再回林子边来，却发现车跟人都不见了，便向高埠处四下里一望，只见远远地山坡下一伙小喽啰，正把人、车驱赶上山。

卢俊义心如火炽，提着朴刀便赶上去，约莫离山坡不远，朱仝、雷横出来拦挡，斗不几回合，两人回身便走。卢俊义舍着性命，追赶上山，只听得山顶上鼓板吹箫，仰面看时，风刮起那面杏黄旗来，上面绣着"替天行道"四字。转过来打眼一望，望见红罗销金伞下站着宋江，左有吴用，右有公孙胜，一行部从二百余人，一齐喊道："员外别来无恙！"卢俊义见了越怒，指名叫骂。

山上吴用劝道："兄长且须息怒。宋公明久闻员外清德，实慕威名。特令吴某亲诣门墙，赚员外上山，一同替天行道。请休见责。"卢俊义大骂："无端草贼，怎敢赚我！"

宋江背后转过花荣，拈弓取箭，看着卢俊义喝道："卢员外休要逞能！先教你看花荣神箭。"说犹未了，飕地一箭，正中卢俊义笠上红缨。卢俊义吃了一惊，回身便走，山上鼓声震地，只见秦明、林冲，引一彪军马，摇旗呐喊，从东山边杀出来；呼延灼、徐宁，也领一彪军马，摇旗呐喊，从山西边杀出来。吓得卢俊义走投无路，看看天色将晚，脚又疼，肚又饿，正是慌不择路，往山僻小径只顾走。

约莫黄昏时分，烟迷远水，雾锁深山，正走之间，不到天尽头，须到地尽处。看看走到鸭嘴滩头，但见满目芦花，茫茫烟水。卢俊义看见，仰天长叹道："是我不听好人言，今日果有凄惶事！"正烦恼间，只见芦苇里面一个渔人，摇着一只小船出来。

卢俊义急着逃命，也未多想，便求渔人搭他渡河，那渔人摇船傍岸，扶卢俊义上了船，行出三五里，露出真容来，正是水军头领之一"混江龙"李俊，前面芦苇丛中还埋伏着阮氏三雄，一起攻来。水下潜着张顺，趁机把手挟住船稍，脚踏水浪，把船只一侧，船底朝天，卢俊义落了水。这卢俊义虽是功夫了得，却不会水，终被张顺擒住。

戴宗奉宋江之命下山来接卢员外，先拿一包袱锦衣给卢员外换下湿衣，接着，八个小喽啰抬过一乘轿来，扶卢员外上轿便行。卢俊义先失一招，也只有听任摆布。到忠义堂前，宋江请卢俊义到厅上，倒地便跪，后面众头领排排地都跪下。卢俊义吓得忙跪下还礼道："既被擒捉，愿求早死。"

宋江向前陪话道："小可久闻员外大名，今日幸得拜识，大慰平生！却才众兄弟甚是冒渎，万乞恕罪。"吴用也上前赔罪，宋江便请卢员外坐第一把交椅。卢俊义坚辞不从，只要下山。不管宋江怎么劝说，他就是不肯点头上山入伙。吴用只得想个借口，说酒宴已备，先请入席，卢员外若实在不肯入伙，就请留寨中略住数日，再回去不迟。卢俊义无计推托，便说担心家里得了这里的消息，忧损了老小。吴用道："这事容易，先教李固送了车仗回去，员外迟去几日却何妨。"卢俊义只能依从了，吴用叫取两个大银，赠与李固，携同那十个车脚夫，先行回去。且说李固当时辞了，便下忠义堂去。吴用随即起身，推说发送李固，先到金沙滩等候。待李固下山来。吴用便唤李固近前，说卢员外已决定入伙梁山，且来之前，已预先写下四句反诗，在家里壁上，包藏"卢俊义反"四字；又告知李固，今日放他们回去，是看他主人颜面，但他们若想他主人回去，却是不能了。李固千恩万谢地下山去了。

第三十九章
燕青救主放冷箭

且说卢俊义被强留在山寨之中，众人再不提入伙之事，每日只轮番请他吃酒，几十个大头领的酒席吃下来，已是一月过去。卢俊义又来辞行，朱武等数十个小头领却不肯了，也要请他吃酒，盛情难却，卢俊义只得再应约，一一赴席。光阴似箭，不知不觉，又是两月有余，当初出北京时是五月盛夏，如今已近八月中秋。卢俊义牵挂家中，这回说什么都要下山，宋江等不好再留，只能把旧时衣裳刀棒送还员外，又送他一盘金银，跟众头领送他下山。

卢俊义拽开脚步，星夜奔波，旬日赶到大名府，日已薄暮。他赶不上进城，就在城外店中歇了一夜，次日早晨，飞奔入城，尚有一里多路，只见一人头巾破碎、衣衫褴褛，看见他时倒头便拜。卢俊义定睛一看，却是浪子燕青。

燕青告诉卢俊义，那李固回来之后，已将他"上梁山落草"之事告了官，现在占了卢家的家产，早跟娘子勾搭成奸。劝他千万不能入城，否则必中圈套，不如重回梁山泊去，再做商议。卢俊义哪里肯信，说他娘子不是那种人，就要回家去看。燕青道："主人平昔只顾打熬气力，不亲女色。娘子旧日和李固原有私情，今日推门相就，做了夫妻。主人若去，必遭毒手！"又说，他被赶出来，正因为是主人心腹，才遭那狗男女痛恨，将他一应衣物尽行夺了赶出门不说，还威胁一应亲戚相识，不得有人收留，否则就要同人打官司。因此，无人敢收留他，他在城中安不得身，才来城外求吃度日，权在庵内安身。

卢俊义大怒，喝骂燕青道："胡说！莫不是你做出歹事来，今日倒来反说？等我到家中，问出虚实，饶不了你！"你道这卢俊义为何如此相信李固？只因那李固的命是卢俊义所救，大总管之职亦是卢俊义一手提拔，说李固背叛，他如何能信？不顾燕青痛哭、拜倒在地，卢俊义一脚将人踢开，迈开大步入城回家去了。

这一去，如燕青所说，正中李固奸计，卢俊义被捉到了衙门，落在那梁中书手里，悔之晚矣，被打得是皮开肉绽、鲜血迸流，痛昏了三四次。最后实在打熬不过，只得屈招了。一个姓张的孔目当下取了招状，拿一面一百斤的枷锁了卢俊义，押去大牢里监禁。

大牢中那两个负责看守卢俊义的押牢节级，是亲兄弟俩，哥哥叫作"铁臂膊"蔡福，弟弟叫作"一枝花"蔡庆。这兄弟俩本都是义气好汉，那一天蔡福刚出牢门，正碰见燕青，提着个罐子赶来，说是在街上讨得一点剩饭来送给主人吃。蔡福大受感动，当时便放燕青进去送饭，然后才往家赶。

蔡福刚进家门，一个人跟进来，正是小旋风柴进。柴进说明利害，谁敢杀害卢员外，梁山大兵到来，定将大名府杀个鸡犬不留。蔡福吓出一身冷汗，连说不敢。柴进留下黄金千两，让蔡福为卢俊义周旋。蔡福忙回到牢里，跟弟弟商量，道："你且把卢员外安顿好，牢中早晚备些好酒食，再传个消息给他。"兄弟俩一则害怕梁山好汉真的杀来，再则也知卢员外忠义，害他良心不安。两人商议定了，蔡福就拿着黄金去买通上下，打通关节。

张孔目收了黄金，就对梁中书说，卢俊义虽上梁山却并未入伙，可判脊杖四十，刺配三千里。梁中书亦收了黄金，就依言判决，将卢俊义刺配沙门岛，派两个公人押送。这二人正是董超、薛霸，他们前次害不得林冲，回来就被高太尉寻事，刺配来了大名府，梁中书因见他两个能干，就留在留守司听差，今日便差他两个监押卢俊义。

这董、薛二人禀性难移，收了李固的银子，便忘记当年教训，又来害卢俊义，一路上拿当年对待林冲那一套折磨卢俊义，烫脚、打骂一个不少，最后仍是寻片密林，要杀卢俊义。这回，没有鲁智深来挡，却落在浪子燕青的手里，一箭一个就结果了他们性命。

卢俊义看射死了这两个公人，罪越添得重了，一时苦不堪言。燕青道："当初都是宋公明苦了主人，今日不上梁山泊时，别无去处。"便去董、薛身边搜出银两，带着弩弓，插了腰刀，拿了水火棍，背起卢俊义，往东边就走。

那董、薛二人的尸体不久被过路的人发现，到衙门报了官，差官下来检验，发现是衙差董超、薛霸，便回禀了梁中书。有人认出那支弩箭，是浪子燕青所用，梁中书立即着人出了告示，到处张贴，说知两人模样，晓谕远近村房道店市镇人家，搜捕捉拿。

再说燕青背着卢俊义，走不到十数里，见一个小小村店，暂时在此安歇。店小二见过缉捕告示，认出两人，连忙去找衙差相告。一二百衙差立即来围村店，却说燕青当时为无下饭，拿了弓箭到近边去想猎些肉食来借店里的锅灶煮煮，吃了再赶路，不在卢俊义身边。等他射到几只鸟雀来时，卢俊义已被缚在囚车。他远远看见，想救又势单力孤，一时无法可想，只能上梁山泊去求援。

半路上正遇石秀跟杨雄，受宋江所派，来大名府打听卢员外消息。两下里通报了姓名，燕青听得是梁山好汉，忙把事都对两人说了，杨雄跟石秀一听，当即商议，一个带燕青上山寨报信，一个先去大名府打听消息。石秀便往北京大名府，杨雄带着燕青连夜赶回梁山泊，见了宋江，把事细说一遍。宋江大惊，忙会众头领商议良策。

石秀来到大名府，寻座酒楼，找个临街的座，要些酒食边吃边看城内动静。不多时，只听得街上热闹，石秀便去楼窗外看时，只见十字路口，却是个法场，十数对刀棒、刽子前排后拥，竟是要斩卢俊义。

那时，刀斧手就位，当案孔目高声读罢犯由牌，监斩官高叫一声："午时三刻到，行刑！"说时迟，那时快，楼上石秀就在那一瞬间，抽出腰刀在手，大吼一声："梁山泊好汉全伙在此。"自楼上跳了下来，手举钢刀，杀人似砍瓜切菜，走得慢的都被他放倒。蔡氏兄弟当时在场，互使个眼色，趁乱忙去割断了卢俊义身上绳索，才逃命去了。石秀杀开人群，冲到法场一只手拖住卢俊义，便往南逃。

梁中书听报大惊，当即下令关闭四面城门，满街搜拿，务必捉住两贼。可怜石秀地形不熟，那卢员外又惊得呆了，兼之重伤在身走不动路，最终寡不敌众，尽被衙差捉了，解到梁中书面前，被押至死囚牢里。

蔡福兄弟存心想要结交梁山好汉，每日便好酒好肉伺候他两个吃，两人因此倒不曾吃苦。却说那梁中书，捉了石秀跟卢俊义没几日，忽然收到梁山泊没头帖子数十张，言他若敢动梁山兄弟，必将全城贪官统统杀光，只吓得魂飞天外、魄散九霄，生怕那群亡命之徒真的引兵到来。思虑再三，梁中书只得存此二人性命，一面排兵布阵，日夜提防；一面立即修书一封，派人进京报告蔡太师，请求援兵。

随后，梁中书唤兵马都监闻达跟李成前来，问排兵布阵之法。李成自视甚高，根本没将一伙草寇放在眼里，当即请战，梁中书听了大喜，随即取金碗绣缎，赏劳二将。两个辞谢，别了梁中书，各回营寨。次日，李成升帐，传令索超点本部军兵，离城三十五里下寨。索超得了将令，领兵到飞虎峪，靠山扎下了寨栅。次日，商议由闻达率军兵守城，李成引领正偏将，在离城二十五里的槐树坡，扎下了寨栅。周围密布枪刀，四下深藏鹿角，三面掘下陷坑。众军摩拳擦手，诸将协力同心，只等梁山泊军马到来，便要建功。

第四十章
呼延灼夜擒关胜

话分两头,原来那没头帖子,是戴宗所写,他当时打听得卢员外、石秀都被擒捉,一时别无他法,便虚写告示,趁夜无人四处张贴,只为先保全卢俊义、石秀二人性命。随后,他作起神行大法,回到梁山泊寨内,报与众头领知道。宋江听罢大惊,就忠义堂上打鼓集众,商量营救之策。吴用道:"兄长放心,小生不才,愿献一计。乘此机会就取北京钱粮,以供山寨之用。明日是个吉辰,请兄长分一半头领,把守山寨,其余尽随我等去打城池。"宋江便唤裴宣,派拨大小军兵,来日起程。李逵争当先锋,点起五百步兵,当日下山。次日,宋江点起林冲、呼延灼、秦明等三十三员将领,兵分八路,陆续下山,法师公孙胜率其余人马保守山寨。

却说索超,听闻探马来报,说宋江大军开到,离寨只有二三十里,转眼到来。索超一面命士卒做好迎敌准备,一面命人飞报槐树坡李成寨内。李成听了,一面将情形报入城内,一面自备战马,直到前寨,跟索超商议迎敌之策。

次日五更造饭,天明拔寨起营,李成、索超全副披挂,率兵前到庚家疃,列成阵势,摆开一万五千人马。梁山泊好汉亦在庚家疃一字儿摆开阵势。

就见李逵手持双斧,率五百兵先冲出阵来。李成见李逵粗黑丑陋,又不懂行兵布阵,不由得嗤笑,心底连梁山军马一起轻视,索超部下王定拍马挺枪,率一百骑兵去战李逵。李逵的步兵抵挡不住,四散奔逃,李成一看，只将梁山军视作乌合之众，令索超只管率军冲杀，结果，却中了大军埋伏，反被梁山军马赶得四分五落，两人拼命杀开一条血路，才逃回营寨，查点人马，折了好几千。李成这才领教了梁山兵马的厉害，慌忙派人回城，报知梁中书，连夜再差闻达，速领本部军马前来助战。

这闻达也是个自傲的人，虽听李成、索超备说梁山军勇猛善战，却丝毫不放心中。次日天明，双方兵马还是都到庚家疃，列成阵势。宋江阵中秦明率先出列，索超纵马来战，两人大战二十余回合，不分胜负。韩滔看准时机，拈弓搭箭，一箭射中索超左臂。索超撇了大斧，回马往本阵便走。宋江鞭稍一指，大小三军，一齐掩杀过去，直将官兵杀得尸横遍野、血流成河，大败亏输。宋江乘胜追过庚家疃，随即夺了槐树坡小寨。当晚闻达直奔飞虎峪，计点军兵，三去其一。

宋江就槐树坡寨内屯扎，吴用建议乘势追赶，宋江随即传令，当晚就将精锐得胜军将分作四路，连夜进发，杀奔飞虎峪，闻达败军之将，本自惊惶不定，这一战自然力怯不敌，顿时军马大乱，四散奔逃。凌振又转到飞虎峪那边，放炮轰寨，闻达慌得不知如何是好，立即拔寨突围，引军从小路逃走，正撞着李成，合兵一处，且战且走，直战到天明，退至城下。

梁中书听得这个消息，惊得三魂荡荡，七魄幽幽，连忙点军出城，接应败残人马，自此紧闭城门，坚守不出，一面命人在城楼上齐备檑木炮石、踏弩硬弓、灰瓶金汁，晓夜提备；一面再修告急家书一封，差王定星夜赶往京师，找蔡太师搬救兵。

宋江分调众将，引众围城，东西北三面下寨，只把南门不围，每日引军攻打。李成、闻达连日提兵出城交战，不能取胜。索超在弄箭疮，尚未痊愈。不说宋江攻城，且说首将王定飞马赶到东京太师府，给蔡太师报了信，那蔡京随即请东厅枢密使童贯前来商议对策。童贯引着三衙太尉，都到节堂参见太师，蔡京把北京危急之事，备细说了一遍。

众人正愁无人可用，那步司太尉背后转出一个人来，乃是衙门防御使，姓宣名赞。此人面目丑陋，武艺高强，因胜了番将，深得王爷喜爱，招为郡马。郡主却嫌他丑，怀恨而死，宣赞从此不得重用，落个外号"丑郡马"。

宣赞此番出列，举荐一人，叫作关胜，是义勇武安王嫡派子孙，相貌与关帝相似，使一口青龙偃月刀，人称为"大刀关胜"，有万夫不当之勇，若拜上将，定可扫清水寨，殄灭狂徒。蔡京听罢大喜，就差宣赞为使，持了文书，连夜前往蒲东，礼请关胜赴京计议。

关胜接到公文，就带上部下"井木犴"郝思文随宣赞进京，拜见蔡太师。蔡京见之大喜，当即上奏天子，封关胜为领兵指挥使，郝思文为先锋，宣赞为合后，步兵太尉段常接应粮草，领起一万五千兵马，前往大名府救援。关胜拟用"围魏救赵"之计，来解大名府之围，便往梁山泊日夜行军。

宋江围攻大名府多时，攻打不下，心中正闷，戴宗来报，说蔡京拜请关菩萨玄孙、蒲东郡大刀关胜，引一彪军马，杀奔梁山泊去了。寨中头领主张不定，请大军早早收兵，回解山寨之难。吴用道："虽然如此，不可急还。今夜晚间，先教步军前行，留下两支军马，就飞虎峪两边埋伏。城中知道我等退军，必然追赶。若不如此，我兵先乱。"宋江便传令深夜退军，令花荣、林冲各引五百军兵去飞虎峪左右埋伏，再叫呼延灼，引二十五骑马军，带着凌振，到离城十数里远近埋伏，但见追兵过来，随即施放号炮，令其两下伏兵，齐去并杀追兵。一切布置停当，这才拔寨。

城内梁中书听闻宋江收兵，知是老泰山援兵已到，一时气壮，果然派兵来追。李成、闻达各带一支军马，从东西两路追赶，追到飞虎峪，只听背后火炮齐响，花荣、林冲各引五百军马，从左右两边杀来。官军措手不及，火速回军，前面又撞出呼延灼，引着一支马军，大杀一阵，杀得李成、闻达丢盔弃甲，退入城中，闭门不出。

宋江军马次第而回，不几天，便到梁山泊边，正好迎着宣赞在前扎寨。宋江便叫停大军，退后下寨，暗地里派人从偏僻小路，绕到河边潜水上山报知，命水陆军兵配合，想要两面夹击官军。

水军头领张横听说大军回山，顿时胆壮气粗，一心又想立个大功，便跟弟弟张顺商议，想去劫寨擒拿关胜。张顺觉得此举莽撞，便劝兄长不可妄动，张横看兄弟不去，便孤身一人点起一二百寨兵，当夜分乘五十余只小船前去劫寨，果被关胜提前探知，早布下伏兵，将一伙人都捉了。

三阮得知大怒，当下便率几百水军杀奔关胜大寨，要夺回张横，此回张顺亦跟去，结果这一行又中了埋伏，阮小七被关胜擒住。若不是李俊跟二童率水军来救，阮小二、阮小五跟张顺几乎全军覆没。众头领回到大寨，商议对策，刘唐便派张顺从水路潜出，来宋江寨中报说这个消息。

宋江闻报，正与吴用计议退敌救人之策，猛听得战鼓齐鸣，却是宣赞部领三军，在大寨前叫阵，宋江举众出迎。花荣拍马持枪，直取宣赞，两人斗了数个回合，花荣卖个破绽，回马便走，宣赞赶来，花荣翻身一箭，可惜被宣赞拿刀隔开。花荣再射第二支箭，差点射中宣赞胸膛。宣赞见花荣弓箭高强，不敢追赶，霍然勒马，跑回本阵。

花荣见宣赞不再追赶，连忙勒转马头，回追宣赞，顺便又取第三支箭，望宣赞后心再射，只听铛的一声响，却射在背后护心镜上。宣赞慌忙驰马入阵，便使人报与关胜。关胜得知，全装披挂，绰刀上马，直临阵前。

宋江看关胜仪表非俗，与吴用暗暗喝彩一回，吴用转头与众多良将道："将军英雄，名不虚传！"说言未了，林冲愤怒道："我等弟兄，自上梁山泊，大小六七十阵，未尝挫了锐气，军师何故灭自己威风！"说罢，挺枪出马，直取关胜，两人斗了数十回合，不分胜败，秦明舞棍上前，去助林冲，三骑马向征尘影里，转灯般厮杀。宋江看了，恐伤关胜，便叫鸣金收军。

林冲、秦明回马阵前，说道："正待擒捉这厮，兄长何故收军罢战？"宋江道："贤弟，我等忠义自守，以强欺弱，非所愿也，你二人杀他一个，纵使阵上捉他，此人不服，也只惹人耻笑。我看关胜是英勇之将，又是关帝的后代，若得此人上山，宋江情愿让位。"林冲、秦明一听此言，都不喜欢，却又无法。当日，两边各自收兵。

关胜回到寨中，下马卸甲，想起今日阵中之事，不由得纳闷，他以一敌二，力有不逮，眼看要败，那宋江却收了兵，是何道理？当晚他正百思不得其解，探子来报说，有个胡须将军，匹马双鞭，要见元帅。关胜道："让他进来。"没多时，一人来到帐中，拜见关胜，正是呼延灼。

　　呼延灼先说了之前中贼奸计，失陷军机，被逼降贼一事，又说今日前来，特为投诚。说到那宋江，为人忠义，其实一早心向朝廷，否则也不会在阵上看林冲、秦明快胜便火急收军。但是，无奈梁山众贼不从，为今之计，只有生擒林冲等寇，解赴京师，共立功勋。关胜听他说得有理有据又老实诚恳，联想阵中之事，当下深信不疑，收呼延灼至帐下，只待明日夜间，轻弓短箭，骑着快马，从小路直入贼寨。

　　次日，宋江举众搦战，呼延灼在关胜阵中出马，来战黄信，一鞭就将黄信打下马，幸被宋江阵中抢回，否则几乎丧他鞭下。梁山军败退，关胜见状大喜，忙要乘胜追杀，呼延灼说："吴用诡计多端，不可追杀。"关胜听之有理，当下得胜回营。到中军帐里，置酒相待，呼延灼道："今日挫了梁山威风，晚间偷营，必然成事。"关胜大喜，传下将令，当晚呼延灼引路，前去劫寨，叫宣赞、郝思文两路接应，自引五百马军，轻弓短箭，至夜二更起身，三更前后，直奔宋江寨中。炮响为号，里应外合，一齐进兵。

　　是夜月光如昼，呼延灼当先引路，众人跟着，转过山径，约行了半个更次，前面撞见三五十个伏路小军，低声问道："来的可是呼将军吗？宋公明差我等在此迎接。"呼延灼喝道："休言语，随在我马后走。"呼延灼纵马先行，关胜乘马在后，又转过一个山嘴，只见呼延灼把枪尖一指，远远的一碗红灯。呼延灼说道："那里便是宋公明中军。"关胜催动人马，将近红灯，忽听得一声炮响，呼延灼不见了影踪。

　　关胜大惊，知道中计，慌忙回马，只听得四边山上，一齐鼓响锣鸣。正是慌不择路，众军各自逃生，关胜跃马转出山嘴，又听得树林边脑后一声炮响，四下里挠钩齐出，把关胜拖下雕鞍，夺了刀马，卸去衣甲，前推后拥，拿投大寨里来。

　　这边，林冲、花荣自引一支军马，截住郝思文厮杀，最后被扈三娘撒起红绵套索，将郝思文拖下马来，步军向前一齐捉住，解投大寨；秦明、孙立一路，则捉了宣赞。李应引领大小军兵，抢奔关胜寨内来，先救了张横、阮小七并被擒水军人等，夺去一应粮草马匹，即去招安四下败残人马。

  天晓，宋江回到山寨。忠义堂上分开座次，早把关胜、宣赞、郝思文推上堂来。宋江见了，慌忙下堂，喝退军卒，亲自为三人松绑，将关胜扶在正中交椅上，纳头便拜，叩首伏罪，说道："亡命狂徒，冒犯虎威，望乞恕罪。"关胜连忙回拜，闭口无言，手足无措。呼延灼亦上前来赔罪，关胜看了一班头领，义气深重，回头跟宣赞、郝思文说道："我们被擒在此，现今怎么办？"二人答道："愿听将令。"关胜道："无面还京，俺三人愿早赐一死。"宋江道："何故发此言？将军倘蒙不弃微贱，一同替天行道。若是不肯，不敢苦留，只今便送回京。"关胜道："人称忠义宋公明，话不虚传。今日我等有家难奔，有国难投，愿在帐下为一小卒。"三人情愿归降入伙。

  宋江大喜，当日一面设筵庆贺，一边使人招安逃窜败军，又得了六七千人马。降军之中，家有老幼者随即给散银两，便放回家。另一边，宋江又差薛永下山去搬取关胜、郝思文、宣赞三人的家眷。

  饮宴间，宋江默然想起卢员外、石秀陷在大名府，不禁潸然泪下。吴用道："兄长不必忧心，吴用自有办法。只过了今晚，来日便起军兵去打大名府，必然成事。"关胜起身说道："小将无可报答不杀之罪，愿为前部。"次日早晨，宋江发兵，二打大名府，命关胜为先锋，宣赞、郝思文为副将，拨回旧有军马，当先杀奔大名府；再差李俊、张顺带水战盔甲随去，依次再往大名府进发。

第四十一章
吴用智取大名府

这里却说北京大名府中,索超箭伤初愈,梁中书正与他饮酒庆贺,只见探马来报,说关胜、宣赞、郝思文并众军马,俱被宋江捉去,已入伙了,梁山泊军马现今又到。索超正欲寻梁山军马报一箭之仇,当下请战,梁中书随即赏了索超,便叫引本部人马,率先出城,前去迎敌,李成、闻达随后调军接应。

宋江兵到,索超直至飞虎峪下寨,次日引兵迎敌。初战,关胜对索超,斗不十回合,索超渐渐不敌,闻达见索超战关胜不下,自舞双刀出阵,前来夹攻。宣赞、郝思文见了,各持兵器也来助战,五骑搅作一块。宋江在高处看见,鞭稍一指,大军掩杀过去,将官军杀得大败,退入城去,坚闭不出。宋江催兵直抵城下,安营扎寨。次日,索超亲引一支军马,出城袭扰。吴用见了,便叫军校迎敌戏战,吩咐若那索超追来,乘势便退,让索超赢了这一阵,欢喜入城。

当晚彤云四合,纷纷雪下,吴用暗差步军去北京城外,靠山边河路狭窄处,掘成陷坑,上用土盖。一夜雪急风严,天明看时,约有二尺深雪。宋江派兵叫阵,索超因昨日小胜,胆气正足,又点三百军马,出城来战。水军头领李俊、张顺,身披软战,勒马横枪,与索超斗不几回合,弃枪便走,特引索超奔陷坑边来,这里一边是路,一边是涧。李俊弃马跳入涧中去了,口里叫道:"公明哥哥快走!"索超听了,以为宋江就在前面,不顾安危,飞马抢过阵来。山背后一声炮响,索超连人带马跌入陷坑。后面伏兵齐起,捉了索超。

梁中书听得索超被擒,不由得着慌,当即传令众将,坚守城池,不许相战。宋江这边,见擒了索超,却是大喜,当时喝退属下,亲解其缚,请入帐中,致酒相待,好话说尽,直言梁山泊是忠义之师,说服索超入伙。

其时已值隆冬,时候正冷。连日彤云密布,朔风乱吼,吴用看久攻不下,便劝说宋江先回梁山大寨,待冬尽春初,再来攻打不迟。宋江一心惦念卢员外和石秀陷在牢狱,必定度日如年地盼他们去救,只觉此事进退两难,一时难以决断。

次日,宋江只觉神思疲倦,头如斧劈,身似笼蒸,背上好生热疼,众人撩开衣服看时,只见背上一大片如鏊子般红肿起来。吴用看过,先拿绿豆粉让宋江服用,使毒气不能攻心,一面派人请药医治,却不能好。张顺便道:"小弟旧在浔阳江时,家母得过背疾,百药不能治,后请得建康府神医安道全,手到病除。小弟愿带银两前去请他,只是此去路途遥远,急速不能便到。"宋江道:"兄弟,你若真识得这个人,还劳你星夜去请此人,来救我一命。"吴用叫取一百两金条做诊费,又拿二三十两碎银作为盘缠,都给张顺,叫他当时便往江南寻医。

张顺当时别了众人,背上包裹便走。吴用则连夜拔寨回山,用车载了宋江,回梁山泊去。梁中书因曾中伏兵之计,此回不敢来追。张顺日夜兼程,直奔东南,行了数千里,历尽千辛万苦,万幸,寻到神医安道全。

恰逢戴宗赶来,说是宋江病重,已水米不进。安道全一问,宋江还知道疼痛,就说还有救。戴宗给他绑上甲马,做起神行大法,二人先行赶回梁山泊,给宋江医治。

安道全为宋江诊过脉,先用艾灸灸出毒气,然后用药外敷内服,十天左右,宋江病体已渐渐痊愈。而张顺此时,也引了路上结识的好汉"活闪婆"王定六父子来到大寨,拜见宋江并众头领。

宋江将养几天,便与吴用商量,要发兵三打大名府,救取卢员外、石秀。安道全看他疮口还未完全长好,要他不可轻动。吴用便请战道:"兄长不必忧心,那蔡京听说降了关胜,在天子面前,只字不敢再提攻打梁山之事，只是主张招安，大家无事。因此频频寄书与梁中书，叫他且留卢俊义、石秀二人性命，好做筹码，那梁中书早被我们打得怕了，所以，二人虽有牢狱之灾，尚无性命之忧。现在冬尽春初，早晚元宵节近，大名府年例大张灯火。我欲乘此机会，先令城中埋伏，外面驱兵大进，里应外合，可以破城。到时，必定救得卢员外、石秀二人性命。"宋江听着是条妙计，连连称许。

　　吴用道："最要紧的是城中放火为号，众位弟兄谁敢先去城中放火？"只见时迁站出来，说道："小弟愿往。"原来，时迁幼年时曾到过大名府，记得城里有座翠云楼，楼上楼下，少说有百十间屋子，元宵之夜，必然喧闹。到时他上到翠云楼，放起火来为号，再好不过。吴用道："如此甚好，你只在元宵夜二更时候，到楼上放起火来，便是功劳一件。"

　　时迁得令。吴用便安排其他头领：解珍兄弟扮作猎户，去北京城内官员府里，献纳野味，正月十五日夜间，只看火起为号，便去留守司前截住报事官兵；杜迁、宋万，扮作粜米客人，去城中宿歇，元宵夜待号火起时，来夺东门；孔明兄弟扮作丐者，去北京城内闹市里房檐下宿歇，只看楼前火起，便去往来接应；李应、史进，扮作客人，去北京东门外安歇，看城中号火起时，先斩把门军士，夺下东门，好做出路；鲁智深、武松，扮作行脚僧行，去北京城外庵院挂搭，看城中号火起时，便去南门外截住大军，冲击去路；邹渊、邹润扮作卖灯客人，往北京城中寻客店安歇，看号火起时，便去司狱司前策应；刘唐、杨雄扮作官差，到北京州衙前宿歇，看号火起时，便去截住一应报事人员，令他首尾不能救应；公孙胜扮作云游道士，凌振扮作道童跟着，带风火、轰天等炮数百个，直去北京城内净处守待，只看号火起时施放；张顺跟随燕青，从水门里入城，径奔卢员外家，单捉淫妇奸夫；王矮虎、孙新、张青、扈三娘、顾大嫂、孙二娘，扮作三对村里夫妻，入城看灯，寻至卢俊义家中放火；柴进带同乐和，扮作军官，直去蔡节级家中，要保救二人性命。调拨已定，众头领俱各听令去了。次日，分头下山，暗中潜入大名府。

元宵将近,梁中书唤过一干官员,商议放灯一事。按他想法,如今梁山泊贼人虎视眈眈,随时有可能打来,今年不如就住歇放灯。闻达一听,说道:"年年都张灯火,今时却不放灯,岂不让那帮贼寇耻笑?好似怕他们一般。按我说,只管依例张灯,闻某愿亲领一彪军马,出城去飞虎峪驻扎,防备那梁山贼寇;李都监可亲率铁骑马军,绕城巡逻,勿令居民惊忧。"梁中书一听有理,便即应允,众官商议已定,随即出榜晓谕居民:放灯五日,文武官员各做准备。

这北京大名府,是河北头一个大郡,诸路买卖,云屯雾集,听说放灯,都来凑热闹,终朝鼓乐喧天,每日笙歌聒耳。城中各处宫观寺院佛殿法堂中,各设灯火,庆赏丰年。三瓦两舍,更不必说。北京城里顿时热闹起来,各家各户都在门前扎起灯棚,张灯结彩,外地的灯贩子也陆续赶来,到处都是卖灯和烟花爆竹的。官府又在留守衙门、铜佛寺跟翠云楼前,扎起三座鳌山,辉煌绮丽,皆是盛景。

梁山泊探子得了这个消息,报上山来,吴用得知大喜,去对宋江说知备细,当即定下攻打之计,随即让裴宣点拨八路军马,命各自取路下山,开往大名府,以正月十五日一更为期,都要赶到北京城下。八路人马依令下山,其余头领尽跟宋江保守山寨。

且说那时迁,本是个飞檐走壁的人,白日在街上闲走,打探消息,晚间便越墙而过,到东岳庙内神座底下安身。到了正月十三,他又来城中往来探看,却撞见解珍兄弟及杜迁、宋万,都已混入城来,各按约定潜伏好了,他便先去翠云楼上打探一回。官府此时也派闻达发兵飞虎峪,李成率兵马夜间巡城,加强戒备。

正月十五日,上元佳节,好生晴明。黄昏月上,六街三市,各处坊隅巷陌,点放花灯。大街小巷,都有社火。柴进带着乐和来寻蔡福,先谢他对卢员外及石秀的看顾之恩,又请他帮忙引他们进牢,说要探视二人。蔡福不敢不依,只得取些旧衣裳叫他两个换了,也扮作公人,混进牢中去了。

初更左右,军师预先安排的王英等众位头领,都按布置混进城来,到达指定位置,暗自埋伏,只待翠云楼号火一起,便齐齐动手。

楼上鼓打二更，却说时迁，扮作个小贩，挎只篮子，里头装着硫黄等放火需用的器物，上面盖着点掩人耳目的商品，混到翠云楼上。正叫卖时，只听楼前有人喊道："梁山泊军马到了西门外，劫了闻大刀的寨，就快打到城下来了。"李成正在城上巡逻，听说了，飞马来到留守司前，叫点军兵，吩咐闭上城门，守护本州。时迁趁乱，就在翠云楼上点着硫黄烟硝，放一把大火，火光夺月，十分浩大。接着，就听炮声响个不住，埋伏在各处的好汉一齐动手。

王知府领兵镇压不住，报与梁中书，梁中书急叫人备马，却待要去看时，只见两条大汉，推两辆车子，放在当路，口称："李应、史进在此！"手执扑刀，大踏步杀来。那把门官军，当即吓得四散逃了，近在李应、史进手边的伤了十数个。杜迁、宋万又接着杀出来，四人合在一处，把住东门。

梁中书见势不好，忙带领随从飞奔南门，又被鲁智深拦住。梁中书回马，再到留守司前，只见解珍、解宝手持钢叉，正在那里东砍西杀。梁中书又急回州衙，却哪里敢近前！眼见得王太守被刘唐、杨雄两条水火棍齐下，当场打死在街前，虞候、押番各逃残生去了。梁中书急急回马奔西门，只听得城隍庙里火炮齐响，轰天震地。

那邹渊、邹润叔侄满城里到处放火；南瓦子前，王英、孙新、张青三对夫妇到处厮杀。此时北京城内，火光照天，四方不辨。百姓黎民，一个个鼠窜狼奔，处处哭喊。

梁中书奔到西门会合了李成军马，急到南门城上，勒住马在鼓楼上看时，只见城下兵马摆满，旗号上写道：大将呼延灼。梁中书看出不得城，和李成忙逃向北门，却又遇林冲跃马横枪；再转东门，穆弘、杜兴、郑天寿三位好汉当先，手执朴刀，引领一千余人，杀入城来。

这四面竟没有一处生门，李成只得迎头硬闯，当先杀开条血路，奔出城来，护着梁中书便走。只听左手下杀声震天响，大刀关胜引兵拦路。李成手举双刀，前来迎敌，宣赞、郝思文、孙立一齐杀来，花荣拈弓搭箭，李成副将中箭翻身落马。李成见了，飞马奔走，未及半箭之地，又被秦明、燕顺、欧鹏、杨志拦住。李成且战且走，折军大半，拼了性命才算护着梁中书，冲路走脱。

话分两头，再说城中之事。杜迁、宋万去杀梁中书一门老小；刘唐、杨雄去杀王太守一家老小；柴进、乐和在大牢里看见号火，便叫蔡福去开枷放了卢俊义跟石秀，邹渊、邹润正好进来接了，一齐都出牢门来。蔡福、蔡庆带着柴进，自回家中保全老小；卢俊义引着石秀、孔明、孔亮、邹渊、邹润五个弟兄，径奔家中，来捉李固、贾氏。却说李固听得梁山泊好汉引军马入城，又见四下里火起，情知不妙，忙跟贾氏收拾了一包金银跑了，却在河边正撞到张顺手里。

柴进和蔡福到家中，收拾家资老小，同上山寨。蔡福对柴进说道："大官人可救一城百姓，休叫残害。"柴进听了，忙寻军师吴用，请吴用急传下号令，救灭大火，休杀良民。

当时天色大明，吴用、柴进在城内鸣金收军，众头领接着卢员外并石秀，都到留守司相见。卢员外备说牢中多亏了蔡福、蔡庆弟兄两个看管，才逃得残生。张顺亦把那李固、贾氏解来。卢俊义见了，且叫燕青监下，自行看管，听候发落，不在话下。

再说李成保护梁中书逃难，又撞着闻达，领着败残军马回来，两下合兵一处，往南便走，正走之间，又被樊瑞、项充、李衮拦住。雷横、施恩、穆春各引一千步军，前来助阵。闻、李二人血战一场，折尽兵马，总算护住梁中书杀出重围，往西逃了。樊瑞引项充、李衮追赶不上，自与雷横、施恩、穆春等同回北京城内听令。

第四十二章
宋江夜打曾头市

且说军师吴用,率兵攻下大名府,打开库藏,将金银宝物装了几大车;又开仓廒,将粮米救济了满城百姓;囚车内装了李固、贾氏,大军分作三路,回返梁山泊。

来到忠义堂上,宋江见了卢俊义,屈膝便拜,当下要卢俊义去坐梁山主位。卢俊义哪里肯受?坚决不从,宋江却再三拜请。最后,兄弟们都看不下去了,吴用只得出来劝道:"此事不急一时,等员外日后立功,再让位不迟。"宋江方才同意,令拨房屋安置了新来各位头领的家眷老小,便叫大设筵宴,犒赏三军。忠义堂上设宴庆贺,大小头领尽皆饮酒作乐,卢俊义叫人把那李固跟贾氏押上堂来,绑在柱子上,亲持短刀,将二人剐了。众头领看他得报此仇,都称快不已。

话分两头,再说梁中书,探听得梁山泊退兵回山,便和李成、闻达引领败残军马转回城中。探视老小时,十损八九,众皆号哭不已。梁中书的夫人躲在后花园里,逃得性命,便叫丈夫写信报知父亲蔡京,求他早早调兵遣将,来剿灭贼寇报仇。

蔡京一看三万军马折尽,登时大怒,次日早朝面奏道君皇帝,再举荐两人,前去剿灭水泊。这两人是凌州的两个团练使,"圣水将军"单廷珪,跟"神火将军"魏定国。他们一个善能用水浸兵,一个熟精火攻兵法,皆是一身的好本事。天子降旨,着枢密院①调遣,起凌州兵马,

---

① 枢密院(shū mì yuàn):宋代掌管军务的最高机构。

前去征剿梁山。

梁山探子得知此消息，飞马回山报知众位头领，关胜听是这两人，便起身对宋江、吴用说道："关某自从上山，深感仁兄重待，还不曾出得半分气力。这两人正是旧部，小弟不才，愿借五千军兵，往凌州路上去接住他。若肯降时，带上山来，若不肯投降，必当擒来奉献。不知尊意如何？"宋江大喜，便叫宣赞、郝思文二将，跟随一同前去。

关胜带了五千军马，次日便下山。李逵看了，心痒不已，便求告宋江："我也要去走一遭。"宋江当然不准，还吓唬道："你若不听我的军令，割了你头。"李逵当时不敢顶嘴，当夜二更，拿了两把板斧，偷偷地自己下山去了。宋江见报，哪能放心，忙让戴宗去追，又派头领们分四路去寻。

那李逵抄小路下了山，本想自己到凌州去杀了姓单的跟姓魏的，立个大功给大家看看。结果，路上他投酒店歇脚，遇着个好汉叫作"没面目"焦挺，引着他去了寇州的枯树山，又结交个好汉叫作"丧门神"鲍旭。三人才合作一路，商议同去凌州刺杀单、魏二人。

且说关胜，同宣赞、郝思文引领五千军马，来到凌州，赶在单廷珪、魏定国起行之前，来见二人。单廷珪、魏定国听闻关胜前来，却是大怒，当即收拾军马，出城来战。两军相近，旗鼓相望，关胜纵马出阵，原想先礼后兵，好言相劝，说得单、魏二人同归山寨。不料这二人性烈如火，根本容不得背叛朝廷的关胜，不待他说完，两骑同出，杀奔前来。三人战作一团，斗了数十个回合，关胜使出神威，瞅个时机拿刀背猛力一拍，先将那单廷珪打落马下，擒住了。当时，两边各自收兵，各回营寨。

单廷珪被关胜用好言说动，又念他不杀之恩，当即点头愿意上山入伙。接着，他又去劝降魏定国。魏定国沉吟半响，说道："若是要我归顺，须是关胜亲自来请。他若是不来，我宁死而不受辱。"关胜听闻，便匹马单刀，直到县衙，去见魏定国。魏定国大受感动，当即表明愿意投降，跟随回梁山泊来。

李逵到凌州扑个空，便带着一众好汉上了梁山，引焦挺、鲍旭去见宋江及众头领，宋江看他安然回来，还带回两个好汉，很是欢喜，便不再同他计较。

宋江看一时又得了这几位好汉，欢喜非常，正欲摆宴款待，段景住气急败坏跑上山来，告知众位头领，他跟杨林、石勇去北地买的二百余匹好马，走在青州被劫了。为首是一个唤作"险道神"郁保四的人，劫夺了马匹之后，都送给曾头市去了，石勇、杨林不知去向。宋江一听，大怒道："晁天王大仇尚未报，这厮又来夺我马匹！不报此仇，惹人耻笑。"

吴用道："即日春暖，正好厮杀。前次进兵，失其地利，如今须用智取。"就令时迁先去打探路途，得了确切的消息回来再做商议。

过了两三天，杨林、石勇逃回寨来，备说曾头市史文恭口出狂言，要与梁山泊势不两立。宋江听了当即便要起兵，被吴用劝下，言说先等时迁回报，再去不迟。宋江怒气填胸，片时忍耐不住，又使戴宗飞速下山打听，立等回报。不几天，戴宗回来，报说："这曾头市扬言要为凌州报仇，现就在曾头市口扎下大寨，又在法华寺内做中军帐，五百里遍插旌，不知何路可进。"

次日，时迁回寨，报说："小弟直到曾头市里面，探知备细。现今扎下五个寨栅，曾头市前面二千余人守住村口，总寨内是教师史文恭执掌，北寨是曾涂与副教师苏定，南寨内是次子曾密，西寨内是三子曾索，东寨内是四子曾魁，中寨内是第五子曾升与父亲曾弄守把。郁保四所夺马匹，都喂养在法华寺内。"

宋江听罢，便叫会集诸将，商议讨敌之策。吴用言道："可兵分五路，分攻五个寨栅。"卢俊义便起身，愿为先锋，宋江大喜，道："员外如肯下山，便为前部。"宋江之意，是想让卢俊义建功，借此机会，叫他为山寨之主，不负晁盖遗言。吴用却不肯，谏说卢员外初到山寨，未经战阵，尚不可为前部先锋，建议卢员外带同燕青，引领五百步军，到平川小路埋伏，听中军炮响时，前来接应，最是适宜。

卢俊义当即应允，宋江不好再强求，便依军师所言，再分调五路军马：令秦明、花荣引军三千，攻打南寨；鲁智深、武松攻打东寨；杨志、史进攻打北寨；朱仝、雷横攻打西寨；都头领宋公明，军师吴用、公孙胜自领中军五千，攻打总寨。李逵、樊瑞殿后接应，引马步军兵五千，其余头领各守山寨。

当下大军开拔。曾头市得报，曾长者便请教师史文恭、苏定前来商议迎敌之策。史文恭让多挖陷坑，诱捕梁山人马。曾长者便命人到寨南寨北俱挖下陷坑数十处，上面浮土虚盖，四下里埋伏挠钩手，只等梁山军到来。

时迁探得，回报吴用。吴用听完，大笑道："不足为奇。"引军前进，来到曾头市近前。此时日午时分，吴用传令下去，叫五军各自分投下寨，四面掘壕沟，下铁蒺藜。一连三天，曾头市也没出一兵一卒，那史文恭只等梁山大军前来攻寨，自投罗网。吴用再使时迁，扮作伏路小军，去暗暗记下共有几处陷坑，离寨多远。时迁去了一日，俱知备细，在陷坑处暗暗都做了记号，回报军师。

吴用便即传令，叫前队步军，各执铁锄，分作两队；又令一百多辆粮车装载芦苇干柴，藏在中军。当晚，传令与各寨诸军头领：来日巳牌，东西两路步军先去打寨；再叫攻打北寨的杨志、史进，把马军一字儿摆开，擂鼓摇旗，虚张声势，切不可进。

次日巳牌，只听得寨前炮响，大队都到南门。东寨来报："一个和尚抡着铁禅杖，一个行者舞起双戒刀，前来攻打。"史文恭道："这两个必是梁山泊鲁智深、武松。"他犹恐有失，便分人去帮助曾魁；只见西寨又来报道："一个长髯大汉，一个虎面贼人，旗号上写着美髯公朱仝、插翅虎雷横，前来攻打甚急。"史文恭听了，又分拨人去帮助曾索；又听得寨前炮响，史文恭按兵不动，只要等他来踩陷坑，再出山后伏兵捉人。

这边吴用却调马军，从山背后两路抄到寨前，把那伏兵赶出，尽数逼下坑去。史文恭却待出来，吴用鞭稍一指，军寨中锣响，一齐推出百余辆车子来，尽数把火点着，上面芦苇干柴、硫黄焰硝，一齐着起，烟火迷天，顿时成了一道火墙。史文恭军马出来，尽被横拦挡住，只得回避。急待退军，公孙胜早在阵中，挥剑作法，借起大风，刮得火焰卷入南门,早把敌楼排栅尽行烧毁。

吴用见已得胜,鸣金收兵,四下里入寨,当晚权歇。史文恭连夜修整寨门,两下挡住。次日,曾涂与史文恭计议道:"若不先斩贼首,难以剿灭。"吩咐教师史文恭,牢守寨栅,曾涂则率领军兵,披挂上马,出阵挑衅。

梁山军中,吕方当先出马,来战曾涂。两人斗到三十余回合,吕方渐渐不敌。郭盛唯恐他吃亏,跃马飞出阵来,前往夹攻曾涂,三骑马在阵前绞作一团。花荣看那曾涂勇武,恐怕吕、郭二人会输,拈起雕弓,右手急向曾涂射出一箭,曾涂左臂中箭,翻身落马。吕方、郭盛双戟并施,曾涂死于非命。十数骑马军飞奔回来,报知史文恭,转报中寨。曾长者听了大哭。曾升大怒,咬牙切齿,喝道:"备我马来!要与哥哥报仇!"

曾长者拦挡不住,曾升披挂已了,提刀上马,直奔前寨。史文恭、苏定看他意志坚决,无奈只得放他出战。曾升带着数十骑马军,直杀宋江阵前,宋江传令前军迎敌。当时秦明得令,正要出阵,那黑旋风却已当先杀出,曾升见了,便叫放箭。李逵蛮打蛮冲,躲闪不及,腿上正中一箭,硕大身躯,轰然倒地。秦明、花荣见状,飞马向前拼命抢回,马麟、邓飞、吕方、郭盛一齐接应归阵。曾升见宋江阵上人多,恋战无用,当时领兵还寨。

第四十三章
宋江收服双枪将

话说那曾升,为兄报仇心切,次日领兵又出。史文恭随战,刺伤了秦明。宋江折却不少兵马,下令退后十里扎寨,叫人用车载了秦明,送回山上养伤,再请调关胜、徐宁、单廷珪、魏定国四位头领下山助战。

宋江焚香祈祷,占卜一课。吴用看了卦象,便道:"敌军今夜要来偷营。"宋江当即传下号令,命三寨头领早做准备,四下埋伏。当夜,史文恭果然趁梁山今日败阵军心不稳,前来劫寨。曾升、苏定、曾密、曾索一同前往,率军进了宋江营寨,正中埋伏,曾索被解珍一叉刺死。史文恭率领众军同梁山军混战了半夜,才侥幸逃脱。

曾长者见又折了曾索,痛心疾首,无心再战,便请史文恭写书投降。史文恭此时也有八分惧怯,随即写就,速差一人到宋江大寨下书。宋江拆开一看,是求和书信,心中大怒,扯书骂道:"杀我兄长,岂肯甘休!"吴用劝道:"既是下书讲和,兄长万不可为一时气愤,坏了大义。"随即便写回书,取银十两,赏了来使,回还本寨。曾长者与史文恭拆开一看,信上言明,若要讲和,需发还两次抢夺的马匹,还要交出郁保四。

次日,曾长者又派人来,言说若肯讲和,双方要各派一人为质。宋江不肯,吴用道:"无伤。"随即便差时迁、李逵、樊瑞、项充、李衮五人前去为质。临行时,吴用叫过时迁,附耳嘱托几句。时迁便引四个好汉,来见曾长者,史文恭道:"吴用差遣五个人来,必然有谋。"李逵大怒,揪住史文恭要打,曾长者慌忙劝住。

时迁道:"李逵虽然粗莽,却是俺宋公明哥哥心腹之人,特派他来,休得疑惑。"曾长者一心只要讲和,不听史文恭之言,便叫五人落座,置酒相待,随后将人请去法华寺寨中安歇,拨派五百军人看守。又命曾升带同郁保四,来跟宋江讲和,将所夺马匹,并金帛一车,送到大寨。

宋江看过,问那"照夜玉狮子马"为何不见,曾升道:"因师父史文恭乘坐着,以此不曾带来。"宋江怎肯听他,一定要他们归还那匹宝马。曾升便写书,叫随从还寨,讨那匹宝马来。史文恭岂肯轻易割爱?使者往返数次,史文恭才松口说,想讨回宝马,就快快退兵。宋江听得这话,正与吴用商量,探马来报道:"青州、凌州两路,有军马到来。"宋江道:"那厮们知得,必然变卦。"忙暗传号令,差关胜、单廷珪、魏定国去拦住青州军马;花荣、马麟、邓飞,去拦住凌州军马。

吴用暗地又叫出郁保四来,好言抚慰一番,让他归顺梁山,将功折罪。郁保四一听,当下表明愿意归顺。吴用便授计与他,叫他依计行事。

郁保四假作私逃还寨,来见史文恭,说那宋江根本无心讲和,现在青州、凌州两路救兵已到,梁山军营中十分惊慌。不如乘势去劫他大寨,必然得手。

史文恭听闻救兵已到,求胜心切,不疑有他,引了郁保四就来见曾长者请战。曾长者想到曾升还在宋江帐中,恐他被杀害,一时难以决断。史文恭道:"劫了宋江大寨,自然能救三郎,回来再杀李逵等五人未迟。"曾长者只得应允,当下传令苏定、曾魁、曾密,同去劫寨。郁保四见他等上钩,便偷偷来到法华寺大寨内,暗中跟时迁透了这个消息。

是夜月色朦胧,星辰昏暗,史文恭一行军马来到宋江总寨,只见寨门不关,寨内并无一人。猛听得曾头市里锣鸣炮响,他急转身去望本寨时,却是梁山大军正攻法华寺大寨。原来,吴用看郁保四不回,便知史文恭中计。早令鲁智深、武松引步军杀入他东寨;朱仝、雷横引步军杀入他西寨;杨志、史进引马军截杀北寨。只待时迁爬上法华寺钟楼,撞钟为号,便一起进攻。法华寺中,李逵、樊瑞、项充、李衮也齐齐杀奔出来。

史文恭等急回寨救援时,那曾长者已在大寨里自缢而死。曾密奔到西寨,被朱仝一朴刀刺死;曾魁在东寨乱军中,被马踏为肉泥;苏定死命奔出北门,却栽进陷坑,遭乱箭射死。其余兵马,尽数被赶入早已挖好的陷坑中,跌死无数。宋江砍了曾升的脑袋,率领大军在曾头市砍杀残兵,掳掠财物。

史文恭仗着身下宝马行得快,奋力杀出西门,落荒而逃。当时黑雾遮天,不分南北,也不知行了多久,只听得树林背后一声锣响,撞出四五百军来。正是领命在此埋伏的卢俊义跟燕青,卢俊义只一朴刀,便将史文恭刺下马来。燕青命人拿绳索来,将人绑了,牵上那匹千里龙驹,解投曾头市来,径到大寨来见宋江。宋江心中一喜一怒。喜者,此番卢员外见功;怒者,恨史文恭射杀晁天王,冤仇未曾报得。仇人相见,分外眼红,宋江囚了史文恭,只等回到梁山泊大寨将他剖腹剜心。

宋江传令,将曾家一门老少尽数杀了,将抄掳到的金银财宝,给散各部头领,犒赏三军,其余米麦粮食尽行装载上车,便起大军,开回梁山泊。回到山寨忠义堂上,都来参见晁盖之灵。宋江传令,叫圣手书生萧让作了祭文。大小头领,人人挂孝,个个举哀。宋江命人将史文恭押上来,千刀万剐,剜出心来,祭奠晁盖。

此时,关胜领军杀退青州军马,花荣领兵杀散凌州军马,也回山来,大小头领,不缺一个。宋江就忠义堂上,与众弟兄商议,要遵守晁盖遗言,让位给卢俊义。

卢俊义怎敢承当此位,恭谦拜于地下,言道宁死不能从命。李逵跳出来大叫道:"公明哥哥你若再让此位,不如就大家散伙。"吴用亦从旁劝道:"兄长为尊,卢员外为次,人皆所伏。兄长若是再三推让,恐冷了众人之心。"原来,那吴用早已提前知会过几个兄弟,此时故出此语。武松、刘唐、鲁智深等听军师开口,都来相劝宋江仍坐主位。

宋江看众兄弟如此,怕卢俊义登不得主位,便道:"山寨人口众多,自来钱粮缺少。梁山泊东有两个州府,却有钱粮。一处是东平府,一处是东昌府。我们自来不曾搅扰他那里百姓,今去问他借粮,公然不肯。今写下两个阄儿①,我和卢员外各拈一处,先打破城子的,便做梁山泊主。如何?"

吴用道:"也好。听从天命。"事到如今,卢俊义只能依从。宋江当下便唤裴宣,写下两个阄儿,焚香对天,祈祷已罢,各拈一个。宋江拈着东平府,卢俊义拈着东昌府。

当日设筵,饮酒中间,宋江传令调拨人马。宋江部下:林冲、花荣、刘唐、史进、徐宁、燕顺、吕方、郭盛、韩滔、彭玘、孔明、孔亮、解珍、解宝、王英、扈三娘、张青、孙二娘、孙新、顾大嫂、石勇、郁保四、王定六、段景住,大小头领二十五员,马步军兵一万;水军头领三员:阮小二、阮小五、阮小七,领水军驾船接应。

卢俊义部下:吴用、公孙胜、关胜、呼延灼、朱仝、雷横、索超、杨志、单廷珪、魏定国、宣赞、郝思文、燕青、杨林、欧鹏、凌振、马麟、邓飞、施恩、樊瑞、项充、李衮、时迁、白胜,大小头领二十五员,马步军兵一万;水军头领三员:李俊、童威、童猛,引水手驾船策应。其余头领并伤者,看守寨栅。

宋江分拨已定,本意是叫吴学究、公孙胜去帮卢俊义,一心想要他见阵成功,回来山寨中也好服众,顺利登位。

众多头领饮罢酒,各自下山。先说宋江这头,领兵前到东平府,离

---

① 阄(jiū)儿:为了赌胜负或决定事情而各自抓取做好记号的纸团等。抓阄儿是我国的一种民俗行为,带有少量的赌博性质。在决定一件事情时,如果没有确定的解决办法,有时候会采用抓阄儿的办法。

城四十里处，地名安山镇，驻扎军马。

这东平府太守程万里本事平平，但本州兵马都监"双枪将"董平却是一员难得的猛将，一对铁枪，神出鬼没，人不可挡。宋江听闻郁保四曾和董平有交情，便派他带着王定六，前往知府衙门下书借粮，董平见书大怒，将两人各打二十军棍，打得皮开肉绽，赶出城去。二人回营哭告宋江，宋江大骂董平无礼，先送二人回山养伤。

宋江知那董平本事，若要单打独斗，想胜他难，少不得还要折些兵马，须用计诱捕，才是上策。前面十数里那个村镇，两边都是草屋，中间一条驿道，正是埋伏处。宋江便叫王英、扈三娘、张青、孙二娘带一百余人，到草屋两边藏住，又拴数条绊马索在路上，以薄土遮盖。一切准备停当，宋江连夜挥兵攻城。

话说那董平，不仅武艺高强、仪表堂堂，且又百般聪明，吹箫抚琴，无所不精，人称风流双枪将，早看中程万里家小姐，温婉可人，知书达理，数次求亲，皆被程万里推托。当晚，董平又派人前去求亲，程万里以"眼下贼兵闹城，允亲怕人耻笑"为由，又不应允。董平听闻，大为不悦，心中正闷，那程万里却派人前来催战，说宋江大军兵临城下，命他速去迎敌。

董平大怒，披挂上马，率军出城来至阵前。林冲、花荣一见董平，双骑同出，来与他战。斗不几个回合，两人佯作不支败走，董平要逞功劳，哪里肯放，拍马就赶。直赶到宋江预先设下埋伏的村镇，被绊马索将马绊倒，王英、张青两对夫妇齐出，将董平活捉了，捆上去见宋江。

宋江一见董平，自来解其绳索，还脱下护甲锦袍与董平穿着，纳头便拜。董平慌忙答礼，宋江道："倘蒙将军不弃微贱，就为山寨之主。"董平与程万里有嫌隙，看宋江如此礼遇，便情愿归至他帐下，愿去赚开城门，以为报效。宋江大喜，便命人取还董平的盔甲枪马。

董平披挂整齐，引宋江军马来到东平城下，赚开了城门，长驱直入，一路杀到东平府衙门。宋江早传将令，不许杀害百姓，更不许放火烧人房屋。董平径奔私衙,杀了程太守一家,抢了程小姐,开府库尽取金银财帛,又大开仓廒,装载粮米上车。宋江沿街遍贴告示,晓谕百姓:"害民州官,已自杀戮,汝等良民,各安生理。"告示已罢,收拾回军,大小将校再到安山镇。

却见白胜飞奔来报,说卢俊义去打东昌府,已连输两阵。那城中有个猛将,名叫张清,人呼为"没羽箭",善会飞石打人,百发百中。手下两员副将,一个唤作"花项虎"龚旺,会使飞枪;一个唤作"中箭虎"丁得孙,会使飞叉,两人俱是勇猛。前日交锋,郝思文被张清一石子打伤,若非燕青救得及时,几乎送命;次日,樊瑞、项充、李衮出战,又被丁得孙一叉刺伤了项充。二人现在船中养伤,大军不敢妄动,所以军师吴用特遣他来,报请哥哥,早去救应。

宋江闻听白胜所报,暗叹:"卢俊义真个无缘!竟逢如此敌手!"当时传令,便起三军,前往救援。诸将上马,跟随宋江,直到东昌府。卢俊义将宋江迎进大帐,具说前事,权且下寨。

正赶上张清前来叫阵,宋江就带众头领出营,列下阵势,在门旗下见那张清风采卓然,不禁暗暗喝彩。

那张清也真个无敌,一手飞石打得出神入化:徐宁、吕方、郭盛、燕顺、韩滔、彭玘、宣赞、呼延灼、刘唐、杨志、朱仝、雷横、关胜、董平、索超等一连一十五员大将,皆被他打中。最后,还捉了刘唐,幸亏梁山也捉了龚旺、丁得孙两人。两下里各有胜败,一时难以分出高下,便各自收兵回营。

宋江与卢俊义、吴用道:"我闻五代时大梁名将王彦章,日不移影,连打唐将三十六员。今日张清连打我十五员大将,虽不及王彦章,也是个难得的猛将!可用良策,捉获此人。"吴用便献计,说可用粮草船为诱饵,诱那张清到河边来抢,再令林冲引铁骑军兵趁机将他军马都赶下水去,便可令众水军头领去捉。

张清当晚正与太守商议退敌之计,忽听探子来报,说梁山粮草水陆并进,已到近前。太守唯恐是计,再派人打探,回报确是粮草。张清便领一千兵马,趁夜出城劫粮,先截了粮车,派人送回城内,又领兵来劫水中的粮船。一队人才到河边,只听得杀声四起,林冲率铁骑军兵杀出,将张清的人马都赶入水中。李俊等八个水军头领,早一字儿摆在那里只等张清中计。张清此时便有三头六臂,怎生挣扎得脱?当时被三阮活捉了。

吴用得报,便催大小头领,连夜打城,太守独自怎挡得住?宋江军马杀入城中,打开大牢,救出刘唐,又开仓库,将钱粮取出,一半发送梁山泊,一半散给居民。因太守平日清廉,宋江命饶过不杀。

张清被押解来,众多被他打伤的弟兄一见他,咬牙切齿,都要来杀。宋江忙劝兄弟们退下,亲自迎了张清,好言赔礼道:"误犯将军虎威,请勿挂意!"将张清邀上厅来。张清见宋江如此义气,叩头下拜受降。宋江看众兄弟仍有蠢动,便取酒奠地,折箭为誓:"众弟兄若再要报仇,皇天不佑,死于刀剑之下!"众人听了,谁敢再言。张清归顺梁山,又举荐东昌府一个兽医,叫作皇甫端,善能相马,因生得碧眼黄须,貌若番人,以此人称"紫髯伯"。宋江闻言大喜,令张清去请来此人。皇甫端闻之,愿从大义,便携一家老小,同往梁山。

第四十四章
梁山英雄排座次

宋江率军凯旋，令排宴庆贺，众头领都在忠义堂上，宋江看时，正好一百零八人，心中欢喜，不由得感念上苍护佑，便跟众兄弟说，要建一罗天大醮，报答天地神明眷顾之恩。众头领议定四月十五日为始，广施钱财，行七昼夜法事。宋江命人下山，四边邀请得道高士，带醮器来寨，连同公孙胜在内，共四十九人，就在忠义堂上筑起虚皇坛，做醮。宋江每日率众头领三拜，待到第七日，三更时候，只听得天上一声响，如裂帛相似，西北乾方天门大开，里面毫光射人眼目，霞彩缭绕，从中间卷出一团火直滚下来，绕着虚皇坛滚了一周，钻入正南地下。

此时天眼已合，众道士下坛来，宋江叫人拿了铁锹锄头，去掘土寻火。那地下掘不到三尺深浅，只见一个石碣，正面两侧，各有天书文字。取过石碣看时，上面龙章凤篆，蝌蚪之书，人皆不识。众道士内有一人，姓何法讳玄通，言说能辨此文。宋江听了大喜，连忙捧过石碣，叫他来看。

何玄通观看良久，说那石碣两侧所刻的字，各是"替天行道""忠义双全"。而石碣两面所刻则都是义士的姓名，前面三十六行天书，是天罡星名字；背后七十二行天书，

蝌蚪文

蝌蚪文，也叫"蝌蚪书""蝌蚪篆"，为书体的一种。这种书体起源已不可考，常见于先秦古文，唐以后便很少见到，存在时间短暂，资料较少。因蝌蚪文神秘且古老，因此民间相传天书由蝌蚪文写成。

是地煞星名字。宋江忙叫萧让从头至后尽数誊抄下来。

石碣正面书梁山泊天罡星三十六员：

天魁星呼保义宋江	天罡星玉麒麟卢俊义
天机星智多星吴用	天闲星入云龙公孙胜
天勇星大刀关胜	天雄星豹子头林冲
天猛星霹雳火秦明	天威星双鞭呼延灼
天英星小李广花荣	天贵星小旋风柴进
天富星扑天雕李应	天满星美髯公朱仝
天孤星花和尚鲁智深	天伤星行者武松
天立星双枪将董平	天捷星没羽箭张清
天暗星青面兽杨志	天祐星金枪手徐宁
天空星急先锋索超	天速星神行太保戴宗
天异星赤发鬼刘唐	天杀星黑旋风李逵
天微星九纹龙史进	天究星没遮拦穆弘
天退星插翅虎雷横	天寿星混江龙李俊
天剑星立地太岁阮小二	天竟星船火儿张横
天罪星短命二郎阮小五	天损星浪里白条张顺
天败星活阎罗阮小七	天牢星病关索杨雄
天慧星拼命三郎石秀	天暴星两头蛇解珍
天哭星双尾蝎解宝	天巧星浪子燕青

石碣背面书梁山泊地煞星七十二员：

地魁星神机军师朱武	地煞星镇三山黄信
地勇星病尉迟孙立	地杰星丑郡马宣赞
地雄星井木犴郝思文	地威星百胜将韩滔
地英星天目将彭玘	地奇星圣水将单廷珪
地猛星神火将魏定国	地文星圣手书生萧让
地正星铁面孔目裴宣	地阔星摩云金翅欧鹏

地阔星火眼狻猊邓飞　　地强星锦毛虎燕顺
地暗星锦豹子杨林　　　地轴星轰天雷凌振
地会星神算子蒋敬　　　地佐星小温侯吕方
地祐星赛仁贵郭盛　　　地灵星神医安道全
地兽星紫髯伯皇甫端　　地微星矮脚虎王英
地慧星一丈青扈三娘　　地暴星丧门神鲍旭
地然星混世魔王樊瑞　　地猖星毛头星孔明
地狂星独火星孔亮　　　地飞星八臂哪吒项充
地走星飞天大圣李衮　　地巧星玉臂匠金大坚
地明星铁笛仙马麟　　　地进星出洞蛟童威
地退星翻江蜃童猛　　　地满星玉幡竿孟康
地遂星通臂猿侯健　　　地周星跳涧虎陈达
地隐星白花蛇杨春　　　地异星白面郎君郑天寿
地理星九尾龟陶宗旺　　地俊星铁扇子宋清
地乐星铁叫子乐和　　　地捷星花项虎龚旺
地速星中箭虎丁得孙　　地镇星小遮拦穆春
地稽星操刀鬼曹正　　　地魔星云里金刚宋万
地妖星摸着天杜迁　　　地幽星病大虫薛永
地伏星金眼彪施恩　　　地僻星打虎将李忠
地空星小霸王周通　　　地孤星金钱豹子汤隆
地全星鬼脸儿杜兴　　　地短星出林龙邹渊
地角星独角龙邹润　　　地囚星旱地忽律朱贵
地藏星笑面虎朱富　　　地平星铁臂膊蔡福
地损星一枝花蔡庆　　　地奴星催命判官李立
地察星青眼虎李云　　　地恶星没面目焦挺
地丑星石将军石勇　　　地数星小尉迟孙新
地阴星母大虫顾大嫂　　地刑星菜园子张青

地壮星母夜叉孙二娘　　　地劣星活闪婆王定六
地健星险道神郁保四　　　地耗星白日鼠白胜
地贼星鼓上蚤时迁　　　　地狗星金毛犬段景住

众人看了，俱惊讶不已，上天的旨意，谁敢违拗！当下梁山众头领便按上苍分定的次序，各守其位。宋江坐了主位，卢俊义第二，众头领依次排位，再无话说。

宋江酬谢过众道士，道众收拾醮器下山去了，这且不说。宋江与军师吴用等商议，欲将忠义堂、断金亭都更换新的匾额，再在山顶立一面"替天行道"的杏黄旗；在忠义堂前立绣字的红旗两面，一写"山东呼保义"，一写"河北玉麒麟"；堂外设飞龙飞虎旗、飞熊飞豹旗、青龙白虎旗、朱雀玄武旗；另再绣制二十八宿旗、周天九宫八卦旗，还有一百二十四面镇天旗。金大坚负责铸造兵符印信，一切完备，就选良辰吉日，祭拜天地神明，挂上匾额，立起大旗。

当日梁山泊宋公明，分调众头领已定，各各领了兵符印信，便焚起一炉香，率众对天盟誓：死生相托，吉凶相救，患难相扶，各无异心，一同替天行道，保国安民。各人拈香已罢，一齐跪在堂上，当日歃血誓盟，尽醉方散。

此后数月无事，时光倏忽而过，不觉夏尽秋深，重阳节近。宋江便叫宋清大排筵席，会众兄弟，同赏菊花，作菊花之会。

至日，忠义堂上遍插菊花，好汉们各依座次，开怀痛饮。堂前两边，敲锣击鼓，大吹大擂，语笑喧哗，觥筹交错。马麟品箫唱曲，燕青弹筝助兴，不觉日暮。宋江大醉，叫取纸笔来，一时乘着酒兴，作满江红一词，叫乐和来唱。

乐和唱到"望天王降诏，早招安"一句，武松叫道："今日也要招安，明日也要招安，冷了弟兄们的心！"黑旋风睁圆怪眼，大嚷道："招安，招安！招甚鸟安！"只一脚，把桌子踢个粉碎。

宋江怒道："黑厮无礼！左右与我推出去斩了。"众人闻听，忙来求情,齐齐跪倒一片。宋江忙道:"众贤弟快快请起,且看兄弟们面上,先饶那黑厮性命,暂时收押监房。"李逵便随着一个小喽啰,到监房去睡了。宋江猛然酒醒,忽然发悲,怪自己差点误了李逵的性命。

吴用过来相劝,宋江略缓,对武松道:"兄弟,你是个晓事的人。我主张招安,要改邪归正,为国家臣子,如何便冷了众人的心?"鲁智深回道:"只今满朝文武,俱是奸邪,蒙蔽圣聪。招安根本不济事!不如便拜辞了,明日一个个下山另寻生路。"

宋江道:"众兄弟且听我一句劝:今上至圣至明,只因被奸臣闭塞,暂时昏昧。终有云开见日的一天,知我等替天行道、不扰良民,赦罪招安,同心报国,竭力施功,有何不美?因此只愿早早招安,别无他意。"众头领闻言,皆称谢不已。当日饮酒,终不畅怀,席散,各回本寨。

次日一早,宋江命人放李逵出来,叫他不可再犯。李逵喏喏连声而退,众人看李逵无事,劝解一阵,皆散。

第四十五章
李逵元夜闹东京

此后无事,渐近岁终。一日雪后初晴,山下拿住了几个人,押解到山寨里来,是莱州衙差并几个灯匠,为庆京师灯会,特护送几架"玉棚玲珑九华灯"上东京去。宋江命取灯来看,那做灯的匠人便将玉棚灯挂起,搭上四边结带,上下通计九九八十一盏,从忠义堂上挂起,直垂到地。

宋江从未看过如此精巧辉煌的灯火,一见甚为欢喜,以二十两白银为资,买下一碗九华灯,点在晁天王孝堂内,便将一众灯匠及衙差都放下山去了。

次日,宋江忽然兴起要到东京去赏灯的念头,对众头领说道:"我生长在山东,不曾到过京师。闻知今上大张灯火,与民同乐,庆赏元宵。我如今要和几个兄弟,私去看灯一遭便回。"吴用便谏道:"不可!如今东京官差最多,倘有疏失,如何是好?"宋江道:"我日间只在客店里藏身,夜晚才入城看灯,军师安心。"众人苦谏不住,宋江坚执要行。吴用只得派人随行,一路保护他往东京去。

众位看官要问,宋江面上刺了字的,如何去得京师?原来安道全早用药给他点了,又以良金美玉研末做药,每日涂擦疤痕,自然消磨去了,早与常人无异。

当日吴用在忠义堂上,分拨去看灯人员:史进、穆弘扮作客人先行;次后鲁智深、武松扮作行脚僧下山;再是朱仝、刘唐扮作客商;最后是柴进紧随宋江一路。只此四路人去,其余尽数在山守寨。李逵一听，叫嚷不迭，偏要同往。宋江缠他不过，只好叫他扮作随从跟随自己，又叫燕青也走一遭，专和李逵做伴，免他生事。各人都藏暗器，这个自不必说。

那宋江与柴进扮作闲凉官，戴宗扮作个小厮，随行在侧，万一有什么事，也好回山飞报。李逵、燕青扮作随从，各挑行李下山。一行五人过济州，经滕州，取单州，上曹州来，赶在正月十一，便到了东京万寿门外，寻一个客店歇下。

次日，柴进和燕青先入城中探路，转过东华门外，见酒肆茶坊，不计其数。满街都在准备庆赏元宵佳节，好不喧哗热闹。柴进引着燕青，径上一座酒楼，临街占个位子。凭栏望时，发现出入宫门的班值官，头上都簪朵翠叶花。柴进便唤燕青，去诱了一个班值官上楼来，自称是他幼年好友，好酒好菜殷勤相劝，强哄他吃酒。酒至半酣，柴进问出那翠叶花由来：天子庆贺元宵，编排二十四班轮值，班值官每人皆赐衣袄一领，翠叶金花一枝，上有小小金牌一个，凿着"与民同乐"四字。着锦袄簪花者，能自由出入宫禁。

柴进跟燕青麻翻那班值官，脱下他身上锦袄、花帽，柴进自穿了，便离开那酒楼，直入东华门去，进到内廷，但过禁门，因为有衣服和花帽，无人阻挡。柴进一路转过凝晖殿，从殿边转进去，来到一个偏殿，牌上金书"睿思殿"三字，此是官家看书之处。柴进闪身进去看时，见正面放着御座，两边几案上，放着文房四宝：象管笔，花笺，龙墨，端溪砚。书架上满都是书，不知其数。

一面素白屏风上，御书四大贼寇姓名，分别是：山东宋江，淮西王庆，河北田虎，江南方腊。柴进心中暗忖："国家被我们扰害，因此如常记心，写在这里。"便去身边拔出匕首，把"山东宋江"那四个字刻下来，似听得脚步声，他慌忙出殿，离了内苑，出东华门径回酒楼上，换回自己衣服，叫酒保来计算了酒钱。剩下十数贯钱，柴进就赏了酒保，把那班值的锦衣花帽交给酒保，吩咐待人酒醒交还。

柴进、燕青离了酒店，径出万寿门去了。那班值官到晚起来，酒保来还了衣帽，他迷迷糊糊回到家中，便听人说："睿思殿上不见了'山东宋江'四个字。今日各门，把守得铁桶般紧，出入的人，都要十分盘诘。"他情知中了人家圈套，哪里敢说出来。

另一边，柴进、燕青回到店中，取出御书"山东宋江"四字，与宋江看罢，宋江叹息不已。到十四日晚，宋江便引了柴进、戴宗、燕青三人入城看灯，只让李逵留守。

四人杂在人群里，遍玩六街三市，看家家门前扎缚灯棚，赛悬灯火，照耀如同白日。随走随看，宋江四人转过御街，正来到烟月巷中，见中间那一家，外挂两面牌，牌上各有五个字，写道："歌舞神仙女，风流花月魁。"宋江便入茶坊里，一面吃茶，一面向那茶博士打听："前面角妓是谁家？"茶博士道："这是东京上厅行首李师师家。"宋江道："莫不是和今上打得热的？"茶博士道："不可高声，耳目觉近。"宋江便唤燕青，附耳低言，说想见那李师师一面，让他前去打探，他们自在茶坊里吃着茶等。

燕青径到李师师家，先见了虔婆，说自己主人是个有名的财主，来此间做些买卖，一心只想见娘子一面，不敢说来宅上出入，只求同席一饮，便称心满意。又说他主人愿以千百两金银，送与宅上。那虔婆是个好利之人，爱的是金资。听了燕青这一席话，便动其心，忙叫李师师出来，与燕青厮见。

灯下看时，那李师师果然有沉鱼落雁之容，闭月羞花之貌。那虔婆说与备细，李师师便道："请过寒舍拜茶。"燕青径到茶坊里，往宋江耳边道了消息。戴宗取些钱还了茶博士，三人跟着燕青到李师师家中。

李师师将宋江等人迎进内堂，亲手给几位奉茶。茶罢，收了盏托，众人才要说话。只见丫鬟来报，说是官家来了。李师师一听天子驾临，不敢再留客人，便跟宋江约定道："明日天子驾幸上清宫，定不来此，到时再请诸位少叙三杯。"宋江喏喏连声，带了三人便行，出得李师师门来，四人径投天汉桥，来看鳌山，又赏玩些时，才回万寿门客店内去歇。

次日正是上元节，傍晚庆赏元宵灯火的人，更是不知其数。当夜宋江一行五人，杂在烟火队里混进城来，径往李师师家。宋江叫戴宗同李逵在门房等候，他带了柴进、燕青到里间同李师师说话。

李师师早备酒席，招呼三人吃酒。酒行数巡，宋江酒力上来，借着酒劲作词一首，赠与李师师，只待她看出其中蹊跷，来问其备细，他便把心腹衷曲尽皆相告，求她到天子面前陈情一二。李师师正待要看，丫鬟来报说，官家从地道中来到后门。李师师忙起身，对众人说道："不能远送，切乞恕罪。"便赶往后门接驾。

宋江等闪在黑暗处，望见李师师正跪拜天子圣驾，便道："今番错过，后次难逢。俺三个何不就此求一道招安赦书，可好？"柴进道："这怎么使得！万万不可。"三人在黑影里商量，却说那李逵，因宋江叫他跟戴宗看门，自己却带着柴进、燕青去那烟月阁中吃酒，生出一肚子怒气，正没处发泄。那杨太尉闻听圣驾在李师师处，前来见驾，进了门，看见生人李逵，粗黑丑陋，便喝问道："你这厮是谁，敢在这里？"李逵提起把交椅，往杨太尉便打。

杨太尉措手不及，被李逵两交椅打翻在地。戴宗想来救时，哪里还拦挡得住。那李逵蛮性大起，扯下书画来，就蜡烛上点着，四处放起火来，又将香桌椅凳，俱都打得粉碎。宋江等三人听到动静，赶出来看时，见那黑旋风连衣裳都褪下半截，正在那里行凶，吓得忙上去将人扯出门外。李逵却挣脱开，就街上夺条棒，直打出小御街来。

宋江见他性起，只得和柴进、戴宗先赶出城，恐关了禁门，脱身不得，只留燕青看守他。

李师师家火起，惊得赵官家一道烟走了。人都来救火，一面救起杨太尉。这话都不必细说，只说城中喊杀之声，震天动地。是夜虽无夜禁，各门头目军士，却是全副披挂，都是弓弩上弦、刀剑出鞘，严加戒备。高太尉自引铁骑马军五千，在城内巡禁，此时正在北门上，听了这话，带领军马，便来追赶。李逵、燕青正打之间，撞着穆弘、史进，四人各执枪棒一齐助力，直打到城边。把门军士急待要关门，外面鲁智深抡着铁禅杖，武松使起双戒刀，并朱仝、刘唐一起杀入城来，救出里面四个，这才出得了城门。

八个头领不见宋江、柴进、戴宗，正在那里心慌，却原来那军师吴用早已算知此事，差了五员虎将，引领军马一千骑，是夜恰好到东京城外接应了宋江、柴进、戴宗三人。随后八人也到，正都上马时，发现不见了李逵。

高太尉军马本要冲出城来，五虎将关胜、林冲、秦明、呼延灼、董平，拍马来到城边，立马于壕堑边上，大喝道："梁山泊好汉全伙在此！早早献城，免汝一死！"高太尉听得，哪里敢出，慌忙叫拽上吊桥，众军上城堤防。宋江便唤燕青吩咐道："你和黑厮最好，你可略等他一等。随后与他同来。我和军马众将先回，星夜还寨，以免路上再生枝节。"

宋江等军马去了，燕青立在一处房檐下看时，只见李逵正从店里取了行李，拿着双斧，大吼一声，跳出店门，独自一个，要去打那东京城池。

燕青几步上前，抱住他腰胯，摔了他个四脚朝天，拖起来，往小路便走。李逵知燕青扑打天下第一，若不随他，必还有许多跤要摔，只得随顺。燕青制服了李逵，这才一路赶回梁山泊。

第四十六章 宋江三败高太尉

且说东京城中,道君皇帝早朝,文武大臣都来上奏梁山贼寇的罪行,请徽宗裁决,旁有御史大夫崔靖出班奏曰:"臣听说梁山泊上,立一面大旗,上书'替天行道'四字,百姓皆已受他蛊惑,此时若贸然出兵,恐怕不宜。再者,现今辽兵犯境,各处军马原本有限,征伐梁山泊深为不便。以臣愚见,这些贼人都是犯了罪无路可避,才去落草。若是陛下能降一道圣旨,让光禄寺赐下御酒珍馐,派一员大臣到梁山泊好言抚谕,令他们招安,再让他们去抵抗辽兵,岂不一举两得?还望陛下明鉴。"徽宗一听,深以为意,当时便差殿前太尉陈宗善为使,带上圣旨御酒,前去梁山泊招安。

陈宗善领了诏书,回到府中,收拾起身。蔡太师府派来张干办,高殿帅府派来李虞候,跟他同往。一行人一路来到济州,太守张叔夜接待众人,在府中设筵相待。

次日一早,济州府派人到梁山泊报信,说朝廷招安使臣已到,让他们准备迎接。宋江大喜,取花银十两,打发报信人先回,便与众人道:"不枉受了那么多磨难,今日总算成了正果!"

吴用道:"依我看,这次招安必然不成,纵使招安,朝廷也看俺们如同草芥。不如这厮引大军来到,杀他个人仰马翻,那时受了招安,才有些气度。"林冲、关胜、徐宁都点头称是。宋江道:"兄弟们这么说,便坏了忠义二字,都休要疑心,只管安排接诏。"便令众头领筹办筵席、搭彩悬花,各去准备,务要十分齐整;又令裴宣、萧让、吕方、郭盛下山,离二十里伏道迎接;命水军头领准备大船靠岸。

且说萧让等四个头领,带引五六人,不拿寸铁,捧着酒果,在二十里外伏道迎接,不久接着那陈太尉一行人。那张干办倨傲无礼,道:"圣上诏敕到来,宋江为何不亲自来接?这简直就是欺君!你们这帮该死的贼寇,也配接受朝廷招安?"萧让等头领俯伏在地,再三请罪,他才肯作罢。众人相随来到水边,已有水军头领驾船在岸等候,陈太尉三人上了阮小七的船,命把诏书、御酒放在船头。

水手们分坐两边,把船棹动,习惯使然,唱起歌来。李虞候便骂道:"村驴,贵人在此,全无忌惮!"拿起手中藤条,就来打两边水手。几个为头的回话道:"我们自唱歌,干你什么事!"李虞候道:"狗贼,还敢顶嘴!"说完又打,那左右二十多个水手,一起都跳进水里去了。

阮小七在船艄上冷笑道:"水手都让你打下水去了,这船谁来划动?"正说着,只见上游两只快船下来接。阮小七原本预先积着两舱水,见来船相近,便去拔了销子,叫一声"船漏了",水早滚进舱里来。急叫救时,船里已有一尺多水,那两只快船靠拢来,众人急救陈太尉过船去,各人只管把船摇开,哪里还顾得上御酒、诏书?

两只快船先行去了,阮小七便叫水手上船来,舀了舱里的水,擦拭干净。然后,他命人取过那十瓶御酒,就拿着这舀水的瓢,跟水手们将酒分吃个干净,回头却装上十瓶村醪白酒,把原封头绑好,还归原处,飞也似摇起船,赶到金沙滩,正好一同上岸。

宋江率众头领迎到陈太尉三人,大礼参拜过,一路香花灯烛,鼓乐齐鸣,将人迎至忠义堂上。宋江叫点众头领时,一百零七人,只不见了李逵。

此时虽已是四月间天气,众人却都穿夹罗战袄,跪在堂上,恭听圣旨。陈太尉于诏书匣内取出诏书,命萧让宣读。萧让读罢,自宋江以下,皆满面怒色:通篇的轻侮之词,叫人忍无可忍!

只见李逵突地从梁上跳下来,夺过萧让手里的诏书,扯个粉碎,奔来揪住那陈太尉,挥拳要打,吓得宋江、卢俊义赶忙上前将他抱住。李虞候喝道:"这厮是什么人?敢如此大胆!"李逵正一肚子火没处撒,挣开了束缚便冲到李虞候跟前,举拳头就打,宋江忙命人把他拉开,推下堂去了,又来跟陈太尉、李虞候赔礼,好话说尽,恳请那陈太尉大人大量,不如先取御酒来,叫众人沾恩。

陈太尉令取御酒,倒在银盏内,看时却是村醪白酒,将剩下九瓶都打开,竟都是淡薄村醪。众人见了,尽皆大怒,鲁智深当时便提起铁禅杖,高声叫骂:"你们这些鸟官,也太欺负人!把水酒当御酒来哄俺们吃!"刘唐挺起朴刀,武松抽出双戒刀,穆弘、史进一齐发作,六个水军头领也都骂将起来。

宋江看情形不好,忙叫卢俊义跟他一起,将陈太尉三人并随从先护送出寨。这一干人吓得屁滚尿流,飞奔济州去了。

却说宋江回到忠义堂上,再聚众头领筵席,说道:"虽是朝廷诏旨不明,你们也忒急躁了些。"吴用道:"哥哥你休执迷,今日闹这一出,朝廷早晚必派大军前来征讨,我们该早做准备才是,招安却不急一时。"众人道:"军师所言甚是。"是日散席,各归本帐。

过不几日,果然有派往京师的探子回报,说天子已降下圣旨,拜东厅枢密使童贯为大元帅,统领十万大军,前来征讨梁山泊。吴用便同宋江商议,布下一个九宫八卦阵,等那童贯前来入瓮。

童贯率领大军开到梁山泊前下寨,自恃阵法高强,上来摆了个四门斗底阵,妄想与梁山军决一高低胜负,结果却早撞在人家的阵里,一次便折损了万余人马。隔几日,他重整旗鼓,换个长蛇之阵,卷土重来,军师吴用又以十面埋伏之计,杀得他胆寒心碎,十万大军折去一半。若不是宋江仍怀招安之心,不肯尽力追杀,又有那毕胜、酆美二位将军拼死相护,童贯定逃不出这梁山水泊。最后侥幸得脱,三人沿途收聚败残军马四万余人,忙回京师去了,打死不敢再战。

蔡京看那童贯败得如此狼狈,便叫他隐瞒实情,早朝时只对天子谎称"天气暑热,军士不服水土,所以退兵"。道君皇帝信以为真,并未责罚,只是苦恼梁山贼寇不除,终为心腹大患。高俅便出班启奏,愿往梁山,去剿此寇。天子大喜,命取锦袍金甲,赐与高俅,准他任选天下军马。

高太尉便请旨调用十节度使兵马,这十个节度使旧日都是绿林中人,后来受了招安,个个精锐勇猛,多与朝廷建功。每位节度使都领军一万,皆是精兵强将;又调金陵建康府水军统制官刘梦龙,率领他的一万五千水军和五百只战船速到济州听令。高俅帐下将领众多,其中党世英、党世雄兄弟二人尤有万夫不当之勇,高俅领他们在御营内,又选拨精兵一万五千。另外,高俅又让他一个心腹牛邦喜,搜集沿江上下所有船只,送到济州调用。

各处军马拢共一十三万,高太尉连日整顿衣甲,制造旌旗,准备出发。且说军师吴用,两败童贯,知那赵官家必不甘休,定会再来征讨,便派戴宗、刘唐直投东京,再去探听虚实。两人一到京师,便得这个消息,星夜赶回山寨回报。宋江听得,心中不由得惊恐。吴用道:"哥哥不必忧心,兵来将挡水来土掩,小生自有计较。"

那高太尉在京师延搁了二十多天,才动身前往济州。待他到时,十路军马早已等候多时。高太尉传下号令,教十路军马都向城外屯驻,只等刘梦龙水军到来,一同进发。

十路军马各自都来下寨,近山砍伐木植,到百姓人家搬掳门窗,搭盖窝铺,十分害民。高太尉自在城中帅府内,定夺征进人马:没有银子孝敬的,都充头哨出阵交锋;有银子买通的,都留在中军。虚功滥报,似此奸弊,非止一端。

不过一二日,刘梦龙战船到了,高俅随即便唤十节度使,都到厅前,商议攻寨。

次日，两军正式交锋，高太尉亲自出城督战。他仗着兵多将广，本想一举扫平梁山泊，结果才一对阵，十节度使之一荆忠便被呼延灼一鞭打中脑袋，当即死在马下。而那刘梦龙和党世雄部领的水军，也在梁山泊深处遇伏，几乎折尽。刘梦龙泅水逃了，党世雄被阮氏三雄活捉。

初战兵败如山倒，高太尉吓得心惊胆战，连夜收军回了济州。过几天，还不待他想出对策，宋江又领军前来搦战，节度使韩存保出战，又被呼延灼并燕青二将活捉了。

高太尉自此坚闭不出，苦思对策，这时牛邦喜从江南征船回来，带回大小船只一千五百多只。高太尉大喜，赏赐了牛邦喜，随即传下号令，叫把船都放进宽阔港口，每三只一排钉住，船尾皆用铁索相连。士兵都上船训练，直训了半个多月。看在水上熟练了，高太尉便催起军马，从水旱两路再奔梁山泊杀来。

吴用早得信息，水路上叫各水军头领多备小船，装满芦苇、干柴、硫黄等物，又请公孙胜到时做法祭风；旱路上，亦拨三路军马接应。待刘梦龙、牛邦喜、党世英三人统领官船一到，水泊里众水军头领便将芦苇干柴一齐点燃，借着狂风四分五落，都吹在大船内。前后官船，一齐烧着，刘梦龙、牛邦喜皆被活捉，党世英被乱箭射死。那梁山泊内水面上，一时间杀得尸横遍野，血溅波心，烧焦者不计其数。旱路上，高俅大军亦被杀得丢盔弃甲，只能狼狈逃回城中，整点军马，又折一大半。

李俊、张横捉得刘梦龙、牛邦喜，本想押上山寨，唯恐宋江又放了，便在路边结果了二人性命，割下首级，送上山来。

高俅两战两败，蔡京得报，心焦不已，不敢上奏天子再发兵，只能又把那招安的话重新提起。天子便再派使臣前往招安，言道："如肯来降，悉免本罪；如仍不伏，就着高俅定限，日下剿捕尽绝还京。"使臣领命往梁山泊来。

高太尉看了圣旨，心中实想招安，因两次惨败早生退意，但是就这么撤兵回去，又觉无甚颜面，颇有些踌躇。那济州府内有个歹毒的老吏王瑾，看出高太尉心思，便来进言，道："恩相不必劳心，依小吏看，那诏书上最要紧是中间一行，道是：'除宋江、卢俊义等大小人众所犯过恶，并与赦免。'这是句含混不清的话，开读时，只要将'除宋江'读作一句，'卢俊义大小人众所犯过恶，并与赦免'，另读作一句。等那些贼寇来到城里，便可押下宋江来杀了，自古道：蛇无头而不行，鸟无翅而不飞。只要没了宋江，剩下那些人又有何惧！"高俅闻之大喜，随即升王瑾为帅府长史，派人往梁山泊报知，令宋江全伙来济州城下，听天子诏敕。

宋江闻报，笑逐颜开，不容兄弟们迟疑，当时就率领全部人等，往济州城下去听诏旨。吴用以防万一，在东西两路都设了伏兵。

到得城下听宣，"除宋江"三字一出，花荣先大叫一声："既不赦我哥哥，我等还投什么降？"搭上箭，拽满弓，望着那个开诏使臣便是一箭，直中面门。城下众好汉一齐叫声："反！"乱箭往城上射来。兄弟们护着宋江趁乱上马便往回撤，高太尉忙叫官军追赶，追了五六里之后，吴用预先埋伏的东西两路伏兵一齐杀出，打退官军。

却说高太尉，见招安失败，便写表上奏朝廷，说宋江贼寇射死了天子使臣，不服招安。又另写密信，送与蔡太师、童枢密、杨太尉，烦为商议，叫太师禀奏天子，再发兵前来，并力剿捕群贼。蔡京依他所请，入朝奏知天子。

天子闻奏，龙颜不悦，随即降旨，叫诸路军马皆听高太尉调遣。杨太尉于御营司选拨二将——护驾将军丘岳，车骑将军周昂，都是高太尉心腹之人，累建奇功，名闻海外。

两位将军选精兵二千，去助高太尉杀贼。且说那高俅，就济州城外搭起船厂，打造战船，一面出榜招募能工巧匠、勇士水手。济州城中客店内，有个叫叶春的，善会造船，便来向高太尉献上海鳅战船图样。高太尉大喜，叫取酒食衣服赏了叶春，就令他监造海鳅战船。

各处添拨的水军人等陆续都到济州，丘岳、周昂二将亦来。两三月过后，叶春造船已都办完。又过二十余日，战船演习，俱都完足。次日，高俅同诸军将领商议拨军遣将，水旱两路同进，誓要荡平梁山泊贼巢。结果，吴用早有准备，命张顺引领一班儿高手水军，带了槌凿潜到水下，凿透了船底。官船里顿时四下滚入水来，高太尉被张顺活捉；丘岳被杨林一刀砍了。

水路全胜，旱路亦是大胜，除周昂等四员将领逃脱之外，其他节度使并众头领，包括叶春、王瑾在内，不是被杀就是被抓。但是宋江一心要归顺朝廷，又哪会难为高俅！

活捉的军士，宋江都尽数放了，一面又大设筵宴，来为高太尉压惊。高俅便向宋江求告，言说要辞山回京。宋江自然不会强留，只请高太尉能在天子面前，再议招安之事。高俅道："义士可叫一个精细之人，跟我回去。我引他面见天子，奏知你梁山泊衷曲之事，随即好降诏敕。"宋江便与吴用计议，叫圣手书生萧让跟随太尉前去。

吴用又派了乐和跟萧让做伴，两个同去。高太尉等一行人马，回到东京。

第四十七章
梁山全伙受招安

高太尉走后,宋江总觉不妥。吴用笑说,高俅此人一看便是个转面无恩之人,只怕招安之事化作一场空,萧让、乐和虽无性命之忧,却暂时回不得梁山了。他建议宋江选两个乖觉的人,多带金银前去京师探听消息,若能就此买通关节,达知今上更好。

燕青便自请入京,还是从李师师处想办法。神机军师朱武想起,兄长昔日打华州时,曾与宿太尉有恩,此人颇为正直。若得宿太尉于天子面前早晚题奏,亦是顺事。

宋江想起九天玄女之言——"遇宿重重喜",莫非正应在此人身上?随即置酒与戴宗、燕青送行,并命人收拾两大笼子金珠细软,让他们带上。又写书信,叫他们随身藏好,仍带了开封府印信公文,扮作两个公人,往东京去了。

来到东京,燕青换件布衫,将头巾歪戴着,装作小闲模样,于笼内取了一帕子金珠,与戴宗道:"哥哥,小弟今日去李师师家中打探消息。倘有什么不测,哥哥自己快回。"说完,他径投李师师家。

燕青见了李师师,先呈上一帕子金珠,才又拿出早备好的一套说辞,欲解释前次误会,李师师却道:"你休瞒我!当初你们闹那一场,不是我巧言奏过官家,替你们挡过,怕不早满门遭祸!今次你来,若不如实对我说知,我与你绝无干休。"燕青看李师师如此说,当无再瞒的必要，便将实情都说了，又道宋江招安之心一片赤诚。奈何如今奸臣当道，谗佞专权，闭塞贤路，下情不能上达。因此他求李师师帮忙，能在天子面前陈情一二。

李师师闻知真相，说尽力相帮。当时留燕青暂住，只待天子来时，借机为他引见。燕青再三拜谢，由此便暂住李师师家中。两人前次匆匆相见，不曾交往。此回相谈一番，竟是颇为投契。一问年龄，李师师长燕青两岁，燕青便拜李师师为姐。

圣驾当晚来到，真是天赐良机！李师师见天子龙颜甚喜，便斗胆向前禀奏，言说自己有个姑舅兄弟，妄想一见天颜。徽宗道："既然是你兄弟，但宣来见。"

燕青面见天子，叩谢圣恩。官家看燕青人物不俗，先自大喜。后李师师叫燕青吹箫，服侍圣上饮酒，一曲已毕，余音绕梁，徽宗更是龙心大悦。少顷，李师师拨阮，又叫燕青唱曲。燕青手擎象板，唱渔家傲一曲，道是："听哀告，听哀告，贱躯流落谁知道，谁知道！极天罔地，罪恶难分颠倒！有人提出火坑中，肝胆常存忠孝，常存忠孝！有朝须把大恩人报。"燕青唱罢，天子大惊问："卿何故有此曲？"燕青大哭，拜倒在地，奏道："臣有弥天之罪，不敢上奏。"

天子道："赦卿无罪，但奏不妨。"燕青奏道："臣自幼漂泊江湖，流落山东，跟随一客商路经梁山泊时，被劫掳上山，一住三年。今日方得脱身逃命，走回京师。"李师师便垂泪奏道："我兄弟心中，只有此苦，望陛下做主！"天子笑道："此事容易，你是李行首兄弟，谁敢拿你！"燕青闻听，暗暗以目送情与李师师。

李师师忙跟天子撒娇卖俏，奏道："我要陛下亲写一道赦书，赦免我兄弟，他才放心。"天子被逼不过，只得命取纸笔来，亲写御书一道，赦燕青一应无罪，令诸司不许拿问。燕青叩拜不止，再三谢恩，李师师亦执盏擎杯，谢天子隆恩。

徽宗同燕青说道："汝在梁山泊，必知那里情形。"燕青匍匐奏道：

"宋江这伙人，替天行道，忠义为名，不敢侵占州府，不肯扰害良民，单杀赃官污吏、谗佞之人。只望早日招安，愿与国家出力。"天子诧异道："寡人两番降诏，遣人招安，如何抗拒不服？"

燕青奏道："头一番招安诏书上，并无抚恤招谕之言，更兼所赐御酒，不知为何尽是村醪，以此事情有变；第二番招安，故意把诏书读破句读，要除宋江，暗藏弊幸，因此事情又变。童枢密当日引军到来，只两阵便杀得片甲不留；高太尉提督军马，又役天下民夫，修造战船征进，却不曾得梁山泊一根折箭，只交锋三阵，便被杀得手脚无措，军马折其大半，太尉自己亦被活捉上山。是他许了招安，宋江方才将其放回。"

天子听罢，不禁叹道："寡人竟不知此事！童贯回京时奏说：军士不服暑热，暂且收兵罢战。高俅回军奏道：病患不能征进，权且罢战回京。"李师师闻言奏道："陛下虽然圣明，身居九重，却被奸臣闭塞贤路，如之奈何？"天子嗟叹不已。时已更深，燕青拿了赦书，叩头安置，自去歇息。

次日，燕青辞别李师师，来寻戴宗。两人吃了早饭，燕青便带上一笼子金珠细软，拿了书信，径投宿太尉府中来，随即将招安之事告与太尉知道。

宿太尉看过书信，叫人收了金珠宝物，言说心中已有计较。燕青辞行，回到酒店，见了戴宗，两人换了装束，又带些金银径投太平桥，使银两买通了高太尉府里一个小虞候，在耳房里见到了乐和，商议脱身之计。

当夜，燕青、戴宗两人带两条粗索藏在身边，先去高太尉府后查看一番。府后是条河，河边却有两只空船缆着，离岸不远。两人便在空船里埋伏了，直到更鼓打过四更，才偷偷上岸来，绕着墙后咳嗽。墙里应声咳嗽，两边会意。燕青便把绳索荡过去，约莫里面拴系牢了，两个就在外面紧紧地拽住索头。少顷，只见乐和先出来，随后便是萧让。两人溜下来，便把绳索丢入墙内。四人再来空船内，埋伏到天色将晓，来到城门外，等门开时，随人群齐涌出来，往梁山泊回报消息。

话分两头，且说道君皇帝得了真相，次日早朝便将童贯好一顿斥骂，要差大臣再去招抚梁山泊。

殿前太尉宿元景自请前往招安，天子大喜，御笔亲书丹诏，又命库藏官，取金牌三十六面，银牌七十二面，红锦三十六匹，绿锦七十二匹，黄封御酒一百零八瓶，尽付与宿太尉，限次日便行。宿太尉接了圣谕，一日不敢耽搁，打起御赐金字黄旗，即刻往济州进发。

宋江听闻，忙传将令，分拨人员，从梁山泊直抵济州地面，扎缚起二十四座山棚，结彩悬花，陈设笙箫鼓乐，恭迎诏敕。

这一回总算得偿所愿，诏文尽皆恳切之言，无有半句轻侮。"切念宋江、卢俊义等，素怀忠义，不施暴虐。归顺之心已久，报效之志凛然。虽犯罪恶，各有所由。察其情恳，深可悯怜……赦书到日，莫负朕心，早早归降，必当重用。"

萧让读罢丹诏，宋江等山呼万岁，再拜谢恩已毕，宿太尉取过金银牌面，红绿锦缎，赏赐众位兄弟。又叫开了御酒，要与兄弟们共图一醉。宋江传令，叫先收起御酒，却请太尉居中而坐，众头领齐拜。满堂欢喜，当日尽皆大醉。梁山大寨内足足宴饮三日，宿太尉才离山回京。

此回终得招安，宋江大喜，传令诸将，准备进京面圣。山中军士若有不愿去的，可就此下山，梁山自会发放费用；愿意同去的，记录名册。号令一下，三军各去商议。当下辞去的，也有三五千人，宋江皆赏了钱物，分发他们下山；愿随去充军者，作数报官。

次日，宋江又令萧让写了告示，差人四散去贴，晓示邻近州郡乡镇村坊，各各报知。随即将各家老小，送回原所州县。又叫阮家三弟兄，拣选合用船只，其余不堪用的小船，尽行给散与附近居民收用。山中应有屋宇房舍，任从居民搬拆。三关城垣，忠义等屋，尽行拆毁。诸事已毕，宋江号令大小，收拾赴京朝见。

宋江军马在路，甚是整齐。前面打着两面红旗，一面上书"顺天"二字，一面上书"护国"二字。众头领都是戎装披挂，唯有吴学究纶巾羽扇，公孙胜鹤氅（chǎng）道袍，鲁智深烈火僧衣，武行者香皂直裰，其余都是战袍金铠，本身服色。

天子闻奏大喜，差宿太尉并御驾指挥使一员，手持旌旄节钺，出城迎接宋江。令宋江众人从东华门入，就文德殿朝见。御驾指挥使领圣旨，直至行营寨前，口传圣旨与宋江等说知。次日，宋江传令叫裴宣选拣彪形大汉六七百人，护着两面红旗，各各披挂整齐，从东郭门入城。

东京百姓军民扶老携幼，都来观看，如睹天神。是时，天子引百官在宣德楼上临轩观看，喜动龙颜，心中大悦，与百官道："此辈好汉真英雄也！"命殿头官传旨，叫宋江等各换御赐锦袍觐见。

宋江、卢俊义为首，吴用、公孙胜为次，引领众人，从东华门入。仪礼司郎官，引宋江等依次入朝，排班行礼。山呼万岁已毕，天子欣喜，亲赐筵宴，至暮方散。

第四十八章 宋江奉诏破大辽

梁山军受了招安,天子欲加官爵,枢密院童贯具本上奏,言说新降之人,未效功劳,不便加爵;又说他们数万之众,逼城下寨,甚为不宜,建议将梁山众人分归各个州县。天子遂传口谕,令宋江等各归原所。众头领一听,心中不悦,纷纷道:"俺等兄弟生死相随,誓不相舍。定要如此,我们只得再回梁山泊去。"天子闻听大惊,急宣众臣前来商议。

童贯奏道:"这厮们虽降朝廷,其心不改,终成大患。以臣愚意,不若陛下传旨,将此一百零八人尽数剿除,然后分散其军马,以绝国家之患。"天子听罢,圣意沉吟未决。

宿太尉出列,上奏天子,言说现今大辽国主起兵前来侵占山后九州边界,所属县治各处申达表文求救,枢密院官却压下表章不奏天子得知,只是命各州府调兵,前去征剿交锋,却如担雪填井一般,每每只是折兵损将。既然梁山众好汉不愿分开,不如差宋江部领所属军将人马,出征去收服辽国之贼,也好令此辈英雄,为国建功。

天子听罢宿太尉所奏,龙颜大喜,巡问众官,俱说言之有理。天子大骂枢密院童贯,然后亲书诏敕,赐宋江为破辽先锋,许诺诸将建功归来,必加官晋爵。宋江等接诏,拜谢君恩,众皆大喜。

宋江便与军师吴用计议,将军马分作二起,自蔡河内出黄河,投北进发,每日兵行六十里,扎营下寨。所过州县,秋毫无犯。

大军来到宋辽边境,先攻檀州。那檀州是辽国的紧要隘口,水陆两路都可以到达。大辽郎主闻知梁山泊宋江这伙好汉领兵杀至檀州,围了城子,忙差两个皇侄,一个唤作耶律国珍,一个唤作耶律国宝,引领一万番军,前来救应。此两人皆有万夫不当之勇,最终却难抵强敌,皆被斩杀。

宋江水陆并进,攻下檀州,赶散番军,一面出榜安抚百姓,秋毫不许有犯;一面犒劳三军,写表申奏朝廷,报说得了檀州。接着,宋江同军师吴用商议,除派一部军马守住檀州之外,将其余诸将分作左右二军,两路都去取蓟州。

那蓟州是个大郡,钱粮极广,米麦丰盈,乃是辽国库藏,打了蓟州,诸处可取。是以大辽郎主差重兵把守,守住蓟州城池。几番交锋,大辽守将耶律得重损失惨重,渐渐抵挡不住勇猛善战的梁山大军,只能弃城逃跑,带一家老小奔往幽州,直至燕京,来见大辽郎主。

大辽郎主听报心中不由得愁苦,忙招群臣议事。众臣之中,欧阳侍郎出列奏道:"宋江这伙都是梁山泊英雄好汉,受了朝廷招安。如今宋朝童子皇帝,被一班贼臣弄权,嫉贤妒能,闭塞贤路,非亲不进,非财不用,如何容得下他们?依臣愚见,郎主可以高官厚禄招降宋江,臣愿为使臣。郎主若得这伙军马,再取中原,如同反掌。"大辽郎主一听有理,便命欧阳侍郎带上许多礼物马匹,径投蓟州招降。

宋江得报,同吴用计议,正可将计就计,遂受了那欧阳侍郎招安。待诈降成功,宋江混进霸州城,与卢俊义里应外合,攻占了城池。守城的定安国舅气得目睁口呆,不知所措,只能束手被擒。宋江一面出榜安民,一面令副先锋卢俊义率领一半军马,回守蓟州,他自己则率领令一半军将,守住霸州。

梁山军连得三州,一时士气高涨,接下来攻打幽州,简直势如破竹。辽国郎主闻奏心慌,当即会集群臣商议。众臣都道:"事在危急,莫若归降大宋,此为上计。"大辽郎主遂从众议,于城上竖起降旗,差人来宋营求告,许诺年年进牛马,岁岁献珠珍,再不敢侵犯中国。

徽宗闻奏大喜,命翰林学士草诏一道,就御前便差太尉宿元景持丹诏直往辽国开读,另宣宋先锋收兵罢战,班师回京,将一应被擒之人,释放还国,原夺城池,仍旧给还管领,府库器具,交割辽邦归管。

宋江将军马分作五起进发,克日起行。鲁智深忽来帐中对宋江说,想念师父智真长老,欲告假数日,前往五台山参礼,顺便将平昔所得金帛之资,都做布施,再求问师父前程如何,又说,不日就会赶上队伍。宋江一听有这个当世的活佛,能求问前程,便与众人商议,尽皆要去,唯有公孙胜崇信道教不行。宋江再与军师计议,留下金大坚、皇甫端、萧让、乐和四个,委同副先锋卢俊义,掌管军马,陆续先行。

众弟兄跟了鲁智深一道,去向智真长老参礼。宋江向长老询问,众弟兄此去前程如何?智真长老命取纸笔,写出四句偈语:"当风雁影翩,东阙不团圆。只眼功劳足,双林福寿全。"写毕,他递与宋江道:"此是将军一生之事,可以秘藏,久而必应。"宋江看了,不晓其意。智真长老道:"此乃禅机隐语,汝宜自参,不可明说,恐泄天机。"长老说罢,唤过智深近前道:"吾弟子此去,与汝前程永别,正果将临也!与汝四句偈语,收取终身受用。"偈曰:"逢夏而擒,遇腊而执,听潮而圆,见信而寂。"

鲁智深拜受偈语,读了数遍,藏于身边,拜谢本师。次日,宋江、鲁智深并吴用等众头领,辞别长老下山。

宋先锋等诸将兵马,班师回朝,天子闻奏,大加称赞,特命省院官计议封爵。太师蔡京、枢密使童贯商议奏道:"宋江等官爵,容臣等商议奏闻。"天子准奏,大设御宴,钦赏宋江锦袍一领、金甲一副、名马一匹;卢俊义以下,给赏金帛,尽于内府关支。宋江与众将谢恩已罢,尽出宫禁,都到西华门外,上马回营安歇,听候圣旨。

第四十九章
平田虎兵渡黄河

宋江等人回朝后,不知不觉过了多天,有一天,宋江等人正在同军师吴用议论些古今兴亡之事,戴宗、石秀进来说道:"小弟在营里觉得无聊,就和石秀出去逛逛,恰好听说河北田虎作乱,百姓们都盼望着朝廷能平定叛乱。"宋江和吴用商量说:"我们整天无事,这样待着也不合适,不如请旨讨伐田虎。"大家听了都没意见,立即请宿太尉向徽宗报告。

徽宗听了十分高兴,立即封宋江为平北正先锋,卢俊义为副先锋,许诺说平定了田虎按功赏赐。宋江领着众兄弟再次出生入死地去征讨田虎。

河北的田虎,原来只是威胜州沁源县的一个猎户,趁着水旱灾不断、民生困苦的时候,纠集了一伙亡命之徒在威胜城建起宫殿,设文武群臣,自称为晋王。各州县虽然有官兵,但都是些老病虚弱之人,有时候一个士兵为了吃两三个士兵的兵饷,就谎报兵员数量。操练的时候也是雇人敷衍,互相蒙骗。所以一到作战的时候,刚一交锋就拼命地逃跑,只恨爹娘少生了两只脚。去追剿田虎的官兵,也只是虚张声势,根本不敢交战。百姓因为失望,反而更加怨恨官军,反过来跟着田虎举事。

宋江选好出兵的日期,兵分三路渡过黄河,接连攻克陵川、高平,又乘胜夺取了盖州。有一天,李逵因为多喝了几杯酒,有点醉了,同大家说着说着，眼皮儿就开始慢慢变沉，最后竟呼呼地睡着了。梦里他见到蔡京、童贯、杨戬、高俅四个一齐跪在徽宗面前参奏说："宋江带领兵马征讨田虎，天天喝酒，不出兵讨伐，希望皇上治他的罪。"李逵听了这句话，气得火冒三丈，提起大斧把四个奸臣一斧一个解决了，还大叫道："皇帝，你不要听这贼臣的话啊！我哥哥接连破了三个城池，现在就要出兵，怎么能说这样的假话？"李逵准备离开，想把所发生的事情告诉宋江，猛然又看见一座山。一个秀士笑着说："我偶然来到这里，知道你们十分忠义，我有个字送给你，可以捉拿田虎。将军要牢牢记着：要夷田虎族，须谐琼矢镞。"念了五六遍，李逵才硬背下来。醒来以后，李逵把梦里的怪事全部告诉了宋江。宋江、吴用都想不明白。

宋江和卢俊义兵分两路，一个攻打东路，一个攻打西路。宋江带领的人马离开盖州仅三十多里，就看见前面有一座高高的山岭。忽然李逵大声喊道："哥哥，这座山的风景，跟我梦中见到的一模一样。"

第二天，大军来到壶关原。壶关原一战，田虎手下八员猛将损失了两人，只能退回城里不出来应战。田虎在殿中询问退敌的方法，只见人丛里走出来一个人，愿意领兵前往壶关原，正是国师乔道清。

田虎很高兴，就让乔道清前去和宋江兵马交战。乔道清刚到昭德，就把李逵活捉来，宋江急着要救李逵，就亲自带兵前来应战。只见乔道清口中念念有词，把剑往西边一指，天空立刻昏暗下来，一阵阵狂风向宋军扑来。林冲等人正准备杀上去，却发现前面都是黄沙，没有一个敌军。宋军没有开战就乱起来，战马也惊吓得乱窜。林冲等人急忙回来保护宋江，一路向北撤走。乔道清率部追杀宋兵，宋江手下的人被追得四散奔逃。一连过了五六天，宋兵都守在营寨里不敢出来。乔道清等不及了，夜里偷偷地向宋江大寨杀来。只听宋江寨里一声炮响，杀出一队人马，为首带兵的正是混世魔王樊瑞。乔道清拿着剑过来迎战。开始两人拿着兵器厮杀，后来则各自使用神术。只见有两股黑气，你来我往地不断翻滚着。两边的军士，早都看傻了眼。樊瑞看乔道清有些支持不住了,立刻一剑砍去,哪承想却砍空了,差点从马上掉下来。原来乔道清是故意露的破绽,骗樊瑞来砍的,他早就回到自己队里了。乔道清哈哈大笑!樊瑞又羞又怒,用尽平生的法力,口中念着咒语,只见天空再一次变得昏暗起来,狂风大作。樊瑞带着人马,向敌阵杀去。乔道清笑着说:"你这样的小法术,有什么作用!"随即也拿出剑,口中念念有词地作起法来。只听一声巨响,半空中有无数神兵天将向宋军杀来。宋军大乱起来,逃跑的逃跑,呼喊的呼喊,狼狈不堪。

正在万分危急的时候,一道金光突然在宋军中升起,把风沙都冲散了。那些天兵神将也都乱纷纷坠落到地上。再看那些兵将,原来是用五彩纸剪成的。这时,宋军队里一个先生骑着马前来迎敌,手里拿着一把剑,口中念念有词,猛然间半空中出现许多黄袍神将把黑气都冲灭了,原来是入云龙公孙胜。这时乔道清把手一招,空中又飞来五条巨龙,张牙舞爪地卷起一阵狂风朝宋军扑来。公孙胜把剑向空中一扔,立刻把五条龙打得没了踪影。乔道清见没有办法取胜,带着人马立即逃走,但是被公孙胜围困在百谷岭。乔道清走投无路,只好归降了宋营。

听说乔道清被围困的消息后,田虎的部下连夜赶到威胜向田虎告急。田虎手下的省院官正打算奏知田虎这件事,忽然得到报告说晋宁被卢俊义攻下,御弟三大王田彪狼狈地逃回来了。田彪一见田虎就放声大哭道:"宋军实在太厉害了,晋宁城被破,我儿子田实也被他们杀了。我没有守住晋宁,真是罪该万死!"说完又开始哭。那边省院官又把乔国师被宋兵围困、昭德危在旦夕的急奏告诉了田虎。田虎听完以后十分惊慌,召集文武官员商量对策。国舅邬梨上奏说:"臣一直受国主的恩德,如今自愿带领军兵去昭德捉拿宋江,恢复丢失的城池。臣家中还有一个小女儿琼英,最近梦里遇见神仙传授武艺,不但武艺好,更有一个神异的手段,用石子打击物品,百发百中。臣想举荐小女儿做先锋,一定能成功。"田虎听完以后,立刻降旨封琼英为郡主。就让邬梨带领兵马三万,立刻出发。

两军对阵的时候，在田虎军中最前方，坐着一个年轻美貌的女将领，她就是琼英。刚打了一阵，琼英的石子就打伤王英、李逵几个人，田虎这边军心大振，宋军连忙收兵。

其实琼英的父母是被田虎害死的，是邬梨从小收养的孤女。琼英知道了自己的身世后，天天偷偷哭泣，总想着为父母报仇。恰好有一天，琼英梦见一个神仙，带着一个穿着绿袍的少年将军来见她，教会琼英用飞石子打击物品。那个仙人对琼英说："我特意把他带到这里，教你这绝活帮你报仇。这位将军将来就是你的丈夫。"第二天，琼英醒来后，仍然记得飞石之法，就在墙边捡起一块鹅卵大的石头，试着向房脊上的鸱尾打去，正好打中，把鸱尾打得粉碎，掉到地上，这才证实了自己真的学会了这一绝技。如今和宋军交战，琼英的老仆人叶清以替邬梨找大夫为理由，冒险来宋营把琼英父母被田虎杀害之事哭诉给宋江。

宋江听完这段故事，也觉得很凄惨。但是叶清毕竟是田虎的部下，他又担心这是对方设的圈套，正在考虑的时候，安道全对宋江说："真是天作的姻缘啊！"他接着对宋江说："去年冬天，张清将军也梦见了一个什么神仙，请他去教一个女孩飞石之法。并对他说：'这个女孩是将军未来的妻子。'张清醒来以后，因为总想着这件事而生了病。小弟诊治张将军的时候，知道他是因为心事得了病，被小弟不断盘问，他才把病根说出来。今天听到叶清的这段话，正好和张清的话吻合。"

安道全、张清于是化名全灵、全羽，以为邬梨治病为理由跟着叶清来到城里。琼英见到张清，发现和梦里见的那位教他飞石的人一模一样，心中又惊又喜。安道全治好邬梨的疾病以后，张清又说能帮着杀退宋军，邬梨十分欢喜。叶清说："现在主人有了这个人和琼英郡主，再也不用担心抓不住宋江了！"叶清又说："郡主以前许愿说，只想嫁给和她一样会飞石的人。全将军这么英勇，跟郡主真的很般配。"邬梨听完以后也很赞成，于是挑选吉日，为张清、琼英筹办婚礼。当天夜里，张清就把一切都告诉了琼英，琼英也把一直以来的委屈全部告诉了张清，两个人叽叽咕咕地说了一夜。过了两天，他们两个里应外合毒死了邬梨，其余军将也都归顺了张清，二人准备领兵反出时，又成功劝说乔道清加入。乔道清放出被擒众将，与张清、琼英等一同归降梁山军。宋江收复昭德以后，又派卢俊义领兵进攻太原城。因为下了很多天的暴雨，卢俊义就命令李俊和张横、张顺、三阮带领水军，趁着水势暴涨，挖开智伯渠和晋水，乘坐着水筏冲进太原城里，打败守军，然后攻下太原。

这时田虎亲率十万大军准备和宋军决一死战。坐在赭黄伞下的田虎刚要传令出战，忽然有人来报说太原失守。田虎听完以后，惊慌失措，连忙传令收兵，回去死守威胜城。

宋江眼看田虎要逃跑，连忙下令围攻。田虎十万军马被宋江三万兵马截成三段，打得溃不成军。田虎领着五千残兵败卒慌忙逃走。正在慌乱之时，他看见远处有一队人马从东而来，走在前面的是一个英俊的少年将军，旗号上写着"平南先锋郡马全羽"。田虎慌慌张张地叫郡马救驾，只见那个郡马来到田虎跟前下马跪道："情况紧急，请大王先到襄垣城里躲避。"

田虎这些人刚到襄垣城下，就听见背后喊杀声震天，襄垣城的守将打开城门，田虎的残众只顾抢着进城，哪还管谁是大王？他们逃进城里，只听四处梆子声响，两边早已埋伏好的兵将一齐冲杀上来，田虎的手下抵挡不住了。城中四处大叫："田虎要活的！"这下田虎才知道中计了，朝北边逃走。忽然一阵怪风，田虎眼前恍恍惚惚出现一个女子，大叫："奸贼田虎，害死我全家，今天要你的命！"又一阵风吹过，那个女子又消失了。这时的田虎吓得脸也没有了血色，坐骑也不停地惊叫，最后从马上摔下来，被张清活捉。

抓住田虎以后，只剩下威胜一座城池。琼英等人连夜来到城下，冲着城上大喊："我是郡主，保护大王回来，赶快开城门！"田豹、田彪听到报告连忙到城上观看，果然看见赭黄伞下坐着大王，立即下令开门，并且出城迎接。哪知两个人刚到城外就被军士给绑了，追随田虎的人不是战死，就是投降。

　　宋江下令出榜安民、犒劳三军，并把田虎押解回东京。徽宗听说宋江平定田虎成功，十分高兴。当时淮西王庆又开始作乱，已经攻破靠近东京的宛州。奸臣蔡京进奏说："臣乞求陛下赏赐宋江等人，但不必班师回京，可直接带着军马去平定王庆叛乱。"徽宗点头同意。

第五十章
王庆因奸吃官司

东京的王庆原来是开封府的一个副排军,其父也是这里的一个大富户,和官府勾结欺压周围百姓,大家都很讨厌他。这个王庆也是从小放荡不羁,净干些偷鸡摸狗的事。

有一天,王庆到衙门报了到就出城游玩去了。这时正是初春,街上行人络绎不绝。他一个人闲逛到杨柳树边等人,准备一块儿去吃酒。这时,不远处来了一顶轿子,轿子里面坐着一个美貌的少女,那女子要看风景,就未用竹帘挡住自己。好色的王庆见了这样标致的女子,早丢了魂儿,远远地跟着轿子,来到艮岳。那女子小名娇秀,是童贯的弟弟童贯的女儿。童贯把她抚养长,并把她当成自己的亲生女儿,后来许配给蔡京的孙子。王庆看这样的美人,心早就被勾得找不着自己。娇秀也因为要嫁的人憨憨傻傻,一直很不高兴。现在见了王庆这样俊俏的人,也非常喜爱。

回到府中,娇秀天天想念王庆。侍婢悄悄引领王庆从后门进童府和娇秀勾搭,就这样神不知鬼不觉地过了三个月。谁知有一天,因为喝醉,王庆在正排军张斌面前露出马脚。不久这件事就传到童贯朵里,童贯很生气。王庆再也不敢进童府,就躲在家里。谁承想纳凉的时候,他被凳子奇怪地砸伤,只好到药铺买药。

王庆拿了药刚准备走,看到西街上一个算卦先生撑着一把遮凉伞朝他走过来。伞下挂着一个纸招牌,上面写着"先天神数"四个大字,那个先生自称李助,算命字字保准。

王庆因为心里想着娇秀这件事,不知道是不是会倒霉,而且昨天又遇到那样的怪事,于是就叫算卦先生为自己算上一卦。李助算完卦以后,直直地盯住王庆说:"你的灾难才刚刚开始啊!去远方才能避难!"王庆听先生这样说,给了钱就躲回家去了。到了家,他把药全吃了,想让病赶快好,又多喝了几杯酒。

第二天刚起床,就有两个人慌慌张张地来到王庆家,说:"太爷今天早上点名,见你没到就怒了。我们俩说你在家养伤,太爷不相信,让我们两个来带你去回话。"说着他们搀着王庆去了开封府。

府尹不听王庆解释,因为看到他喝酒喝得满脸通红,更加生气。他说:"你这个浑蛋到处胡作非为,现在还敢在这儿胡说!"府尹叫人把王庆扯下去就打,王庆受不了皮肉之苦,只能屈招自己伪造妖术,欺骗乡民。王庆哪里知道,童贯早秘密派人吩咐府尹要好好地收拾他,于是府尹借着这个理由,把王庆发配到陕州。

王庆戴枷刺字发配到了陕州地界,这一天,过了嵩山快要到北邙的时候,他看见一个大汉在树下耍棒。王庆忍不住笑着说:"这个人用的是花棒。"那大汉听见后停下手中棒,回头一看是个囚徒,一边骂着一边举棒来打。他哪里是王庆的对手,几个回合,就被打得棒落人翻。这时,人丛中走出两少年,急忙劝架,邀请王庆到家里传授武艺。

原来这两个人是兄弟,哥哥叫龚瑞,弟弟叫龚正。正愁着没本领教训邻村的无赖黄达,正好遇到王庆,自然不会放过这个好机会,非要王庆指点武艺。第二天,王庆正在点拨龚瑞拳脚,黄达气势汹汹地前来挑衅,被王庆打得狼狈不堪,只剩在地上喘气了。

打跑了黄达,王庆又住了十多天,把枪棒功夫全部教给了龚氏兄弟。公人催促说要赶路,又听说黄达到县里告状,龚瑞只好给王庆五十两银子,让他到陕州使用,又让龚正带着银子亲自护送。

这一天到了陕州，龚正用银两替王庆上下买通了陕州衙门官员。管营名叫张世开，收了龚正的贿赂不但不给王庆戴枷锁，也不打什么杀威棒，甚至连活都不让他做，只是拨给他个单身牢房，让他自由出入。

不知不觉就这样过了两个月，天气渐渐转凉。突然有一天，管营张世开召来王庆说："你来这里的日子也不少了，没派过你做什么事。我想买一支陈州的好角号，陈州是在东京的管辖之下，你是东京人，肯定知道真假。"说完，掏出一个纸包，交给王庆。买了角号后，王庆发现找回的钱还落下了三钱，心里很高兴。

此后张世开天天打发王庆买办东西，却再也不给现钱，只是给他一本账簿，让他把每天开销都记在本上。那些店铺怎么可能赊账？每天的置办，王庆只能自掏腰包。哪承想那姓张的还挑三拣四，非打即骂。五棒、十棒、二十棒，前前后后共打了王庆三百多棒，两腿都被打烂了，龚瑞送的五十两银子也要用光了。

这一天，王庆到药铺买膏药，贴他的棒伤。从张医士口中偶然得知，那天在大树下被他打的大汉原来是管营的小舅子庞元。王庆知道了这事，叹口气说："不怕官，只怕管。谁知道那天打的人居然是管营心上人的弟弟！"于是他悄悄地带了一把刀，藏在身边，以防不测。

忽然有一天，张管营又叫他买两匹缎子。王庆急急地买了回营。张世开又是嫌这嫌那，把王庆痛骂了一顿。王庆不住地磕头求饶。张世开喊道："先留着这顿棒，你赶快再去买，今天晚上买不回来，小心你这条小命！"

王庆再买缎子回来，营里早没了张世开的影子。王庆走进院子，听到墙里边笑语连连。他听出一个是张世开的声音，一个是妇人的声音，还有一个男子的声音。张世开说："舅子，明天那个狗东西的小命，就在棒下了。"又听那个男子说："我算计那家伙身边的银子，也差不多花光了。姐夫一定要帮我出这口气！"张世开回答说："明天一定叫你快活！"王庆在墙外听他们你一言我一句，心中大怒，恨不得推倒粉墙，冲进去杀了那群人。

正在按捺不住的时候，张世开说："我去后面上厕所。"王庆连忙蹲在树后，悄悄地挨近张世开。张世开听见后面有声音，回过头来，见王庆右手提刀，左手抢上来抓他，一刀结果了性命。庞元听见外面的骚乱声，急忙跑出来看个究竟，也被王庆一刀刺中软肋，倒在地上。王庆杀人后，趁着夜深人静越过土城逃跑了。

王庆当晚逃出陕州城，正遇见他的表兄范全。王庆跪倒在地，把这一路如何吃官司刺配陕州，又怎样被张世开耍弄，以至昨天的事统统告诉给范全。范全很惊慌，连忙带着王庆投奔房州，把他藏在城外的草房里。让王庆改名为李德，并用毒药将王庆脸上的配字点了下去。两个多月以后，那疤痕渐渐消了，再看不出他是囚犯。

又是一年的春天，官府搜捕的事早就不了了之了。

王庆脸上没了金印，也敢出来走动了。这一天，王庆在草房待着无聊，听说山堡有戏，就跑出去看热闹。

到了定山堡，那戏还没开始，台下有人围着赌钱。王庆看了一会儿，按捺不住也掺和进去赌起来，不一会儿就赢了钱。可是输钱的汉子反倒耍起赖来。两人先是对骂，随后又拳脚相加。正打到热闹时候，有个女子大喊："谁敢无礼！"举起拳头就朝王庆身上打来，王庆看是个女子，故意留有破绽地跟她挥拳，像是有意耍弄她，展开拳脚和那女子打了起来。那女子看王庆只是接招不出击，一拳向王庆心口打过来。王庆一侧身，那女子来不及收拳，被王庆直直地摔了出去，刚要着地，又被王庆抱了起来。王庆说："是你自己找的，别怪我。"那女子不仅毫不生气，反而把王庆称赞一番："好拳腿！"

那边输钱的人却毫不相饶，呼喊着众人一拥而上，破口大骂道："好大的胆子！敢摔我妹子！"王庆也不是肯吃一点亏的人，还嘴说："输钱耍赖，还敢嘴硬！"抡拳就打。这些人刚要和王庆厮打，这时有个人挤进人群，隔住了拳头连忙介绍说："他是我表弟李大郎，这位是段三娘。"段三娘一看王庆是范全的亲戚，就把钱还给了王庆。

奇怪的是，第二天，段太公来看王庆，把他从头到脚、从上到下看了个遍，嘴上还不住地说道："果然魁梧！果然魁梧！"接着就问王庆："你是哪里人？为什么到这里？娶妻没有？"王庆听着奇怪，就随便捏造假话回答。段太公听完后高兴得不得了，问过王庆的年生辰八字就走了。

王庆正疑惑，又有人推门进来，问："范院长在不在？"两人你看我、我看你，王庆刚要回答，范全回来了。范全问："李先生有什么事吗？"王庆听了这句，猛然想道："他是算卦的李助。"李助也想起来王庆了。范全急忙解释说："这个是我兄弟李大郎。"李助忙说："段三娘、段太公对李大郎都很喜欢，打算让大郎招赘，三娘的八字十分旺夫，好事成了我也能讨杯喜酒吃！"

范全在心里盘算：那个段氏是个刁蛮的女人，如果不答应这门亲事，要是被他们知道了王庆有两个名字的事，恐怕会惹出大麻烦。只能微笑着同意，并取出五两银子，不住地叮嘱李助不要说出王庆的事情。李助拿了银子，哪里管什么一姓两姓，千恩万谢回段家庄报喜去了。

婚事选在二十二日举办，亲戚们都来吃喜酒。当天晚上，妇人们正在那里嬉笑玩闹，段二大叫道："妹子，快起来！你床上那人是罪犯！"原来是在龚家村被打的黄达，治好伤后找到了王庆踪迹，昨晚到房州报了官。衙差领了公文，来捉王庆和窝藏人犯的范全、段氏等人。

正在吵闹的时候，只听算命先生李助说："房山的寨主廖立和我交情很好，咱们到他那儿入伙！"这一帮人赶忙收拾了值钱东西，连夜赶往房山。

到了房山，李助把王庆犯罪杀管营、官兵的事，简略地告诉了廖立。廖立听说王庆这么厉害，又有段家兄弟帮助，担心以后有受不完的气，便翻脸对李助说："我这个地方小，容不下这么多人。"王庆听完拿起朴刀，向廖立杀来，廖立提枪来迎战。段三娘担心丈夫，拽着朴刀前来帮忙。三个人斗了不到六七个回合，廖立被王庆一刀砍翻，段三娘又补一刀结果了他的性命。喽啰们看廖立死了，纷纷选举王庆为寨主，王庆下令打造军器，训练喽啰，准备迎战官兵。

这边城中正打算起兵剿捕王庆等人，营军却骚乱起来，因为营中已经很长时间没有发军饷了，于是趁着这个机会开始闹事。城中主事的不是被杀，就是逃跑。王庆乘机占领了房州作为巢穴。王庆又打破了南丰府，在南丰城里，建造宫殿，僭号改元，设文武官员，也做起皇帝来。从宣和元年作乱以来，一共占了八座军州，独霸一方。

第五十一章 宋江平乱庆成功

且说宋江等人平定了田虎以后,来不及喘息,淮西王庆作乱,蔡京便又进谗言,让宋江所部接着去平乱。徽宗准奏,没得到片刻休息,宋江就带着二十多万大军朝南边去了。这时正好是一年中最热的时候,宋江等人冒着酷暑,从粟县、氾水一路走来,所到之处从不搅扰当地百姓的生活。

这一天到了宛州城附近,宛州的守将刘敏,是王庆手下很有谋略的人,人称他为刘智伯。他打听到宋江的兵马屯扎在山林里避暑,立即挑选精兵五千人都带着火箭、火炮,又准备了两千辆战车,里面装着干草、硫黄等易燃物品,让鲁成、郑捷、寇猛、顾岑四个副将带上一万人在后面接应。刘敏带着人马向山谷走去,这时正好遇上刮南风。他下令让五千名军士齐向山林深处射火箭、火炮。这些人正高兴地向前冲杀,忽然有人大喊:"不好了!"一瞬间,本来是向南刮的风突然向北刮!原来是乔道清使了回风返火的法术,那些火箭、火炮都朝刘敏阵里飞来,军兵们都来不及躲避,被烧得狼狈不堪。刘敏的军队大败,他手下的四个副将也全部被杀,人马损失大半。刘敏带着残兵败将逃回宛州去了。

刘敏中了宋江的计策之后,损失惨重,于是再也不敢出兵,只是死守城池,等待救兵的到来。宋江虽然攻打城池十分猛烈,但还是无法攻下来。刘敏哪里知道汝州派来的两万救兵，早被林冲打退了。与此同时，宛州南边安昌、义阳来的救兵，也被关胜杀得只顾逃命。这时宋江军中李云等人也把攻城要用的工具造好，孙安、马灵带着勇士们齐心协力攻克了宛州，活捉了守将刘敏。攻下宛州之后，宋江让花荣、林冲、萧让等人带领五万兵马留在宛州，辅助陈安抚镇守在这里。其余的人向山南州城杀去。

山南城中的守将是王庆的舅子段二，听说宋江来攻城，段二的参谋说："宋江大军压上来，粮草都还留在宛州，我们应该趁着宛州兵马缺少，秘密联络宛州两边的均、巩两州，让他们分两路出兵，突然袭击宛州的南边，同时我们也从这里挑选精兵，打宛州的北边。宋江听说宛州被打，一定会前去救援。我们趁他要退走的时候，再派出精兵追杀，趁机抓住宋江。"段二听了参谋的话，连连点头，于是挑选人马，趁着天黑，悄悄地溜出西门向宛州杀去。

段二的军队到宛州，陈安抚让花荣、林冲带着两万兵马去迎敌。两个人刚刚出城，就有人来报告说："有三万均州的兵马，已经到了城外。"陈安抚又让吕方、郭盛带着两万兵马去迎战。不一会儿，又有人来报说："巩州的季三思、倪慑带着三万兵马朝西门杀来。"城里的人听了以后，都你看看我、我看看你，城里只有宣赞和郝思文二员将领，虽然还有一万军马，可是一大半都是老弱残军，这可怎么抵挡啊？正在着急的时候，圣手书生萧让说："安抚大人，不用担忧，我有一个计策。"

陈安抚依照萧让所说的，让宣赞、郝思文挑选强壮的五千名军士埋伏在西门边上，等到对方退兵的时候再追杀出去。让那些老弱的军士，把城里的旗子全部放倒，听到西门城楼上的炮声响了以后，旗子一起竖起来。分配好了以后，陈安抚让军士们准备好酒菜，和萧让等人上城楼，坐在城楼上吃喝说笑，又吩咐军士把城门打开，等待对方到来。

没过多久，季三思和倪慑就领着军马雄赳赳、气昂昂地杀到城下。看见城门大开，三个官员和一个秀才坐在城楼上大吹大擂地边吃边喝，城上一个旗影子都看不见，十分奇怪。倪慑对季三思说："城里肯定有准备，我们得赶快退兵，不然会中了他们的计。"季三思听完，赶忙叫撤退。正在这时，只听城楼上一声炮响，喊杀声震天，城上竖起一面面旌旗。听了主将的话，士兵心里本来就又惊又怕，现在看到城里的景象，还没有打就自己乱了起来。这时城里的宣赞、郝思文带着兵马从城里杀出来，季三思、倪慑被乱军杀了，其余的军士只顾着逃命，早没有了抵抗的心情。

段二派军队出城袭击宛州以后，第二天夜里，他在城楼上看见城外的襄水上有宋军的三五百只粮船，慢慢地往北边划去。段二平时就是个打家劫舍的人，今天看见这么多粮船，于是叫西城的水门诸能抢劫宋兵的粮船。诸能叫水军把火炮、火箭朝宋船射去，宋军船上的人都呼喊着跳到水里去了。这伙人抢下粮船以后带到城里，军士却怎么都打不开船板，才知道是中计了。这时水底下钻出来几个人，都是嘴里咬着蓼叶刀，这几个人不是别人，正是李俊、二张、三阮、二童这八个英雄。段二的军队刚要抵挡，李俊吹了一声口哨，那四五只粮船里早就藏好的步军头领，纷纷推开甲板，提着兵器冲出来。原来是李逵、鲁智深、武松、杨雄、石秀等二十几个头领和几千名步兵。只见这些人一齐抢上岸来，把段二的军兵打的打、杀的杀。诸能也被童威杀死，城里城外战船上的水军也被杀死一大半，河水被血染得通红。抢下了水门以后，李俊等人各自杀进城里，城里一时沸腾起来。段二也被活捉，宋江的大军占领了城池。宋江、吴用随即兵分两路，先后占领了西京和荆南，会师在南丰地界，准备攻打南丰的王庆。

王庆听说宋江朝南丰杀来，连忙派刘以敬为正先锋、上官义为副先锋、李助为元帅，自己亲自率领大军准备和宋江决战。宋江和吴用这边也是严密部署，先让张清、王英、扈三娘等人带领少量兵马引诱王庆到龙门山下的空地上，又派秦明、关胜、林冲、呼延灼、董平、索超、史进、杨志八员大将带兵摆成九宫八卦阵，准备和王庆一决胜负。

两边阵势摆好之后，豹子头林冲一马当先杀出阵来，将士们呐喊着给自己的主将助威。林冲勒住战马，手里拿着丈八蛇矛枪，向王庆军营里叫阵。柳元出来迎战，林冲和柳元两人战在一起，打了五十多个回合，分不出胜败。柳元是王庆手下十分勇猛的大将，潘忠看柳元一直不能取胜，提着刀就来帮忙。林冲一个人和两个人打也没吃亏，他大喊一声，一枪把柳元戳到马下。宋营这边黄信和孙立，这时也赶上来帮忙。黄信手里的丧门剑把潘忠砍到马下。

　　王庆听说损失了两员将领，慌忙退兵。这时，宋军里一声炮响，宋兵一起朝王庆围过来。八卦阵顿时变成了大圆圈，把王庆的军马团团围住。王庆和李助准备派军队分头冲杀出去，却像冲撞着铜墙铁壁。两边厮杀了很久，最后官军大胜。王庆只好下令叫军士退到南丰城里，再商量办法。哪知刚要撤退，王庆军队后面炮响不断，有人来报说："大王，后面也有宋军杀过来了！"原来是副先锋玉麒麟卢俊义带着兵马赶到。左边有使朴刀的好汉病关索杨雄，右边有拼命三郎石秀，各带着一万精兵，朝王庆的残军杀来。正在这个时候，又一声炮响，左边有鲁智深、武松、李逵等八个勇猛头领，带着一千名步兵杀过来；右边有张清、琼英、王英、扈三娘等四对英雄夫妇，带着一千名骑兵也冲过来。把王庆的人杀得四分五裂，哭爹喊娘。

　　宋军冲进东门，很快把城池占领了，活捉了皇妃段三娘。宋江十分高兴，把段氏这群人关在一起，等捉到了王庆，一起押回京城。

　　王庆领着一百多人好不容易冲破重围向云安逃去。快到天亮的时候，远远地看见云安城。忽然手下有人惊讶地说："大王不好了！怎么城上都是宋军旗号啊？"王庆仔细一瞧，果然城门上远远地露出号旗，上面写着："宋先锋手下水军将领混江……"风吹着旗帜不断飘舞，下面的三个字看不清楚。王庆看完以后，吓得半天动不了，他连忙往东川逃走。到了云安境内的开州，却被江永拦住。王庆正在发愁怎么过河的时候，一个随从大声说："那边打鱼的，撑几条船过来，把我们送过江，我们多给你钱！"两个渔人划着一只小渔船，咿咿呀呀地渐渐靠近他们。那两个打鱼的拿着根竹篙让船靠岸以后，打鱼人一手拿着竹篙，一手搀扶王庆上船，把竹篙往岸上一点，那船就离开了岸边。那些随从在岸上慌乱起来，大声叫道："快撑回来！快撑回来！我们也要过江！"打鱼人瞪着眼睛说："来了！"把竹篙放下，双手抓住王庆的胳膊把他按倒在船上。王庆刚想挣扎，船上摇橹的人也跳过来把他摁住。其他几个人看见把王庆捉到了，也都跳到岸上，把岸上剩下的三十多个随从一个个都活捉了。

原来这撑船的不是别人，正是混江龙李俊，那摇橹的是出洞蛟龙童威，那些渔人也都是水军假扮的。李俊带领水军和王庆的水军在瞿塘峡大战，把王庆水军的主帅杀了，并且捉了他的副将胡俊。李俊看胡俊是一条好汉，就把他放了。胡俊感激李俊的恩情，就出计谋帮助李俊夺下了云安城。因此，李俊让张横、张顺看守城池，自己则和童威、童猛带着水军假扮成渔夫在这里巡查，又叫阮氏三雄也假扮成渔家在别的地方埋伏。李俊审问了王庆的随从以后，才知道他抓的人就是王庆，非常高兴，就把王庆押送到宋江那里。

第五十二章
燕青秋林渡射雁

微宗听说宋江活捉了王庆，又收复了王庆占据的八十六个州县，十分高兴，立即下诏让宋江把兵马分成五路班师回京。宋江军中的纪律十分严明，所到之处，从不侵扰百姓。这一天，他们来到宛州境内的内乡县秋林渡。

这个地方风景十分优美，泉水清澈，宋江在马上远远地欣赏着山景，抬头朝天上看去，正好看到天空中很多大雁，没有顺序，高高低低地乱飞，似乎受了很大的惊吓。宋江心里十分奇怪，又听到前面军队里不断有喝彩的声音，派人去问明原因，有人回来报告说，原来是浪子燕青刚学会用弓箭，正试着射大雁。谁知道就一会儿的工夫，竟然射下来十几只，因此大家惊讶不已，不断喝彩。

宋江叫人把燕青请过来。燕青背着弓箭、骑着马远远地跑过来，背后的马上还放着几只死了的大雁。宋公明问燕青说："刚才是你在射雁吗？"燕青回答说："小弟刚刚学会射箭，正好天上有一群雁飞过来，就随便地射过去，哪知道箭箭都能射中！"

宋江说："学射弓箭，原本好事。可是大雁为了躲避寒冷，千里迢迢往南方飞去，期待着初春的时候再回来。这种大雁是很仁义的鸟，十几只为一队，或三五十只为一群，尊贵的在前面，卑微的在后面，按照次序迁徙，不舍弃自己的同伴。不论是雄雁失去了雌雁，还是雌雁失去了雄雁,都是到死也不再找别的伴侣。这样的禽鸟,你怎么忍心把它们杀害了呢?天上一群大雁飞过,这不正像我们弟兄一样。你却射杀了这么多只,就好像我们兄弟里失去了几个人,大家心里会有多么悲伤啊?兄弟以后万万不可以再伤害这种仁义的禽鸟了。"燕青听完以后默默无语,十分后悔。宋江说完以后,也是十分感伤。还好没有几天,就回到了京师,宋江的军马屯驻在陈桥驿。早就回到东京的陈安抚,把宋江等人的功劳报告给宋徽宗,徽宗听了以后,不断地加以称许。

徽宗本来打算按照宋江等人的功劳大小封赐爵位。太师蔡京、枢密童贯连忙说:"如今天下还没有完全平定,不适合升迁。暂时加封宋江为保义郎,卢俊义为宣武郎,并且赏赐其他三十四员正将、七十二员偏将。"徽宗听完以后同意了,下令让光禄寺准备御宴,赏给宋江一件锦袍、一副金甲和一匹名马;卢俊义以下的人也都有赏赐。宋江这些人磕头谢过皇帝的赏赐以后,就上马回去休息了,等待朝廷的任用。

有一天,公孙胜走到宋江军帐里对他说:"我的师父罗真人曾经嘱咐我说,送哥哥回到京城以后,就要回到山里。现在哥哥功成名就,我也该跟哥哥和大家告别了,到山里归隐,和师父学道,侍奉我的老母亲。"宋江以前曾经答应过公孙胜,一回到京城就让他回山里,现在也没办法反悔,只是流着眼泪对公孙胜说:"以前我们兄弟相聚的时候,就像花刚刚开放;现在兄弟分别,却又像花掉落一样。我不能说话不算数,但是心里又怎么能接受这种分别啊!"公孙胜说:"如果我半路上丢下哥哥,那才是无情无义的人,现在希望哥哥答应我。"宋江见没有办法挽留,只能摆下酒席,让兄弟们和公孙胜告别。宴席上每个人都不断地叹息,也有人偷偷地流泪。梁山上以前聚义时的豪情畅饮,仿佛已经成了过眼的烟云。自此以后,一百零八人就算只是少了一个公孙胜,也再不会像从前那样快活了,怎么会有人不伤感呢?第二天,公孙胜穿着麻鞋、背上包裹离开了。宋江很多天都闷闷不乐。然而元旦马上就要到了,朝廷上下大小官员都在准备着向徽宗朝贺。

水浒传

蔡京担心宋江等人前来朝贺，会被徽宗重用，就劝徽宗只让宋江、卢俊义两个有职位的人过来朝贺，徽宗应允。元旦这天，文武百官前来向天子朝贺，宋江、卢俊义也穿着朝服，跟着大家行礼，却只能远远地仰视皇上，根本不能走近。礼仪以后，徽宗离开了，百官也各自散了。宋江和卢俊义脱了朝服，骑着马回营，都是一脸的愁色。

看见宋江十分忧愁的样子，吴用等人都来向宋江祝贺元旦节。宋江只是低着脑袋不说话。吴用问宋江道："哥哥朝贺天子回来，为什么这样发愁啊？"宋江深深地叹口气说："我是没有能耐的人，大家和我东征西讨的，不是打辽就是平乱，受了那么多劳苦，却连累兄弟们没有一点功劳。"吴用却说："兄长怎么能这样想，什么事都是注定的，不必多担心。"黑旋风李逵听完宋江的话可不干了，大声嚷起来："哥哥，你好没意思！想当年我们在梁山泊里多快活，谁敢给咱们气受？哥哥却今天要招安，明天也要招安，好不容易招安了，哥哥又在烦恼。不如兄弟们再回梁山泊去，那多舒服！"宋江把李逵狠狠地骂了一顿。李逵却说："哥哥不听我的话，以后还会有的气受哩！"其他人都只是笑，不说话，这天大家一直喝酒直到深夜。

宋江等人自从元旦以后，没事也不再进城。眼看上元节就要到了，东京每年这个时候都会放烟火，庆祝元宵节。燕青和李逵待着无聊，就打扮成客商的模样进城去看热闹。哪知热闹没看多少，却从一个大汉的嘴里听说江南方腊造反，占了八州二十五县，自号为一国，朝廷已派张招讨、刘都督去围剿。燕青、李逵听了后，连忙回到营里告诉宋江。宋江听后说："我们这么多的军马待在这里，还不如出征自由。"各头领也纷纷表示同意。

宋徽宗听说宋江等人自愿征讨方腊，十分高兴。封宋江为正先锋、卢俊义为副先锋征讨方腊。又各自赏赐一条金带、一件锦袍、一副金甲、一匹好马。其余的正偏将也都赏赐了缎匹银两，准备将来按照战功授予官职。宋江、卢俊义磕头谢恩。

两个人回到营寨以后，召集将领商量征讨方腊的事情。除了琼英因为怀孕而留在东京以外，其余的将领都跟随宋江出征方腊。哪知就在宋江接到旨意征讨方腊的第二天，又接到旨意说要金大坚、皇甫端到皇帝跟前办事。宋江不敢违抗圣旨，只好送走金大坚、皇甫端。后来蔡太师又派人来索要圣手书生萧让，王都尉来向宋江求要铁叫子乐和，宋江只能一一答应。一下子走了五个弟兄，宋江心里十分难过，却只能和卢俊义传令下去，准备出兵。

江南的方腊原来只是歙州山里的一个普通樵夫，一天在溪边洗手的时候，水里照见自己头戴皇冠、身穿龙袍，从那之后他逢人就说自己有天子的福分。后来，朝廷征取花石纲，弄得民怨沸腾，方腊乘机造反，就在清溪县的帮源洞里，盖了宝殿作为宫阙，并且设立文武官职，自为国王。几年的工夫，方腊一共占据八州二十五县，凭借着长江天堑，独霸一方。

宋江带着兵马出征方腊，慢慢地靠近淮安县。当地的宋朝官员，摆设宴席，迎接宋先锋进城。城里的官员对宋江说："方腊兵多将广，前面的扬子江是江南的第一个关口。扬子江里有两座山：一座叫金山，一座叫焦山。金山上的寺盖在山上，叫作寺里山。焦山上的寺却盖在山坳里，叫作山里寺。山的一边是淮东扬州，另一边是浙西润州。江对面就是润州，方腊手下的枢密吕师襄和十二个统制官在那里把守。"

方腊手下的吕师襄原来是歙州的一个有钱人，因为向方腊贡献粮食和钱，方腊封他做东厅枢密使。吕师襄从小就饱读兵书战策，武艺十分出众。他手下统领的十二个统制官号称"江南十二神"，也十分英勇，一起把守润州江岸。

这时宋江的兵马战船，已经到了淮安。当天宋江就派柴进、张顺、石秀、阮小七四个人分成两伙打听润州里的消息。四个人离开了宋江，打扮成来扬州的客人，石秀和阮小七带着两个随从去了焦山，柴进和张顺也带着两个随从去了瓜洲。

柴进和张顺来到江边，看见那金山寺正好在江心里面。张顺在江边看了一会儿，心里想："润州的吕枢密一定经常来这里，我今天晚上偷偷地去打听，一定会有消息。"这天夜里，风平浪静。张顺从瓜洲边下水，顺着水势往江心游去，那水不深，还淹不过他的胸脯，他在水里像走在平地上一样，眼看快到金山脚下的时候，远远地看见一只小船缓缓地划过来。张顺心想："这只船这会儿划过来好奇怪，肯定是奸细！"

船上的两个人摇着橹，没有提防，张顺从水底下钻出来，跳到船上，一个被张顺抬刀砍到水里，另一个吓得躲到船舱里抖成一团。张顺问："你是什么人？从哪儿来？实话实说，我就饶了你！"那人颤抖地说："好汉饶命，好汉饶命！我是扬州城外定浦村陈将士的下人，受陈将士的命令到润川城给吕枢密进献粮食，吕枢密派了个虞候和我一起回来，要五百石粮食、三百只船。"张顺说："那个虞候叫什么名字？现在在哪儿？"那下人说："叶贵，刚才好汉砍死的就是。"张顺又问："你叫什么名字？什么时候去的？有什么证据？"下人连忙回答说："我叫吴成，今年正月初七去的，吕枢密让我去苏州见御弟三大王方貌，他给了我旌旗三百面和一份书面文书，还有一千件统一的衣服和一道给吕枢密的密函。"张顺又问："你主人是谁？有多少人马？"吴成说："一千多人，一百多匹马。我家主人有两个孩子，大儿子叫陈益，小儿子叫陈泰，我家主人叫作陈观。"张顺把该问的都打听清楚以后，一刀把吴成解决了。他划着船，回到了瓜洲。

张顺把刚才发生的事都告诉了柴进，柴进走到船舱里，拿出文书和三百面旌旗、一千件衣服。两个人把东西分成两份，让随从挑着回到扬州。见了宋江，他们把陈观父子勾结方腊的事一一告知。吴用说："既然有这样的好机会，夺润州城将是很容易的事了。"随后叫燕青假扮成叶虞候，解珍、解宝假装南军向定浦村走去。

来到陈将士的庄门前，燕青立即改用当地人的方言问庄客说："将士在不在家？"庄客说："客人是从哪里来？"燕青回答说："润州。渡江来的时候走错路了,耽误了半天才到。"庄客把燕青引至后厅来见陈将士。燕青见到陈将士后立即行礼说:"我叫叶贵,是吕枢密手下的虞候。正月初七的时候接到吴成的秘密文书,枢密特地让我送吴成到苏州见御弟三大王方貌。三大王听到将士的供奉以后,十分高兴,特意封相公为扬州府尹,两位公子等吕枢密见到以后再封给官职。本来要和吴成一起回来的,他却突然染上风寒。枢密害怕耽误了大事,叫叶贵送大王的文书给相公,还有枢密的文书、三百面大王的旌旗和一千件号衣给你,要带着粮食、船只到润州江岸。"说完掏出文书交给陈将士。陈观高兴得不断谢恩,叫他的两个儿子陈益、陈泰出来见客人,又叫下人准备酒菜招待燕青。

　　陈将士举着酒杯劝燕青喝酒,燕青推托说:"我一向不喝酒,将士不要责怪。"等这父子三人喝得有些醉意的时候,燕青给解珍、解宝使眼色,叫他们把迷药放在酒壶里。都弄好了以后,燕青拿着酒杯来到三个人面前说:"叶贵虽然酒量不好,但是今天将士高兴,我也破例敬将士一杯。"接着又劝陈益、陈泰两个人,也都各喝了一杯。陈将士的几个心腹也都被燕青劝了一杯。燕青看看这些人都喝了迷药酒,又使了个眼色,解珍放出信号,左右两边早就埋伏好的头领赶来帮忙。燕青看屋子里喝酒的一个个都倒下了,就和解宝一起动手把这些人都杀了。

第五十三章
混江龙太湖结义

燕青几个人得到陈观的三四百只船以后，立刻派人告诉宋江，宋江带着人马来到庄上。吴用让军士挑出三百只快船，船上都插着方貌给的旗帜，在船里埋伏着两万多人，把大小头目也藏在船上；又挑了一千名军兵，穿上方貌发的衣服；另外又派穆弘和李俊假扮陈益、陈泰，划着船朝固山驶去。

固山上的岗哨看见有三百来只战船慢慢靠近，船上插着自己的旗号，连忙报告吕枢密。吕枢密带着十二个统官到江边查看。船靠近城下的时候，方腊军中有人问道："船是从哪里来的？"穆弘说："我叫陈益，这是我兄弟陈泰，我们的父亲叫陈观，特意带来五万石大米、三百只船和五千精兵，感谢枢密的举荐，有证明文书在这里。"对方守军接过文书，交给了吕枢密，吕枢密一看公文果然是真的，于是就让两个人上了岸。

那三百只船上的人，静待很久看看没有什么动静，张横、张顺就带着几个将领，拿着兵器上岸去接应他们。防守在江面上的南军，怎么拦都拦不住他们。李逵和解珍、解宝最先杀到城边。守门的官军刚准备抵挡，就被李逵抡起的大斧头，一砍一剁解决了。城边呼喊声响成一片，解珍、解宝拿着钢叉杀向城里，城门哪里还守得住？李逵站在门旁边，看见人就杀。

十二个统制官，听见城边有喊杀声，正准备增援的时候，史进和柴进带着三百只船里的军兵，脱了方貌发的衣服向岸上冲过来。跑在最前面的两个统制官刚到城门，一个被史进一刀剁下马去，另一个被张横一枪刺死。穆弘和李俊在城里四处放起火来，城里到处是一片火海，城头上也竖起了宋先锋的旗号。这时候吕枢密才知道自己已经败给了宋江，只能带着残缺的人马向常州方向逃去。大军夺下润州以后，就把火扑灭了，并且出榜安民。随后宋江和卢俊义分兵两路：宋江负责攻打常州、苏州，卢俊义负责攻打宣州、湖州。

吕枢密刚到常州，听说宋江军马杀来，立即带着六个统制官出城迎战。

七名将领来到城门外和宋江的军马对阵。钱振鹏提着一把泼风刀，从阵里杀出来，关胜拿起青龙偃月刀出来应战。两个人打了三十多个回合，钱振鹏渐渐地有些抵挡不住。他手下的两个统制官过来帮忙。宋军营下的镇三山黄信和病尉迟孙立，一个使剑，一个用鞭，从阵里出来帮忙。三对人马在阵前厮杀起来。吕枢密又让许定、金节出城帮忙作战，韩滔、彭玘出来抵挡许定和金节。

钱振鹏手下的金节早就有归降大宋的想法，刚打了几个回合，就往自己阵里跑去，韩滔紧追不放，哪承想对方阵上的高可立看见金节被韩滔追杀，掏出弓，搭上箭，朝韩滔脸上射过来，正好射中韩滔。秦明急忙赶上来抡起狼牙棒准备救他的时候，却被张近仁抢先一步在咽喉上补了一枪，韩滔立即毙命。彭玘要为韩滔报仇，就朝高可立杀来，不提防张近仁从旁边偷袭，把彭玘也杀了。关胜眼看损失了两名将领，非常愤怒，挥起大刀，把钱振鹏杀死了。吕师襄见损失了主将，连忙让援兵从城里杀出去。宋军抵挡不住对方的进攻，只能向后撤退。

李逵听说兄弟死了，叫嚷着要报仇，带着五百人就去常州城下挑战，高可立、张近仁带着一千兵马出来迎战。李逵抡起斧头就杀了过去，宋军一拥而上，敌军抵挡不住。混乱中，李逵和鲍旭杀了高可立和张近仁两个仇家。南军退回城里，不敢再出来。

宋江的军马把常州团团围住，然而一连好几天，都攻不下城池。宋江非常着急，这天夜里，他忽然收到城内守将金节射出来的箭书，表示愿意和宋军里应外合，攻破常州。宋江看了十分高兴。第二天，宋江下令兵分三路，攻打常州。吕师襄让金节出城迎战，金节和孙立打在一块，还不到三个回合，金节就假装输了，往城里退逃。孙立等趁机夺下了西门。

城外金节的部下看城里乱起来，知道宋军已经进城了，顿时都没有了再战的心思，自乱起来。吕枢密带着许定慌忙从南门逃走了。宋江进城后，一面安抚百姓，一面写公文向皇帝汇报。此时，卢俊义也已经攻下了宜州。

吕师襄逃回苏州去投奔方貌，三大王方貌见了他十分生气，让他戴罪立功，出城去和宋军作战。在无锡的交战中，吕师襄被徐宁杀死。方貌听说后更生气了，又派出八名猛将，一齐杀出去。宋江让关胜、花荣、徐宁、秦明、朱仝、黄信、孙立、郝思文八个人和他们厮杀在一块。这十六个人，个个都是英雄好汉，打得不分上下。直到三十几个回合以后，对方的两员将领被朱仝等人杀死。方貌看损失了两员将领，连忙叫军士撤退，死守着苏州城不再出来。

宋江和吴用商量退敌的方法。因为苏州的水面十分宽阔，要想攻破城池，必须走水路，所以他们让水军头领李俊、童威、童猛几个人去查看情况。李俊和童威、童猛接到命令以后，立刻划着小船去了太湖。船快要靠近吴江的时候，对面来了十几只渔船。李俊等人假装要买鱼，跟着渔民来到一个农庄。他们刚进到院子里，就被从门后钻出来的七八个大汉抓起来了，二话不说就把他们绑在了木桩上。

原来捉他们的人是赤须龙费保、卷毛虎倪云、太湖蛟卜青和瘦脸熊狄成四个人。这四个人因为不愿意受官府的欺压，就在太湖干起了杀富济贫的事。这个地方叫榆柳庄，周围都是水，只有划船才能进来。四个人本来准备杀掉李俊这些人，却被他们的义气所感动，连忙问他们是从哪里来的。李俊说自己是梁山泊的人，来这里征讨方腊，要杀要剐都不怕。费保听完之后，连忙跪在地上，说自己十分佩服梁山好汉，立即放了李俊三人，又同他们结拜为兄弟。

李俊在那儿住了两三天，这一天，有个打鱼的回来报告说，太湖上有十几只运输船划过来，船上都插着方腊的黄旗，应该是从杭州往苏州运东西。当天晚上，费保和李俊几个人划着六七十只小船，带着兵器把大船劫了。

把那两个带头的审问之后才知道，原来这两个人是方腊大太子南安王方天定手下的库官，按照方天定的命令，他们押送新造好的三千副铠甲给苏州的三大王方貌。李俊问出了这两个库官的名字，又要了方天定给方貌的书信，就把他们给杀了。

回到宋江的寨里，李俊把劫了方天定运货船的事讲了。宋江和吴用听后很高兴，让李逵、鲍旭几个人带着二百人跟李俊一起回榆柳庄，按照计划夺取苏州。李俊等人回到太湖的榆柳庄以后，让费保假扮成方天定手下的正库官、倪云假扮成副使，其他的渔人和水军头领也都假扮成船上的水手和艄公，都穿上对方的衣服，另外把李逵等人藏在船舱里，趁着天黑朝苏州城驶去。没走多远，看见戴宗和凌振带着信号炮来帮忙，好做进城以后的信号。

天快亮的时候，他们一行人来到苏州城下。守门的军士在城上望见自己一方的旗号，赶紧向管门的头领报告。守门的官员认真检查过方天定的证明书信，把船一只只放进城，十只船刚放过来，立即下令把水门关了。船刚刚进城，李逵这些好汉就从船舱里出来，朝岸上杀去，在城边到处放火。凌振在岸边支起炮架，搬出大炮，接连放了十几响，通知宋江他们已经进城了。方貌听到火炮声不断，四周还有喊杀声，不知有多少宋军已经进城了，吓得不知道该怎么办好。城外的宋军听见城里炮声不断，也趁机向城里杀来。苏州城四周喊杀声震天，方貌手下的兵卒被杀死的不计其数。黑旋风李逵和鲍旭带着几个手下，在城里横冲直撞，追杀方貌的军兵。李俊、戴宗、费保、倪云四个人掩护着凌振，在城里到处放炮，城里立刻乱作一团。

方貌看苏州城里乱成这样，慌慌张张地爬上马，带着几百人想要杀出南门逃跑，却正好撞上黑旋风李逵这一伙人。方貌的军马被他们杀得到处乱跑。方貌朝另一个方向跑，小胡同里又遇见鲁智深和武松，鲁智深一禅杖朝他砸过来，方貌刚刚躲过，却被武松一刀从马上砍下来。宋江的人马夺下苏州以后，立即下令把城里的火扑灭了，然后安抚百姓。

水浒传

  费保这四个人见已经夺下了苏州城，就来向宋江告别，说他们想要回榆柳庄。宋江怎么挽留也留不住，只能下令让李俊亲自送他们回去。在庄上，费保四个人又准备酒菜招待李俊。喝酒的时候，费保对李俊说出了自己的心里话。他说："小弟我虽然只是个鲁莽的渔夫，但以前也听聪明人常常说：'所有的事情有成功也一定会有失败。'哥哥从上梁山泊到今天，已经十几年了，从来没有战败过。破辽国的时候，更是没有折损一个兄弟，现在攻打方腊，却不再像以前那样没有任何损失。我们四个人既然已经和哥哥结为兄弟，我也都是为了哥哥好，为什么不趁着现在还兴盛的时候，留下来和我们几个兄弟一起过这清闲的生活，好平平安安地过完这一辈子？也对得起我们结拜一场！"李俊听完以后深受感动，说："兄弟的一番心里话，我知道都是为了我们好。只是现在方腊还没有被剿灭，宋哥哥对我们的情谊还没有报答。如果现在就跟着兄弟们走了，我梁山众兄弟以前相聚的义气不是都没有了吗？等我们平定方腊以后，李俊和两个兄弟，一定回来找你们！"那四个人一起说："我们在这里等哥哥回来，千万要说话算话，一定活着回来啊！"

第五十四章 张顺魂捉方天定

第二天,李俊离开了费保等四个人,与童威、童猛回来见宋江。宋江立刻下令整点水陆军马朝秀州杀去。秀州的守将段恺听说苏州被攻下,三大王方貌被宋军杀了,早就没有了抵抗的心。他把城门打开,迎接宋江进城,宋江不费一兵一卒就占领了秀州,下来要打的就是杭州了。

宋江众人率领军队渐渐逼近杭州城。杭州城处在一个很重要的位置上,南边是大江,西边是湖,守城的正是方腊的大太子方天定。他手下有军马七万多、四个元帅、二十四名战将,实力很强。这一天,宋江几个人正计划着怎么攻杭州城,忽然接到东京来的御旨说皇帝染上疾病,要神医安道全回京诊治。宋江不敢违抗皇帝的命令,只能让安道全回东京。

这时候方天定那边也在积极准备和宋江的战事。这一天,宋江带着三路兵马夹攻杭州。中路大军是徐宁、郝思文,两个人带队来到北城门外,就看到城门大开。两个人刚到吊桥旁边,城上擂鼓,方天定的军马从城里杀出来。徐宁、郝思文刚要往回跑,西边又有喊杀声,一百多名骑兵冲了过来。徐宁拼了命从马队里杀出来,回头却发现郝思文不见了,又杀回去救他,可是郝思文已经被敌军活捉了。徐宁急着要救人,却被敌军射中了一箭,随后方天定手下的六员将领从背后杀过来,准备活捉徐宁,在最危急的时候,正好遇见关胜,关胜杀退敌兵,把徐宁救了回来。

宋江来看望徐宁的时候，徐宁正昏迷着。宋江忍不住哭了起来，他叫军医来给徐宁治伤，准备用金创药贴他伤口的时候，却发现箭上抹了毒药。宋江长叹一口气说："要是神医安道全在的话，一定能救我兄弟！"宋江派人送徐宁到秀州养病，后来没过多久，徐宁因箭毒而亡。宋江又派人打听郝思文的消息，才知道郝思文早就被方天定杀了。宋江损失了两员大将，只能守在杭州城外不再攻打。

张顺看杭州城一直攻不下来，准备从湖里偷偷地游到杭州城的水门里，用火作为信号，让宋江的兵马从水门杀进去，夺下杭州城。他把这个想法告诉了李俊，李俊说："这虽然是个好方法，但是你一个人去恐怕太危险了。"张顺说："我和我哥哥从小在浔阳江上打鱼，风里来浪里去的，没少吃苦，遇见宋江哥哥才活出个人样来。这次去要是能帮哥哥攻下杭州城，就是死了，报答哥哥的情分也值得。"

当天夜里，张顺就在身上藏了一把蓼叶尖刀，来到西湖岸边。他把脱下来的衣服放在桥底下，把刀挂在脖子上，就钻到湖里去了。这时已经是夜里了，月亮照着湖面，张顺渐渐摸到涌金门旁边，伸出头来看时，城外静悄悄的，没有一个人，城上墙边只有四五个人在那里把守，张顺钻进水里又等了很久，再伸出头来看的时候，墙边的人都不见了。

张顺在水里摸到门的下面，发现那里都用铁窗和水网隔着，帘子上还绑着铜铃。扯动水帘时，铜铃就开始响。城上的人听见铃铛响，大喊起来，张顺再次钻到水里。城上人说："铃子响得好奇怪，难道来了大鱼，撞动了下面的水帘？"守军们看了一会儿，发现没有什么动静，又都去睡了。张顺又在水里躲了很久，发现水里没法入城，只好先上岸，看看城边能不能钻进去。张顺爬上岸之后，看到城上一个人也没有，随手抓了些土块，扔到城上去。有军士叫了起来，朝城下看的时候，却又没有什么动静，湖面也没有一只船。

张顺躲起来又等了好久，再次安静下来后，就钻到城边来听，什么声音都没有。张顺不敢随便上去，又抓了些土石抛到城上去，还是没动静。张顺心里想：已经快要天亮了，再不上去，还要等到什么时候？他抓着城门朝城上爬去，哪承想刚爬到一半，就听见上面一声梆子响，很多人一齐出现。张顺从城上往水里跳去，刚要进到水里的时候，城上的踏弩硬弓、苦竹箭、鹅卵石一齐射下来。可怜张顺，就在涌金门外的水池里被乱箭射死了。

第二天中午，李俊派人向宋江报告说："张顺去涌金门探查敌情，准备进城时，被乱箭射死在水里。"宋江听完以后，哭得昏倒了，其他人也都非常难过。

后来，宋江等人攻打杭州及周围的时候，又损失了董平、张清、周通、雷横等众多英雄。大家正发愁没有破城的方法的时候，只见解珍、解宝前来向宋江报告说，在城南的范村劫下了几十只方腊的押粮船，还抓住了富阳县的袁评事。吴用高兴地说："这些粮船，一定能帮我们夺下杭州城！"他立刻让解珍、解宝押袁评事来审问，袁评事哭着说："我们都是大宋的子民，只因方腊逼迫，否则全家受害。"吴用好言宽解，然后让他按计策行事。

解珍、解宝等人跟着袁评事一直来到城下叫门，城上的守军连忙向太子禀报。方天定派手下的六员将领，带着一万军马出去看守袁评事搬运粮食进城。这时宋军的人马，早就夹在艄公水手队里，同搬运粮食的人一起混进城里。这时宋江的其他兵马也悄悄围住杭州城，等着城里的信号。当天夜里，凌振掏出信号炮放起信号。城里没多久就鼎沸起来，不知道有多少宋军在城里。方天定在太子宫里，听到消息后十分吃惊，连忙披挂上马来迎战。这时，各个城门上的军士，早都只顾逃命去了。

方天定上了马，看到宋军杀进城里，杭州已经保不住了，就从南门逃走了。刚跑到五云山下，就看见从江里走出一个人，嘴里衔着一把刀，朝方天定走来。方天定见来人非常凶狠，就用鞭子抽马快跑。可是那匹马像被粘在地上一样，怎么打就是不动。那个汉子把方天定从马上扯下来，一刀就把他的头割下来，骑着方天定的马，一手拎着头，一手拿着刀，朝杭州城走来。

林冲、呼延灼领兵赶到六和塔的时候，正好碰见那汉子。两个人认出是船火儿张横，十分吃惊。呼延灼大叫道："兄弟从哪儿来？"张横什么话都不说，骑着马往城里跑。这时宋先锋的大队兵马都进了城，远远看见张横骑着马跑过来，大家都很惊奇。张横一直到宋江面前，才从马上下来，把头和刀扔在地下，向宋江磕头大哭起来。宋江慌忙抱住张横说："兄弟，你从哪儿来？"张横说："我不是张横。"宋江慌张地说："你不是张横是谁？"

张横说："小弟是张顺！今天哥哥打破了城池，兄弟的魂缠住方天定，把他杀了，带着他的头来见哥哥。"说完就倒在地上。

宋江扶起张横，他慢慢地睁开眼睛说："我不会是在阴间见到哥哥了吧？"宋江哭着说："刚才你弟弟张顺附在你身上，杀了方天定那个贼子，你没有死。"张横说："这么说，我兄弟已经死了？"他再次昏倒了。

宋江攻下杭州后，祭奠战死的兄弟、犒赏三军、安抚当地百姓。随后又与卢俊义兵分两路，宋江负责攻打睦州，卢俊义进军歙州。

宋江率领军马向睦州进发，这一天来到乌龙岭脚下，过了岭就是睦州。然而这个乌龙岭，背靠着长江，山势险峻，水流湍急，是易守难攻的地方。宋江的军马只能驻扎在山下。他派李逵、项充、李衮带着五百人去探路。他们刚到乌龙岭脚下，上面的滚木礌石就一起往下砸，根本没有办法前进，只能回来报告宋江。宋江又派阮小二、童猛等四人从水路查看情况，哪知中了对方水军的埋伏，阮小二、孟康战死了。

宋江眼见又损失了两员将领，既难过又烦恼。这时解珍、解宝来找宋江说："我弟兄俩原来就是猎户，现在我俩装扮成猎户，爬上山去放火，那贼兵一定很惊慌，然后通关就很容易了。"吴用说："计策虽然是好计策，但是山势太险恶了，如果有一点不小心，就有生命危险啊！"解珍、解宝说："我们弟兄两个，自从在登州越狱上梁山以来，多亏了哥哥，才能做这么多年的好汉，就算是粉骨碎身报答哥哥，也不算多。"

这天夜里，两个人穿上猎户的衣服，腰里挎着一把快刀，提着钢叉，从小路向乌龙岭走去。两个人不敢从大路走，只能一步步往岭上爬。月光照到山崖上，像白天一样。两个人爬上崎岖的岩壁，把钢叉挂在背后，钢叉刷到墙上、树上，弄出叮叮当当的声音，山岭上的人早已发现了他们。解珍刚要爬到山顶，只听上面有人喊："中！"一个挠钩正好搭住解珍的头髻，把他往上拖。解珍心里着急，慌忙从腰里拔出刀把挠钩砍断，解珍从半空里摔下去。解宝看哥哥摔下，匆忙准备下去时，山顶上滚下来大大小小的石块，竹藤里射出短弩弓箭，解宝被活活射死在乌龙岭的树丛里。

天亮以后，宋江听说又损失了解珍、解宝兄弟，哭得几次昏倒。醒来后，他急忙叫关胜、花荣点兵攻打乌龙岭，给四个兄弟报仇。这一战杀死了对方的两个副将，宋江这边也损失了不少将士，只能撤回来，考虑攻打的方法。

当天夜里，他们在当地的老百姓里，找到一个引路的老人，带着他们从小路绕过乌龙岭。宋江等人准备攻打乌龙岭关隘的时候，正好遇见方腊的国师邓元觉。邓元觉一马当先来向宋军挑战。秦明首先出来迎战，两个人打到五六个回合，秦明假装要输往回跑。邓元觉看秦明输了，就朝宋江奔来，准备活捉宋江。哪承想花荣保护着宋江，当邓元觉渐渐靠近宋江，花荣满满地拉开弓，朝邓元觉的脸上就是一箭，邓元觉被箭射中，掉下马去，被宋军杀死，宋江军马攻下了乌龙岭。

方腊听说邓国师也被宋江军马杀死了，非常吃惊，急忙派殿前太尉郑彪，带着一万五千名御林军，连夜赶到睦州去救援。郑彪推荐天师包道乙和他一起去，于是方腊封郑彪做先锋、包天师为中军，朝睦州进军。包天师原来是金华山里的人，从小就出家学习旁门左道的法术。后来跟着方腊造反，被尊称为灵应天师。郑彪因为酷爱道法，就拜包道乙为师父，学到许多法术，因此别人都叫他郑魔君。

> **御林军**
>
> 御林军是民间对皇帝禁卫军的俗称，指古代护卫皇帝及京城的军队，古代小说中多用，但真实历史中，并不存在这一军号。古代只有"羽林军"，西汉武帝时期创立，为皇帝禁军，"御林军"一词应为"羽林军"的俗写。

宋江带兵刚要攻打睦州，就有人来报告说，方腊派援军来了。宋江让王矮虎、一丈青两人去迎战。夫妻二人带着三千人，正好遇见郑彪。王英和郑彪一句话也不说就打在一起，打到八九个回合，只见郑彪嘴里念念有词，头盔顶上冒出一道黑气来。王矮虎看见后，大吃一惊，手忙脚乱被郑魔君一枪戳到马下。一丈青看见丈夫死了，挥舞着双刀和郑彪战在一起。刚打了一个回合，郑彪假装要逃走，一丈青要为丈夫报仇，追上来。郑魔君从怀里摸出一块金砖，转身朝一丈青头顶砸下来，一丈青没有防备，就这样死在郑魔君手下。

宋江听说损失了王矮虎和一丈青，十分愤怒，急忙带领军马去迎战。李逵拎着两把板斧直接杀到郑彪的面前，郑魔君假装要逃走，宋江担心李逵，急忙让五千人马一齐杀上去，方腊兵马四散而逃。宋江刚要收兵，只见周围乌云密布，到处都是黑气，分不清南北东西。宋江的军马找不着路乱了起来。宋江仰天长叹道："莫非我今天注定要死在这里？"

第五十五章
宋江智取清溪洞

宋江等人被郑魔君的魔法围困住,不知道该怎么办,宋江正打算自杀时,这时一个秀才来救他。宋江忽然惊醒,原来只是一个梦。醒来一看,眼前是一片松树。这时云雾散了,天气变得晴朗了,只听松树外面喊杀声震天,宋江带着士兵从里面杀出去,正好遇见鲁智深、武松。

包道乙在马上看见武松拿着两把戒刀朝郑彪杀去,就拿出玄天混元剑,往空中一抛,打中武松的左臂。正在危急的时候,鲁智深挥着一条禅杖,救下武松,武松的左臂断了。包道乙的混元剑因为插在武松的断臂上,再也没有办法施妖术了。鲁智深接着又杀到敌阵里,正好遇到夏侯成。两个人斗很多回合,夏侯成败走,鲁智深拖着禅杖紧追不放,一直追到深山里去了。花荣、秦明等人带着军马杀散敌军,把李逵救了回来。宋江听说损失了项充、李衮,又丢了鲁智深,武松的左臂也折断了,难过得直掉眼泪。

几天以后再战,包天师拿着把交椅坐在城头上观看。郑魔君提着枪出阵挑战,大刀关胜出来迎战。郑彪怎么能打得过关胜,只能招架而无法抵抗,左躲右闪。包道乙看郑魔君要吃亏,就赶紧做妖法,嘴巴里念念有词,头上冒出了一道黑烟,黑烟中间有一个穿金甲的神。宋江看见以后,连忙叫混世魔王樊瑞也做法,并念天书上的秘诀。只见关胜的头盔上卷起一片白云,白云中间出现一个神将。两个人打在一起,头上的两个天将也打在一起。没打几个回合,关胜头上的乌龙天将便打败了穿金甲的神,关胜也一刀把郑魔君砍于马下。

包道乙看宋军胜了,刚要站起来,被凌振一个轰天炮打中,死在城上,宋兵趁机杀进睦州城。入城后,宋江军马先烧了方腊的行宫,随后出榜安抚当地居民。

副先锋卢俊义自从在杭州和宋江分兵以后,就带着三万人马去攻打歙州。歙州的守将是方腊的亲叔叔方垕,他和尚书王寅、侍郎黄玉一起把守歙州。卢俊义刚到歙州城下,就和将领们攻打城池。

南将庞万春带兵马出来,宋军大将欧鹏和庞万春战在一处。两人刚打不到五个回合,庞万春假装败走,欧鹏跟着来追,庞万春突然射出一箭,欧鹏用手抓住,却没有提防庞万春能连放很多箭,只是放心地加快速度追赶,疏忽了庞万春又射来的第二支箭,他从马上摔了下去。

南军看宋兵吃了败仗,准备趁机劫营。当天夜里,庞万春和高侍郎带着军兵来偷袭宋营。哪知一进寨里,一个军将都看不到,才知道中计了,刚准备逃走之时,只听见山头炮声响成一片,四周的伏兵一起杀了过来。庞万春和高侍郎冲出寨门就跑,正遇到呼延灼,高侍郎不是对手,被呼延灼双鞭打碎了脑袋骨。庞万春拼死挣脱重围,路上又遇汤隆的埋伏,被他用钩镰枪拖倒马脚活捉了。

第二天,卢先锋再次带兵到歙州城下,看城门开着,城上既没有旌旗也没有军士。单廷珪、魏定国想要建功,带着军士杀进城去。哪知中了埋伏,城门口到处都是陷阱。两个人刚进城门,连人带马就都掉到坑里。埋伏着的长枪手、弓箭手,一齐上前,两人就这样死在坑里。

卢先锋眼见又损失了两员将领,心中着急,急忙叫前面的军兵,一边填陷坑一边和敌军厮杀。卢俊义一马当先杀到城里,正遇见"皇叔"方垕,一个回合,方垕就被剁到马下。宋军里的其他将领,也都十分勇猛。方腊手下的王尚书刚要逃走,就遇见李云,两个人打在一块。王尚书在马上,李云在地上,王尚书拿着枪朝李云刺去,随后战马把李云踩倒。石勇看王尚书的马撞翻了李云，冲上前去救李云，和王尚书打了几个回合，被一枪刺死。孙立、黄信、邹渊、邹润四个人一起赶来，堵住王尚书。王寅一个人和四个人打在一起，表现得十分神勇。正在这时，又杀出了林冲，这又是个会打的，王寅就算有三头六臂，也敌不过五个人。他们取了王尚书的头，向卢先锋汇报。这时卢俊义已经在歙州城内，他把攻下城池的事报告给了宋江。

方腊在清溪帮源洞里设了埋伏，和文武百官商量怎么退宋江的兵。突然有残兵来报告说睦州、歙州都失守了，现在宋兵正分成两路来攻打清溪。方腊听了以后又惊又怕，立即传下旨意，带上全部人马要和宋江决一死战。方腊让他的侄子方杰做正先锋，杜微做副先锋，带着大内护驾御林军一万三千人去和宋江作战。另外派御林护驾都教师贺从龙，带着御林军一万人，去抵挡歙州卢俊义的军马。

宋江、吴用派关胜、花荣、秦明、朱仝四个人作为前队去攻打清溪。

他们刚出发，正好遇上方杰的军队。方杰手中一杆方天画戟，有万夫不当之勇。方杰提着画戟，杜微跟在他后面，宋江阵上秦明拿着狼牙棒，朝方杰砸过来。方杰虽然年纪轻轻，却英勇无畏，那杆戟也用得非常熟练，和秦明打了三十多个回合，不分上下。

方杰看秦明十分厉害，也使出自己所有的本事，不露一点破绽。秦明也把本事全部用出来，不给方杰一点机会，却没有提防旁边的杜微，他在后面看方杰打了这么久也没赢，掏出飞刀朝秦明脸上扔去。秦明躲过飞刀，却被方杰一戟戳下马去。可怜霹雳火，就这样死了。宋江见秦明死了，脸色都变了，一面叫人准备棺材，一面又派人出战。

方杰因为胜了秦明正在得意，只听得有人来报告说："御林护驾都教师贺从龙被卢俊义活捉，宋兵已经从山后杀过来了。"方腊听了十分害怕，慌忙传旨让方杰收兵，来保护自己。

宋江军马看对方忽然撤退了，就立即追杀过去。这时卢俊义的军马从后面过来，两路人马合在一起，把清溪城团团围住。宋江手下的众多头领从四面八方杀进去捉拿敌军，一直杀到方腊的宫中。

方腊在方杰的保护下，退到帮源洞口的大内里，死死守住洞口。宋江、卢俊义让军马包围帮源洞，却没有别的办法。就这样围了很多天，方腊正在发愁的时候，忽然驸马都尉柯引说要出去打退宋兵。方腊听后非常高兴，立即拨给他一万御林军，又让皇侄方杰出去帮忙助战。原来这柯引不是别人，正是宋江手下的小旋风柴进。柴进在宋军攻克苏州以后，就受宋江吩咐和燕青假装投靠方腊，改名叫柯引，作为内应。柴进不但聪明而且小心，方腊非常宠信他，并且把女儿嫁给了他。这一天，宋江的将领正在帮源洞门前叫战，柴进借着迎战的机会假装打败花荣、关胜、朱仝几个人。方腊知道以后非常高兴，亲自慰劳驸马。柴进谢过方腊以后说："明天请大王亲自来观战，看我怎么捉住宋江献给大王。"

第二天，方腊带着他的亲信都来给柴进助威。方杰出来交战，宋江阵里关胜、花荣、李应、朱仝先后出来，和方杰打在一起。方杰看四个人打他一个，知道难以抵挡，准备往回跑，却被柴进一枪刺到马下，柴进身后的燕青赶上来，一刀杀死了方杰。柴进对方腊军兵大喊道："我是宋江先锋部下的小旋风柴进，谁敢反抗，就和方杰一样！"方腊军中的人看到这样的情况，都吓得纷纷逃走了。柴进和关胜等四员大将，带着兵马向帮源洞里杀去。

方腊见驸马杀了方杰，知道有变，急忙往后山深处逃去。宋江的军马攻到洞里，一把火烧了方腊的深宫内院。

阮小七带人杀到内院里面，搜出一箱方腊伪造的黄袍。阮小七心想方腊都可以穿，我穿上试试也没关系，就把龙袍穿上，戴上皇冠，跳上马跑出去了。宋军看到以后，以为是方腊，都跑过来看，才发现是阮小七。他正在那里闹着玩，却被童贯手下的两个大将骂了一顿，阮小七怎么受得了这种气，刚要动手，被呼延灼阻挡住。后来虽然被宋江劝和了，这两个人却记恨在心里，准备伺机报复梁山众将。

方腊慌慌张张地逃跑，黄袍也不要了，翻山越岭，只顾着一路逃命。也不知道跑了多久，突然看见一所草房子，刚要进去找些东西吃，松树背后忽然走出来一个胖大和尚，一禅杖把他打翻，用绳子绑了起来。原来这和尚正是鲁智深。他在乌龙岭和宋江兵马走失以后，遇到一个老和尚，带他到这里，并且嘱咐说，见到一个大汉从这儿过就抓住他。

宋江见鲁智深活捉了方腊，立即叫人用囚车装着方腊，准备押送回京城。随后，宋江设下祭坛祭奠阵亡的弟兄们，他哭着说："想我们兄弟一百零八人，像亲兄弟一样。当初破辽的时候没有损失一人，如今征讨方腊，虽然最后获胜了，可是兄弟们却损失惨重。"说完，一直哭个不停。

此后不久，宋江就带着剩下的兵马回东京，路过杭州的时候，驻扎在城外的六和塔。夜里月白风清，水天共碧。鲁智深正在僧房里睡觉，半夜忽听得江上潮声雷响。智深是关西汉子，不曾听过潮信，只道是战鼓又响，跳起来摸了禅杖，大喝着便冲出僧房。

众僧吃了一惊，都来动问缘由，鲁智深道："洒家听得战鼓响，待要出去厮杀。"众僧闻言，都笑起来道："师父听错了，不是战鼓响，乃是钱塘江潮信。"智深见说，吃了一惊，问道："师父，何为潮信？"寺内众僧便推开窗，指着那潮头，叫鲁智深看。

智深看了，心中忽有所悟，拍掌笑道："俺师父智真长老，曾嘱咐洒家四句偈言：'逢夏而擒，遇腊而执，听潮而圆，见信而寂。'现在既逢潮信，合当圆寂。众和尚，洒家问你，如何唤作圆寂？"寺内众僧答道："你是出家人，还不省得！佛门中圆寂便是死。"智深笑道："既然如此，洒家今日必当圆寂，烦与俺烧桶汤来，洒家沐浴。"寺内众僧只道他说笑，便唤道人烧汤来与他洗浴。

鲁智深换了一身御赐的僧衣，便叫部下军校："去报宋公明先锋哥哥，来看洒家。"又向寺内僧人讨来纸笔写下一篇颂子，然后便去法堂上,拿把禅椅,当中坐了,焚起一炉好香,叠起双脚,自然天性腾空。

宋公明见报,急引众头领来看时,鲁智深已自坐在禅椅上不动了。看其颂曰:"平生不修善果,只爱杀人放火。忽地顿开金枷,这里扯断玉琐。咦!钱塘江上潮信来,今日方知我是我。"宋江与卢俊义看了偈语,嗟叹不已。众多头领都来看视鲁智深,焚香拜礼。宋江请了住持大惠禅师,来与鲁智深下火。当下武松对宋江说道:"小弟今已残疾,不愿赴京朝觐,就在此地做个清闲道人便好。哥哥造册,休写小弟进京。"宋江闻言,面现凄凉之色,只道:"任从你心。"武松自此便在六和寺中出家,至八十岁善终。

第五十六章 徽宗梦游梁山泊

宋江平定方腊,随即收拾军马回家。比及起程,不想林冲患风病瘫了,杨雄发背疮而死,时迁又感搅肠痧而死。宋江伤感不已,只能留林冲在六和寺中托武松照顾。半载后,林冲去世。

宋江率领三军人马回到东京,就城外屯住,扎营于旧时陈桥驿,听候圣旨。三日之后,天子叫宣宋江等面君朝见。宋江、卢俊义等二十七员将领,承旨即上马入城。东京百姓看时,想这梁山军初受招安,皆穿御赐的红绿锦袄,悬挂金银牌面,入城朝见;破大辽之后,回京师时,天子宣命,都是披袍挂甲,戎装入城;今番太平回朝,却只剩了这几个人回来,众皆嗟叹不已。

宋江等二十七人,来到正阳门下,齐齐下马入朝。宋江、卢俊义引领众将都上金阶,齐跪在珠帘之下。上皇命赐众将平身,看梁山军如今只剩得这几人,心中嗟叹不已,随降圣旨,将已殁于事者,正将、偏将各授名爵,正将封为忠武郎,偏将封为义节郎。现在朝觐的,除先锋使另封外,正将十员各授武节将军、诸州统制;偏将十五员,各授武奕郎、诸路都统领,管军管民,省院听调。女将一员顾大嫂,封授东源县君。

当日上皇设宴,庆贺太平,御筵已毕,众将谢恩。宋江奏道:"臣部下自梁山泊受招安,军卒亡过大半,尚有愿还家者,乞陛下圣恩优恤。"天子准奏，宋江又请圣上宽恩，许他回乡拜扫。上皇便赐钱十万贯，做他还乡之资。

且说宋江，奏请了圣旨，给假回乡省亲，当即自与兄弟宋清带领随行军健一二百人，挑担御物行李衣装赏赐，离了东京，往山东进发。待他回到庄上，不期宋太公已死，灵柩尚存。宋江、宋清痛哭伤感，不胜哀戚。家眷庄客，都来拜见宋江。宋江在庄上修设好事，请僧命道，修建功果，择日选时，亲扶太公灵柩，高原安葬。

是日，本州官员，亲邻父老，宾朋眷属，尽来送葬已了，不在话下。宋江思念玄女娘娘愿心未酬，将钱五万贯，命工匠人等重建九天玄女娘娘庙宇。设一大会，请当村乡尊父老，饮宴酌杯，以叙间别之情。次日，将庄院交割与次弟，宋清虽受官爵，只在乡中务农，奉祀宗亲香火。宋江又将多余钱帛散惠下民，在乡中住了数月，便辞别乡老故旧，再回东京来，与众弟兄相见。众人亦各自搬取老小家眷，有回京住的，有往任所去的。

戴宗辞官，到泰安州岳庙里出家，在彼每日殷勤奉祀圣帝香火，虔诚无忽。后数月，一夕无恙，与众道伴相辞作别，大笑而终，后来在岳庙里累次显灵。

阮小七带了老母，回还梁山泊石碣村，依旧打鱼为生，奉养老母，后寿六十而亡。

柴进推称风疾病患，不堪为官，求闲为农，遂辞别众官，再回沧州横海郡为民，自在过活。忽然一日，无疾而终。

李应赴任半年之后，亦推称风瘫，辞官还乡，在独龙冈村中过活。复与杜兴一处做富豪，俱得善终。

关胜在北京大名府总管兵马，甚得军心，众皆钦伏，一日操练军马回来，因大醉失足落马，得病身亡。

呼延灼受御营指挥使，每日随驾操备，后领大军破大金兀术四太子，出军杀至淮西阵亡。

朱仝在保定府管军有功，后随刘光世破了大金，直做到太平军节度使。

黄信仍任职青州。

孙立带同兄弟孙新、顾大嫂并妻小，依旧回登州任用。

邹润不愿为官，自回登云山。

蔡庆返乡为民。

裴宣自与杨林商议，自回饮马川，受职求闲去了。

蒋敬思念故乡，愿回潭州为民。

朱武、樊瑞两人做了全真先生，云游江湖，去投公孙胜出家，以终天年。

穆春自回揭阳镇乡中，后为良民。

凌振仍受职火药局御营。

再说宋江、卢俊义在京师，分派了诸将赏赐，各各令其赴任去讫。殁于王事者，对家眷人口，发放恩赏钱帛金银，仍各送回故乡，听从其便。之后，两人各自前去赴任。卢俊义带了数个随行伴当，自往庐州去了。宋江谢恩辞朝，别了省院诸官，带几个家人仆从，前往楚州赴任。

高俅、杨戬两个贼臣，因见天子重礼厚赐宋江等这伙将校，心内好生不然，便商议个奸计，害死了卢俊义，又趁上皇赐御酒给宋江时，换作药酒要害死宋江。宋江饮了那酒，因是慢性毒药，当日未死。他心知命不久矣，便命人到润州找来李逵，也给他喝下那药酒，道："兄弟，你休怪我！前日朝廷差天使赐药酒与我服了，死在旦夕。我为人一世，只主张忠义二字，不肯半点欺心。今日朝廷赐死无辜，宁可朝廷负我，我忠心不负朝廷！我死之后，恐怕你造反，坏了我梁山泊替天行道忠义之名。因此请将你来，相见一面。昨日酒中，已与你服了慢药，回润州必死。你死之后，可来此处楚州南门外，有个蓼儿洼，风景尽与梁山泊无异。我死之后，尸首定葬于此处，只待和你阴魂相聚。"言讫，堕泪如雨。李逵见说，亦垂泪道："罢，罢，罢！生时服侍哥哥，死了也只是哥哥部下一个小鬼。"当时李逵拜别了宋江,回到润州,果然药发身死。

李逵临死之时,嘱咐从人:"我死了,可将我灵柩抬去楚州南门外蓼儿洼,和哥哥一处埋葬。"嘱罢而死,从人不负其言扶柩而往。宋江自与李逵别后,是夜药发,从人不负遗嘱,扶宋公明灵柩,葬于蓼儿洼。

那花荣本到应天府赴任,吴用本到武胜军赴任,两人闻听公明哥哥已死,到宋江坟前大哭一场,双双悬于树上,自缢而死。

一日,那道君皇帝在李师师处饮酒取乐,才饮过数杯,只觉神思困倦。忽然房里起一阵冷风,上皇见个穿黄衫的立在面前。上皇惊起,问道:"你是甚人?怎么来到这里?"那穿黄衫的人奏道:"臣乃是梁山泊宋江部下神行太保戴宗。臣兄宋江,只在左右,启请陛下车驾同行。"上皇道:"欲往何处?"戴宗道:"自有清秀好去处,请陛下游玩。"上皇听罢此语,便起身随戴宗出后院,乘马而行。

眼见如云似雾,耳闻风雨之声,鸿雁听似阵阵悲鸣,露花似泪花瑟瑟。到了一个去处,见有百余人俯伏在地,尽是披袍挂铠、戎装革带、金盔金甲之将。上皇大惊,问道:"卿等皆是何人?"只见为头一个,凤翅金盔,锦袍金甲,向前奏道:"臣乃梁山泊宋江是也。"上皇道:"寡人已叫卿在楚州为安抚使,却缘何在此?"宋江奏道:"臣等谨请陛下到忠义堂上,容臣细诉枉死之冤。"上皇到忠义堂上坐定,看堂下时,烟雾中拜伏着许多人。

宋江上阶跪膝,向前垂泪启奏,将众将枉死之事一一陈情。上皇听了,大惊失色,惨然问道:"卿等已死,何故相聚于此?"宋江奏道:"天帝哀怜臣等忠义,蒙玉帝符牒敕命,封为梁山泊土地。因到乡中为神,众将已会于此。有屈难伸,特令戴宗屈万乘之主,亲临水泊,恳告平日之衷曲。"上皇道:"寡人久坐,可以观玩否?"宋江等再拜谢恩。上皇下堂,回首观看堂上牌额,大书"忠义堂"三字。忽然,宋江背后转过李逵，手持双斧，厉声高叫道："皇帝！你怎地听信四个贼臣挑拨，屈坏了我们性命？今日既见，正好报仇！"说罢，他轮起双斧，径奔上皇。天子吃这一惊，猛然醒来，却是南柯一梦。

次日，徽宗命宿太尉打探宋江消息，宿太尉便差心腹之人前去楚州。不久，那人得了消息速回东京相告。宿太尉备将此事面奏天子，上皇闻听，不胜伤感，随即大怒。待又一日早朝，天子当百官面前责骂高俅、杨戬实乃败国奸臣。二人俯伏在地，叩头谢罪。蔡京、童贯忙上前为两人求情。上皇终被四贼曲为掩饰，不加其罪，最后不了了之。

隔几日，上皇据宿太尉所奏，亲书圣旨，追封宋江为忠烈义济灵应侯，于梁山泊起盖庙宇，大建祠堂，塑宋江等殁于王事诸多将佐神像，敕赐殿宇牌额，御笔亲书"靖忠之庙"。

后来宋公明累累显灵，百姓四时享祭不绝。梁山泊内，祈风得风，祷雨得雨。又在楚州蓼儿洼，亦显灵验。彼处人民重建大殿，添设两廊，奏请赐额。妆塑神像三十六员于正殿，两廊仍塑七十二将、侍从人众。楚人行此诚心，远近祈祷，无有不应，万民顶礼保安宁，士庶恭祈而赐福。至今古迹尚存。

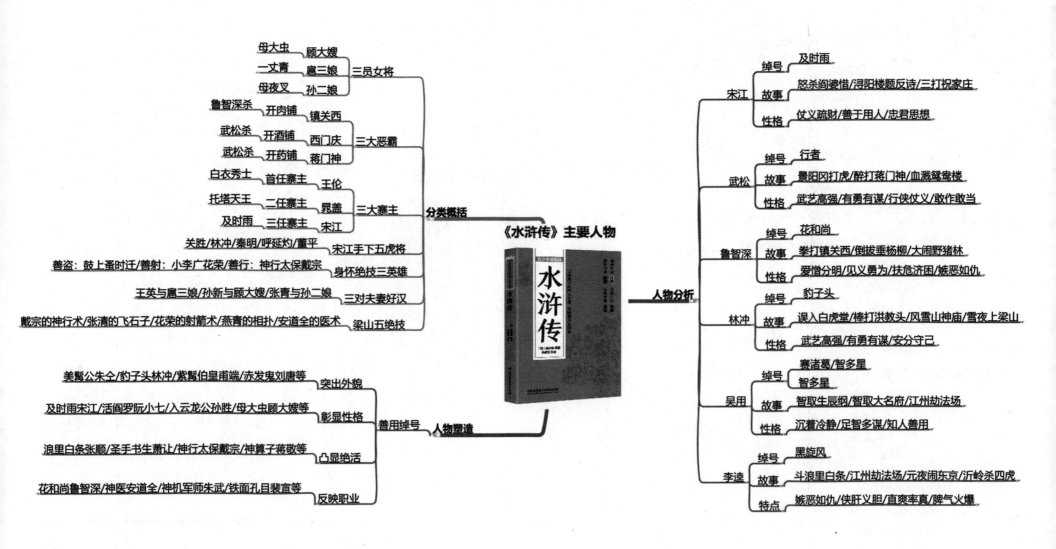

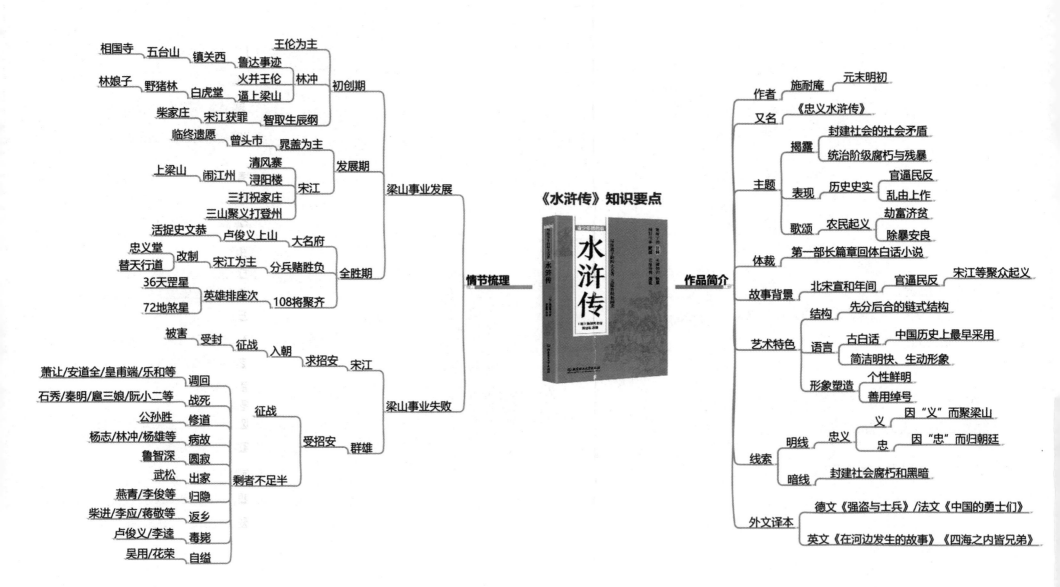